李健吾译文集 Ⅶ

上海译文出版社

 莫里哀喜剧全集 卷三

1950年在上海戏剧专科学校任职的李健吾与同事合影，左起孙浩然、朱端钧、李健吾、熊佛西、赵铭彝、魏兆凤

湖南人民出版社 1984 年初版《莫里哀喜剧》第三卷

目 录

愤世嫉俗 …………………………………………… 001

屈打成医 …………………………………………… 069

西西里人或者画家的爱情 ………………………… 117

昂分垂永 …………………………………………… 149

乔治·当丹或者受气丈夫 ………………………… 211

吝啬鬼 ……………………………………………… 263

• 愤世嫉俗 •

原作是诗体。1666年6月4日首演;第二年付印。

演员

阿耳塞斯特①   赛莉麦娜的情人。

费南特②   阿耳塞斯特的朋友。

奥隆特   赛莉麦娜的情人。

赛莉麦娜   阿耳塞斯特的情人。

艾莉昂特   赛莉麦娜的堂姊。③

阿尔席诺艾   赛莉麦娜的女朋友。

阿卡斯特 ⎫
              ⎬ 侯爵
克利汤德 ⎭

巴司克人④   赛莉麦娜的听差。

法兰西元帅府⑤   一个卫士。

木头   阿耳塞斯特的听差。

---

① "阿耳塞斯特"这个名字,来自希腊语言,字义是坚强。莫里哀饰这个角色。服装根据死后财产目录,是:"一个盒子……里面是《愤世嫉俗》的演出服装,内有金线条彩缎短裤与外衣,加有波状织品,并有彩带饰物;金缎上衣;丝袜与袜带。"

② "费南特"这个名字,来自希腊语言,字义是仁爱。

③ 就谈吐和风度来看,艾莉昂特待人接物,都比赛莉麦娜更老成,更有世故,年龄应当大三四岁才是。她和堂妹(一个寡妇)住在一起,婚姻能自主,行动有自由,显然和堂妹和阿尔席诺艾一样,也是寡妇。参看阿尔纳风(Jacques Arnavon)的《莫里哀的〈愤世嫉俗〉》一书。

④ 当时用人取名,每每用花草、什物、地名等等,代替本人真名姓,如本剧的木头、巴司克人等。巴司克是法国西南部山地一带通称,接壤西班牙。

⑤ 法兰西元帅府,有保安司令部性质,附调解厅,1566年成立,防止贵族决斗以及解决有关名誉纠纷的事项。主问官为众元帅,便于慑服宝贵剑族(武将)阀阅的子孙。根据巴司克人(第二幕第五场)对服装的描绘,卫士可能是一位副官(exempt)。

景在巴黎①

---

① 根据1734年版,应作"景在巴黎,在赛莉麦娜的住宅"。当时的舞台装置家有这样的记载:"舞台上是一个房间。需要六张椅子、三封信、一双靴子。"靴子显然是杜布瓦穿的,预备出走用,参看第四幕最后一场。艾莉昂特和赛莉麦娜住在一起,但是住在更高一层(第三层),参看第五幕第一场末尾。戏发生在二楼、赛莉麦娜的会客室。

第 一 幕

第 一 场

费南特，阿耳塞斯特。

费南特 出了什么事？你怎么啦？

阿耳塞斯特① 走开，求你啦。

费南特 可是你倒是告诉我，你这古怪脾气是怎么……

阿耳塞斯特 我告诉你，走开，快别露脸了吧。

费南特 可是少说听听别人的话，也犯不上生气啊。

阿耳塞斯特 我呀，偏要生气，偏不要听。

费南特 我摸不清你为什么发脾气；我们虽然是朋友，我头一个……

阿耳塞斯特② 我，你的朋友？你弄错啦。我先前一直把你当朋友看来的；可是看过你方才那种样子，我干脆对你讲，我不再是你的朋友啦，我不希罕坏人看得起我。

费南特 那么照你看来，阿耳塞斯特，我很不像话喽？

---

① 根据1682年版，补加："（坐着。）"
② 根据1682年版，补加："（猛然站起来。）"

阿耳塞斯特	可不,你就欠活活羞死;那种行为就没有法子谅解,是正人君子就一定看不下去。我看见你拼命和一个人要好,对他表示一百二十分的情意;你嫌吻抱不够热烈,又连声许诺,但凭差遣,立誓为证。过后我问你这人是谁,你连他叫什么,也差点说不上来;两个人一分手,你就热情下降,和我说起他来,当作不相干的人看待。家伙!一个人下流到了言行不符的地步,实在恶劣、卑鄙、无耻。万一我不走运也这样的话,我一难过,马上就会上吊的。
费南特	就我来说,我看不出有上吊的必要,所以我求你开恩,许我自动减刑,稍稍修改一下你的判决,不为这事上吊,如果你不介意的话。
阿耳塞斯特	玩笑开的多不是地方!
费南特	可是说正经,你要我怎么着?
阿耳塞斯特	我要你相见以诚,作为正人君子,不说言不由衷的话。
费南特	一个人欢欢喜喜来吻抱你,你就该如法炮制,尽可能回报他那些殷勤的表示;他但凭差遣,你也但凭差遣;他立誓为证,你也立誓为证。
阿耳塞斯特	不,你们多数时髦人爱好的那种卑鄙的风尚,我就无法忍受。所有那些乱造谎言的人们,所有那些随随便便就吻抱的彬彬有礼的人们,所有那些爱说废话的讨好的人们,个个儿抢着礼尚往来,不分好歹,一般看待正经人和傻瓜,我恨透了他们的怪模怪样。一个人和你握手言欢,发誓对你忠心、热心、敬重、讲交情、有情意,把你捧上了天,可是随便看见一个下流人,跑过去也一样亲热,你又有什么体面?不,不,心性高傲的人决不肯接受这样滥的一种敬重;我们一发现自己并不例外,最

体面的敬重也分文不值:敬重的基础是偏爱,一律敬重,等于一个人也不敬重。你既然沾染上这些时下的恶习,家伙!就不配和我打交道;我见不得对人品无所轩轾的交游手段。我要人另眼看待。干脆说了吧,我不希罕和人类的朋友交朋友。

费南特 可是人在上等社会,依照风俗习惯,就该注重外表礼貌才是。

阿耳塞斯特 我告诉你,用不着。这种假装有交情的可耻往来,就该受到无情的惩罚才是。我要我们首先是人,在任何场合,直言无隐,说的全是由衷之言,我们的感情永远不戴空洞恭维的假面具。

费南特 有许多情况,完全开诚布公,不但不许可,而且会成为笑谈的。有时候,——阁下不要见怪,——还是收起心里的话,不说的好。我们关于千百人的想法,统统讲给他们听,合适吗?合礼吗?难道我们恨某一个人,不喜欢某一个人,也必须照实说给他听?

阿耳塞斯特 说给他听。

费南特 什么?你去告诉年老的艾密莉:活到她这把子年纪,臭美并不相宜,谁看了她脸上的白粉,也倒抽一口冷气?

阿耳塞斯特 当然告诉。

费南特 也去告诉道里拉:他太讨厌,老讲自己勇猛,老讲他的家世显赫,宫廷上没有谁不听腻了的?

阿耳塞斯特 正是。

费南特 你在开玩笑。

阿耳塞斯特 我不是开玩笑。我一个人也不饶。我的印象太坏了;宫廷和城市,我处处看了生气。我看见人像他们那样活在一起，我就打心里闷闷不乐，苦恼万分。我发现到处全是卑鄙的阿谀，全是不正义、自私自利、奸佞和欺诈。我受不下去，我一肚子的气闷，我打定了主意和全人类翻脸。

费南特　　这种哲学上的苦恼，有点太不近情，所以看见你忧从中来，我倒好笑起来了；我们两个人，我觉得就像《丈夫学堂》形容的两兄弟，受的教养一样，可是……

阿耳塞斯特　我的上帝！你这些无聊的比喻，就免了吧。

费南特　　不。倒是说实话，把这些狂言乱语全给收起来吧。人世不会因为有你操心，就变样子的。坦白对你既然这样有魅力，我就索性对你明说了吧：随你去什么地方，这种乖僻就成了笑料。像你这样暴跳如雷，反对时下的风俗，许多人觉得滑稽。

阿耳塞斯特　更好，家伙！更好，求之不得。这对我倒是一个很好的标记。我开心死啦。我厌恶透了个个人，他们觉得我通情达理，我倒难过了。

费南特　　想不到你这样仇视人性！

阿耳塞斯特　是的，我恨到不可言喻的地步。

费南特　　这些可怜的活人，难道一个例外也没有，个个在你厌恶之列？就是在我们这个世纪，也有许多人……

阿耳塞斯特　对，我全恨，我恨每一个人：有的人，我恨他们，因为他们居心险恶，为非作歹；有的人，我恨他们，由于他们顺从坏人，缺乏强烈的憎恨，可是高尚的心灵，按说应当痛恨恶习才是。看看和我打官司的道地恶棍吧，被纵容到了无法无天的地步：奸贼的真面目，连他戴的假面具也隐瞒不了；天下人全清楚他的底细；他转眼珠子，放柔声调，也不过是骗骗外乡人。大家晓得这下流东西，就欠狠狠收拾一顿，可是他靠卑鄙的伎俩，爬到上等社会，有了显赫的地位，害得才能忿忿不平，道德羞愧难当。尽管处处有人送他不相称的头衔，却也没有一个人为他的臭名声作辩护；说他是坏蛋、是无赖、是该死的恶棍，人人同意，谁也不反对。然而他的鬼脸到处受人欢迎：他有缝就钻，到处有人欢迎，有人笑脸相迎；遇到高官显爵，他阴谋百出，排挤最有资望的人，将职位窃取到手。家伙！我见人纵容恶习，痛心疾首，有时候感情冲动，恨不得逃到沙漠地，和人世断绝往来。

费南特 我的上帝，我们就少为时下风俗担忧，多原谅一点人性吧。我们衡量人性，不要失之过严，看见缺点，也应从宽发落。社会上需要的是一种和易可亲的道德；过分正直，也不见得就不受责备；健全的理智不走任何极端，要人立身处世，适可而止。古代的道德，严正不阿，离我们的世纪和世俗的习惯相去太远，而且以古例今，要世人十全十美，就不妥当：固执没有用，我们应当随波逐流，跟着时间走；妄想改革社会，是天字第一号的傻事。我像你一样，每天看到有许多事，只要换一个方向，就会往好里变的，不过即使遍地荆棘，一步一颠，我也决不会像你那样大怒不止。人是什么样子，我就本本分分，看成什么样子，养成习惯，容忍他们的作为。我相信我的冷血和你的肝火一样，在宫廷也罢，在城市也罢，有哲学上的依据。

阿耳塞斯特 可是能言善道的先生，就没有东西能让这种冷血发热吗？万一凑巧有朋友欺骗你，用计霸占你的财产，或者

	设法散布你的坏话,难道你眼睁睁看着,也不动怒?
费南特	不动怒。这些缺点惹你生气,可是在我看来,只是依附人性的恶习罢了。总之,我看见一个人诡诈、不公道、自私自利,就像看见嗜肉的秃鹰、恶作剧的猴子和疯狂的饿狼一样,并不分外生气。
阿耳塞斯特	眼睁睁看着自己受骗、挨宰、被盗,我也不……家伙!我不要谈下去啦,这不是议论,是胡说八道。
费南特	说实话,你不作声,要好多了。你就少骂骂你的对头,分出心来料理料理官司吧。
阿耳塞斯特	有话在前,我决不料理。
费南特	可是你到底要谁帮你打官司呀?
阿耳塞斯特	要谁?理智、我的正当权利、公平。
费南特	你一位法官也不访问?①
阿耳塞斯特	不访问。难道我控诉的理由不正当,还是有什么信不过的地方?
费南特	我同意你有道理,可是你斗不过阴谋……
阿耳塞斯特	不,我拿定了主意,一步也不奔走,不是我错,就是我对。
费南特	别这么吃稳。
阿耳塞斯特	我决不走动。
费南特	你的对头有权有势,就可能背地里捣鬼,赢了……
阿耳塞斯特	没有关系。
费南特	你要上当的。
阿耳塞斯特	好吧。我要看到底。

---

① 当时打官司,两造公开拜访问官,送礼物,走人情。

费南特 不过……

阿耳塞斯特 败诉我也甘心。

费南特 不过话说回来……

阿耳塞斯特 我倒要凭这场官司，看看人会不会寡廉鲜耻，会不会居心险恶，为非作歹，背信弃义，竟敢在众目睽睽之下，对我做出不公道的事来。

费南特 真有你这种人！

阿耳塞斯特 就算代价大吧，我宁可输了我的官司，也要看看演变的美好的结果。

费南特 人家要是听见你说这话呀，说实话，阿耳塞斯特，会笑话你的。

阿耳塞斯特 活该笑话。

费南特 可是你事事全要直内方外，处处讲究做人梗直，难道你所爱的本宅这个女人都有？你和人类闹翻了，似乎已经到了难以挽回的地步，可是尽管你有种种理由厌恶人类，还是从中选了一个使你入迷的女人。就我说来，这已经大不可解了，然而尤其出乎我的意外的，就是你选意中人选了一个希奇古怪。真诚的艾莉昂特对你有意，正经的阿尔席诺艾垂青于你：你冷落她们的情意不说，却又甘心荒废时光，去当赛莉麦娜的奴隶，而赛莉麦娜，心性轻狂，喜好说长道短，似乎对时下的风俗有万分的好感。你对时下的风俗，既然是深恶痛绝，这位美人一身时下的习气，你怎么又容忍下来啦？难道缺点到了意中人身上，就不算缺点了吗？是你看不见，还是原谅了这些缺点？

阿耳塞斯特 不对，我爱这年轻的寡妇，可是我并不因为爱她，就闭住眼睛不看她的缺点。她在我心里引起的痴情就算再大，也挡不住我头一个看见她的缺点，头一个谴责她的缺点。不过话说回来，我承认我有弱点，我就是不想爱她，她也有本事讨我喜欢：我白看见她有缺点，我白责备她，她不管我怎么样，全有法子叫我爱她。她的风貌压倒一切。我的恩情将来一定能帮她摆脱时下这些恶习的。

费南特　　　那呀，你得赔上性命。这么说来，你相信她爱你了？

阿耳塞斯特　嗐，什么话！我不相信，我会不爱她的。

费南特　　　不过她要是对你有情意的话，你那些情敌怎么还会让你坐立不安的？

阿耳塞斯特　因为一心相爱，就要对方完全属于自己。我来这儿就为告诉她我这方面的意见。

费南特　　　对我来说，我要是闹恋爱的话，我就找她的堂姐艾莉昂特。她敬重你，而且感情真诚，始终不渝，你选她对你合适多了。

阿耳塞斯特　不错，我的理智也天天这样对我讲，不过理智做不了爱情的主。

费南特　　　我很为你的恋爱担心，你的希望就许……

第 二 场

奥隆特，阿耳塞斯特，费南特。

奥隆特[①]　　我在底下听说，艾莉昂特出去买东西，赛莉麦娜也出去

---

① 根据1734年版，补加："（向阿耳塞斯特。）"

了；不过他们告诉我你在这里，所以我上来真心诚意地对你讲：我一向对你万分敬重，因而许久以来，我就热烈希望作你的朋友。是的，我这人好的就是标奖贤能，十分盼望我们能成莫逆之交。我相信一位热心的朋友，有我的身份，一定不会被拒绝的。对不住，我这话是说给你听的。

〔在这期间，阿耳塞斯特显出有心事的模样，好像没有听见奥隆特是在对他讲话。〕

阿耳塞斯特	说给我听的，先生？
奥隆特	说给你听的。你觉得冒渎你了吗？
阿耳塞斯特	不是的。不过我非常感到意外，想不到会有这种荣幸。
奥隆特	你不必为我对你的敬重感到意外，因为你尽可能得到普天之下人人的敬重。
阿耳塞斯特	先生……
奥隆特	国家就没有一样东西能和你的长才相比。
阿耳塞斯特	先生……
奥隆特	是的，就我来说，本国最有名望的人物，我认为也不及你。
阿耳塞斯特	先生……
奥隆特	我有半句谎话，天塌下来压死我！为了现在证实我的感情，先生，允许我热情奔放地吻抱你，并且求你把我当作你的朋友看待。拉拉手，请。做你的朋友，你答应我吧？
阿耳塞斯特	先生……
奥隆特	什么？你拒绝？
阿耳塞斯特	先生，你太赏我的脸了。不过交朋友，多少需要一点神

	秘，因为乱讲交情，就必然等于亵渎。结交全凭熟识和选择，所以我们相好之前，就该相知更深才是，否则心性不投，我们彼此会后悔多此一举的。
奥隆特	真有你的，话说的就像一个通情达理的人，我反而越发敬重你了。我们就让时间培养那种美好的友情吧。不过同时，我完全供你差遣：如果朝廷方面你有什么活动的话，你知道，我在国王面前算得上一个人物，言听计从，说真的！国王待我，永远礼遇优渥，简直无以复加。总之，任何一方面，我都效劳。阁下才情高妙，为了开始我们中间的友谊，我请你看一首我所写成的十四行诗，看我好不好发表。
阿耳塞斯特	先生，我不宜于做这种决定，请你饶了我吧。
奥隆特	为什么？
阿耳塞斯特	我在这方面有一个缺点，就是有一点过于认真。
奥隆特	我要的正是这个。我在听取你的真实意见，你要是愚弄我，对我有所隐瞒，那我就会抱怨你的。
阿耳塞斯特	既然如此，先生，我从命就是。
奥隆特	《十四行诗》……这是一首十四行诗……一位贵夫人鼓励我，给了我一点希望。《希望》……这不是那种大笔淋漓的巨制，而是一种温柔、亲切、至情的小品。〔每一停顿，他就望着阿耳塞斯特。〕
阿耳塞斯特	等一下就知道了。
奥隆特	《希望》……我不知道，风格对你能不能显得相当清楚、通顺，字选得会不会让你满意。
阿耳塞斯特	先生，回头就晓得了。
奥隆特	而且你要知道，我写这首诗，只费了一刻钟。

阿耳塞斯特　先生，开始吧。时间跟这不相干。

奥隆特[①]　希望确实让我心宽，
　　　　　　暂时哄住我的伤心；
　　　　　　不过菲莉丝，美景有限，
　　　　　　倘使没有旁的紧跟。

费南特　这一小节已经把我迷住了。

阿耳塞斯特[②]　什么？你好意思说这好？

奥隆特　纵然你是额外加恩，
　　　　　　可是不该有所表示，
　　　　　　不该破费你那精神
　　　　　　只把希望给我才是。

费南特　一样的话，说来就分外动人！

阿耳塞斯特　（低声。）家伙！马屁精，这种无聊的东西你也恭维？

奥隆特　如果只有永生的期待
　　　　　　耗损我这心头的热爱，
　　　　　　我的救星将是死亡。

　　　　　　你那颗好心并不及时：
　　　　　　永远希望，美丽的菲莉丝，
　　　　　　希望其实就是绝望。

费南特　收尾是又漂亮、又多情、又可爱。

阿耳塞斯特　（低声。）[③]瘟死你的收尾！伤风败俗的鬼东西，但愿你也来这么一个收尾，一死了事！

---

① 根据1734年版，补加："（读。）"
② 根据1734年版，补加："（低声向费南特。）"
③ 根据1734年版，补加："（旁白。）"

费南特	这样的佳作，我还从来没有听见过。
阿耳塞斯特①	家伙！……
奥隆特②	你口上恭维我，也许心里……
费南特	不，我不是口上恭维。
阿耳塞斯特	（低声。）③那你又在干什么，口是心非的东西？
奥隆特	不过你这方面，你知道，我们有言在先的：请你就开门见山，把你心里的话说给我听吧。
阿耳塞斯特	先生，向来这就是一个难以应付的题目，因为我们喜欢人家恭维我们有才情。不过有一天，我看到一个人的诗，他的名字我不说了，就对他讲：一位君子人，必须永远从严克制写东西的欲望；他应当约束自己，不要对公开这一类的消遣之作，显出过分的热衷；一个人急于公开他的作品，就有贻笑大方的危险。
奥隆特	你说这话，是不是说我不该有意……
阿耳塞斯特	我说的不是这话；可是我当时对他讲：一篇没有生气的作品，叫人就受不了；一个人有了这种弱点，单凭这一点，就会贬低身价；即使他有许多优点，也不中用，因为惹人注意的总是缺点。
奥隆特	你是不是嫌我的十四行诗不好？
阿耳塞斯特	我说的不是这话；可是我为了劝他不写起见，让他明白：在我们今天，许多正人君子就受了这种欲望的害。
奥隆特	是不是我写得坏？还是我和他们相像？
阿耳塞斯特	我说的不是这话；可是最后，我对他讲：你有什么急

---

① 根据1734年版，补加："（旁白。）"
② 根据1734年版，补加："（向费南特。）"
③ 根据1734年版，补加："（低声，旁白。）"

需，非写诗不可？有什么鬼东西逼你出书？假如我们能原谅人出坏书的话，也只是原谅那些卖文为活的可怜虫罢了。听我的话，拒绝诱惑，不要让公众晓得你在搞这个；你在宫廷上有正人君子的名声，千万不要由于任何理由，就放弃这种名声，到一个贪得无厌的出版商跟前，去拾可笑又可怜的作家的头衔。这就是我当时企图要他领会的话。

奥隆特　话说得很好，我相信我听懂你的意思。不过可否见告，我的十四行诗有什么……

阿耳塞斯特　老实说了吧，最好还是放到小柜子里头。你在模仿一些坏诗，所以表现并不自然。什么叫作"暂时哄住我的伤心"？什么叫作"倘使没有旁的紧跟"？什么叫作"不该破费你那精神只把希望给我才是"？什么叫作"永远希望，美丽的菲莉丝，希望其实就是绝望"？这种自以为了不起的比喻风格，根本就不合情理，违反真实；这只是文字游戏、只是矫揉造作，自然并不这样说话的。我一想到本世纪在这方面，趣味不高，就忧心忡忡。我们的祖先粗野不文，可是在这上面，比我们好多了。现在大家欣赏的东西，在我看来，大不如一首古老的歌谣，我不妨背给你听听：

要是王爷给我巴黎
　　他那京城，
条件是我必须不爱
　　我那小精灵，
我就告诉王爷亨利：
　　"收回你那巴黎，

"我更爱我的小精灵，呀呼嗨！
　　　"爱我的小精灵。"

韵脚变化不大，风格陈旧，可是比起那些缺乏常识的无聊东西来，你不觉得好多了吗？你不觉得热情的语言在这里十分真挚吗？

要是王爷给我巴黎
　　他那京城，
条件是我必须不爱
　　我那小精灵，
我就告诉王爷亨利：
　　"收回你那巴黎，
　"我更爱我的小精灵，呀呼嗨！
　　　"爱我的小精灵。"

这才是真心相爱可能用的语言。（向费南特。）是的，小先生，随你的才子们说长道短，反正我看重它，远在那些人人赞不绝口的全部假钻石的珠光宝气之上。

奥隆特	我呀，我坚持我的诗很好。
阿耳塞斯特	你这样想，有你自己的理由，不过你也要承认，我可以有旁的理由，不一定要依顺你的理由。
奥隆特	我有旁人器重，也就满意啦。
阿耳塞斯特	那是因为他们有本事装假，而我没有这种本事。
奥隆特	你真就以为自己才情非常高？
阿耳塞斯特	假如我夸奖你的诗，还得更高才行。
奥隆特	我用不着你称赞。
阿耳塞斯特	请便，本来你就应该用不着。
奥隆特	我真希望你用同一题目，照你的式样，也写这么一首给我

	看看。
阿耳塞斯特	我不走运,也可能写出这样要不得的诗来,可是我决不会拿出来让人看的。
奥隆特	你和我说话,旁若无人,自负……
阿耳塞斯特	要人焚香顶礼呀,你找错了地方。
奥隆特	不过我的小先生,还是少趾高气扬一点的好。
阿耳塞斯特	说真的,我的大先生,我这里照章行事。
费南特	(来到二人中间。)好啦!二位,够瞧的啦,请别再说下去啦。
奥隆特	啊!我承认,是我错,我走就是。先生,你我后会有期。
阿耳塞斯特	先生,我这方面,也失陪了。

第 三 场

费南特,阿耳塞斯特。

费南特	好!这回你看见啦:由于太真诚的缘故,你给自己惹下了麻烦。我早就看出奥隆特要人恭维,才……
阿耳塞斯特	不要跟我讲话。
费南特	不过……
阿耳塞斯特	我不要跟前有人。
费南特	你太……
阿耳塞斯特	走开。
费南特	如果我……
阿耳塞斯特	住口。

费南特	不过什么……
阿耳塞斯特	我不要听。
费南特	不过……
阿耳塞斯特	还说？
费南特	你得罪了……
阿耳塞斯特	啊！家伙！够受的啦。别跟着我。
费南特	你是寻我开心，我就是不离开你。

第 二 幕

第 一 场

阿耳塞斯特，赛莉麦娜。

阿耳塞斯特 夫人，你要我把话对你直说了吗？我不满意你的行为；我一想到这上头，心里就大冒其火，觉得你我非分手不可。是的，换一个样子说话，我就是骗你；我们迟早一定要分手；我即使一千遍答应你不这么做，也办不到。

赛莉麦娜 看样子，你是为了骂我，才好意把我拉回家里来的？

阿耳塞斯特 我决不是骂；不过夫人，你喜欢见一个，欢迎一个，未免也太那个：那么多的男人兜着你求婚，我就是看不惯。

赛莉麦娜 求婚的人多，你也好把错儿归到我身上？旁人觉得我可爱，我能阻挡得了？难道他们情意绵绵地来看我，我倒该拿起一根棍子来把他们撵走？

阿耳塞斯特 不，夫人，用不着一根棍子。你对他们的情意，只要少方便、少温顺些，也就成了。我知道你到什么地方，全是如花似玉，可是由于你的欢迎，那些狂蜂乱蝶才待了下来；本来他们已经归顺请降了，你再一情意绵绵，他们自然就死心塌地，成了你的美貌的俘虏。你把无限美好的希望送给他们，他们势必恋恋不舍，加意殷勤，所以你少给他们一点颜色，这群闹哄哄的求婚的人，也就鸟兽散了。不过夫人，起码你也应该告诉我，你的克利汤德交了什么好运，有福气这样讨你喜欢？凭他哪一种高才、哪一种美德，你敬重他？难道是靠小指留着长指甲①，他才得到你的敬重？难道是他的亮光光的金黄假头发，把你和整个儿上流社会征服下来？还是为了他的大膝襕，你才爱他？还是他的一球一球的带子迷住了你？还是他仗着他的肥大灯笼裤的魅力，在给你当奴才的中间，得到了你的欢心？还是他笑起来的样式和他的假嗓门的腔调，有什么诀窍感动你？

赛莉麦娜 你可真不应该吃他的飞醋！难道你不知道我为什么应酬他？难道不是为了我打官司，他答应我托人情，动员他所有的朋友吗？

阿耳塞斯特 夫人，你就鼓起勇气，输了你的官司，不要应酬一个我讨厌的情敌。

赛莉麦娜 可是你变成了对普天下人都在妒忌。

阿耳塞斯特 因为普天下的人都在受到你的欢迎。

赛莉麦娜 既然我对谁也是一视同仁，那你就该放心啦，用不着疑神疑鬼的。要是我专心只爱一个人的话，你看见了生气，倒还有理可说。

阿耳塞斯特 你怪我太妒忌，可是请问夫人，我和他们众人比，又多得

---

① 当时晋见国王，只许用梳子或者长指甲挠内殿的门，不许敲门。所以长指甲，成了出入宫廷的标志。

了些什么?

赛莉麦娜 知道人家爱你,就是幸福。

阿耳塞斯特 你有什么好叫我的痴心相信的?

赛莉麦娜 我想我从前不怕难为情,已经对你说过:你就该知足了。

阿耳塞斯特 可是谁保得定,你不会在同时,对别人也说?

赛莉麦娜 也真有你这样作情人的,说话中听,把我当一个好榜样看待。好吧!免得你老是这样不放心,我说过的话,我现在全部收回就是,以后除掉你本人以外,你就再也不会受骗了:这下子你该称心啦。

阿耳塞斯特 家伙!我怎么就非爱你不可?哎呀!我要是能从你的手里把我的心领回来的话,我要为这稀有的幸福多么感谢上天!不瞒你说,我也尽我所有的力量,斩断我对你的可怕的迷恋来的,不过截到现在为止,我再怎么努力也无济于事;我这样爱你,不是爱,是受活罪。

赛莉麦娜 世上也的确没有第二个人,像你这样入迷的。

阿耳塞斯特 是的,谁在这上头也比不上我。谁也想象不出我多么爱你,夫人,从来就没有人像我这样爱你。

赛莉麦娜 说实话,你的恋爱方法也真新鲜,因为你爱旁人就为了和他们吵架。你只有狠话表示你的迷恋,我从来还没有见过一种这样爱骂人的爱情①。

阿耳塞斯特 可是我使不使性子,全看你自己。结束了我们的种种争执吧,我求你啦,掏出真心来说话,想法子打断……

---

① 1674年版将"爱情"改为"爱人"。

第 二 场

赛莉麦娜，阿耳塞斯特，巴司克人。

赛莉麦娜　什么事？
巴司克人　阿卡斯特在楼下面。
赛莉麦娜　好！请他上来。
阿耳塞斯特[①]　什么？我就永远不能和你在一起谈谈心？你总在想着接见客人？你就不能下下决心，哪怕一回也好，说你不在家？
赛莉麦娜　你要我和他吵架，还是怎么的？
阿耳塞斯特　你有些顾虑，我不欣赏。
赛莉麦娜　你要是晓得了我讨厌见他呀，一辈子也不会饶我的。
阿耳塞斯特　这有什么关系，把你难为成了这个样子……
赛莉麦娜　我的上帝！这种人的好心好意，有重要性的。我不晓得是怎么一回事，这些人在朝廷上，可以高谈阔论。他们不管合适不合适，就参预种种谈话，虽然成事不足，可是败事有余，所以即使你另外还有靠山，也不该和这些大喊大叫的人闹翻。
阿耳塞斯特　总之，不管什么事，不管为了什么原因，你找得出理由敷衍每一个人；而你那些先见之明……

---

① 根据1734年版，补加："（巴司克人下。）"

第 三 场

巴司克人,阿耳塞斯特,赛莉麦娜。

巴司克人 太太,克利汤德也来啦。

阿耳塞斯特 (他做出要走的模样。)说到就到。

赛莉麦娜 你跑哪儿去?

阿耳塞斯特 我出去。

赛莉麦娜 待下来。

阿耳塞斯特 办不到。

赛莉麦娜 我要你待下来。

阿耳塞斯特 没有用。那些谈话只能惹我腻烦。硬要我受这份罪,简直是要我的命。

赛莉麦娜 我偏要、偏要你待下来嘛。

阿耳塞斯特 不,不可能。

赛莉麦娜 好!走你的,去你的,随你的便。

第 四 场

艾莉昂特,费南特,阿卡斯特,克利汤德,阿耳塞斯特,赛莉麦娜,巴司克人。

艾莉昂特①	两位侯爵和我们一道上来啦。给你回过了没有？
赛莉麦娜	回过啦。②给大家看座。(向阿耳塞斯特。)你没有走？
阿耳塞斯特	没有走。不过夫人，为他们也好，为我也好，我要你把话交代明白。
赛莉麦娜	住口。
阿耳塞斯特	就是今天，你要交代明白。
赛莉麦娜	你疯啦。
阿耳塞斯特	不疯。你要讲讲清楚。
赛莉麦娜	哎呀！
阿耳塞斯特	你要做出决定来。
赛莉麦娜	你在寻开心，我看。
阿耳塞斯特	不是的，你要选择，我等够啦。
克利汤德	家伙③！我从卢佛宫来，克莱翁特参加起床典礼④，夫人，他那副滑稽模样，真叫绝啦。难道他就没有什么朋友，能帮他出一个仁德的主意，纠正一下他的姿式？
赛莉麦娜	说实话，他在交际场合，活脱脱就像一个小丑；他处处摆出一副活灵活现的神气，老远就照人眼睛；隔了一会儿你再看他，他比先前还要古怪。
阿卡斯特	家伙！说起怪人来，我方才遇到了一个最腻烦的：那就是爱说长道短的大蒙，你们听我说，他有一小时，让我下了轿子，站在大太阳地。

---

① 根据 1734 年版，补加："(向赛莉麦娜。)"
② 根据 1734 年版，补加："(向巴司克人。)"
③ 开口就来一句下流话（家伙！），成了宫廷贵人的风气。有时候"家伙"表示感情重，例如阿耳塞斯特说的时候。
④ "起床典礼"是路易十四给自己制定的一种仪式。能参预他起床穿衣的，一定是他的亲信。

赛莉麦娜	他这个人呀，可真能说啦，芝麻大的小事，也有本事大扯一通，他说了半天话，你就听不出一点头绪来；你费了半天劲，也就是听到一些响声。
艾莉昂特	（向费南特。）开场白不坏：谈话有一个挺好的方向，朝着相识的人开炮。
克利汤德	还有狄芝特，夫人，也是一个有趣的人物。
赛莉麦娜	这个人呀，从上到下，都是神秘，从你旁边走过去，慌慌张张地望你一眼，整天摆出有事的样子，其实一点事儿也没有。他装模作样，只能叫人作呕；他时时刻刻打断谈话，声音放低，说有秘密话告诉你，这个秘密根本分文不值；稀松平常的东西，他夸成宝物，就连一声"你好"，也凑近耳朵讲。
阿卡斯特	夫人，皆拉耳德又怎么样？
赛莉麦娜	哦！讨厌的吹牛大王！从来就看不见他走出大贵人圈子，成天在上流社会钻来钻去，挂在嘴上的也永远是公爵、公主或者亲王：他成了贵人迷。他说话离不开狗、马、猎具；谈到金枝玉叶，他便称兄道弟；至于"先生"这个称呼，对他已经成了古董。
克利汤德	据说他和白莉丝非常要好。
赛莉麦娜	这个女人呀，头脑简单，语言无味！她来看我，我就像在受难一样：单为找话向她讲，就得一身又一身冒汗，可是她那些话，偏又空空落落，前言不接后语，随时可以中断。你想打开僵局，向四面八方求救，可是客套话全说完了，也不顶事；晴呀阴的、冷呀热的，你同她说不上两句，就一干见底。她拜望你，你已经消受不下，她还偏往长里拖，简直怕人：你问时间也好，老打呵欠也好，

	她就像一块木头，一动不动。
阿卡斯特	你觉得阿德拉斯特怎么样？
赛莉麦娜	哎呀！简直是傲气冲天！这个人呀，眼眶子里头只有自己。朝廷永远满足不了他的要求，所以咒骂朝廷，成了他每天的正经。短差也好、实授也好、圣职也好，随你给他什么官职，他都认为不配他的才能。
克利汤德	可是年轻的克莱翁，你看他怎么样？我们的正人君子，如今都到他那边做客。
赛莉麦娜	他让他的厨子变成一种才能，大家拜访的是他的饭桌子。
艾莉昂特	他用心开出很精致的菜肴。
赛莉麦娜	对，不过我倒希望，我不把自己端上饭桌子：他那副蠢相是一盘顶坏的菜，所以照我的口味看，他每回请客，都受了这道菜的害。
费南特	大家器重他的舅父大密斯，夫人，你说他怎么样？
赛莉麦娜	他是我的朋友。
费南特	我觉得他是一位正人君子，看上去也很有见识。
赛莉麦娜	对，可是他自负才情高，我就气不过了；他自以为语妙天下，只要他谈话，就见他高人一等，搜索枯肠，找俏皮话说。自从他异想天开，自以为有学问以来，他就斤斤较量，觉得什么也不合他的胃口；天下文章，经他一看，全有毛病；他认为恭维不是才子的本色，作学者就要善于挑剔，称赞和讥笑总是蠢才的事，所以他一笔抹煞时下的作品，自己就高出众人之上。就连日常谈话，他也吹毛求疵：话说得过于下流，他犯不上屈尊俯就，于是两只胳膊搭在一起，站在他的才情的高空，一副悲天悯人

	的模样,望着每一个人说话。
阿卡斯特	我的妈呀,简直活活把他画出来啦。
克利汤德	你刻画人刻画到了入木三分!
阿耳塞斯特	好,来,再接再厉地来,我的朝三暮四的好朋友:你们一个人也不饶,而且人人有份,可是他们中间谁在你们面前一出现,就见你们急忙迎上前去,朝他伸出了手,引天作证,愿供差遣,再来一个谄媚的吻作支持。
克利汤德	我们有什么好见怪的?你不爱听,就该责备夫人才是。
阿耳塞斯特	不是她,家伙!是你们。都是你们先意逢迎,欢欣鼓舞,才让这些诽谤,全像利箭一样,从她那边射了出来。她的讽刺的兴致,是你们焚香顶礼,逢迎作恶,不断培养出来的。不见有人称赞,她也就兴致索然,没有心情去揶揄人了。所以看见世人沾染恶习,我们并不怪罪恶习,反而处处怪罪那些阿谀之徒。
费南特	可是这些人的过错,你既然同样谴责,为什么又这样关切他们?
赛莉麦娜	我们这位先生不说拧话,那怎么成?你也好指望他人云亦云?上天给他顶嘴的才情,你也好指望他不到处显白显白?旁人的见解从来不称他的心思;他也永远坚持相反的意见;假如有人发现他和谁的看法一致,他会以为自己变成了庸人的。他对标新立异的荣誉是那样入迷,常常以己之矛攻己之盾:明明是他的见解,他听见旁人一说,也立刻加以反驳。
阿耳塞斯特	夫人,你有说笑的人捧场,声威十足,可以把讽刺的矛头对准了我的。
费南特	不过这也是真的,随便人家说什么,你总是严阵以待,而

	且由于脾气坏,这你自己也承认,你就不能忍受旁人说好说歹。
阿耳塞斯特	那是因为,家伙!人们没有道理;那是因为对他们发脾气是应当的;那是因为他们对任何事不是乱恭维,就是瞎挑剔。
赛莉麦娜	不过……
阿耳塞斯特	不,夫人,不,哪怕是粉身碎骨,我也要讲:你有一些娱乐,我不能忍受;这里这些人就不该鼓励你坚持他们自己也在责备的缺点。
克利汤德	就我来说,我不知道,不过我公开承认,到目前为止,我相信夫人没有缺点。
阿卡斯特	我看见她柔情绰态,如花似玉,可是我看不出她有缺点。
阿耳塞斯特	我全看见了,我不但不隐瞒,她晓得,反而加意数说了她一顿。人越相爱,就越不容面谀,真心相爱,就是决不讳过;就我来说,我一发现那些下流的求婚人,处处依顺我的见解,或者时时刻刻低声下气,奉承我那些谬言谬行,我就统统把他们赶走。
赛莉麦娜	总之,照你的话做,真心相爱,就得取消甜言蜜语,把咒骂相爱的人看成完美爱情的无上荣誉。
艾莉昂特	就一般而言,恋爱很少照这些规则形成,情人总在夸耀自己的意中人,这我们都知道。他们的痴情不但让他们从来看不出意中人有什么不好,反而样样觉得可爱。他们把缺点看成优点,还能给缺点取一些动听的名称。面无血色,可以和素馨比白;黑到怕人,说成可爱的褐色美人;身子单薄,就夸腰肢苗条,体态轻盈;身子发胖,就是仪态端

庄；衣饰零乱，人也并不好看，叫成不修边幅的美人；其大无比，看上去像一尊女神；矮子又是上天的小号奇迹；心性高傲，佩戴金冠；刁钻成了多才；愚蠢成了善良；饶舌是性情爽快；不说话成了守身如玉。情人就是这样的，心一入迷，专走极端，连意中人的缺点也爱。①

阿耳塞斯特　我这方面，我坚持，我……

赛莉麦娜　话到此为止，我们去廊子转两转吧。什么？先生们，你们要走了吗？

克利汤德和阿卡斯特　不走，夫人。

阿耳塞斯特　你很怕他们走。先生们，你们愿意什么时候走，就什么时候走；不过我警告你们，你们走了以后，我才走。

阿卡斯特　除非是夫人嫌我待得太久，我整天没有事做。

克利汤德　我这方面，只要不误就寝小礼②，也没有另外的约会。

赛莉麦娜③　我相信，你是开玩笑。

阿耳塞斯特　不，一点也不是；你愿意我走，还是谁走，回头就知道了。

第 五 场

巴司克人，阿耳塞斯特，赛莉麦娜，艾莉昂特，阿卡斯特，费南特，克利汤德。

---

① 这一段关于爱情的分析，见于古拉丁诗人卢克莱修 Lucrèce（公元前约 98—公元前 55）的科学长诗《物性赋》，第四卷。
② "就寝小礼"是路易十四给自己制定的一种仪式：当着一般显贵更衣，叫作"大礼"，随后一般显贵辞出，留下亲信。服侍他上床，叫作"小礼"。
③ 根据 1734 年版，补加："（向阿耳塞斯特。）"

巴司克人①　先生，外边有一个人要见您，说是有要紧事，不能耽搁。
阿耳塞斯特　对他讲，我没有火急的事。
巴司克人　他穿一件制服，下裰宽宽的，打褶子，上面还有金边儿。
赛莉麦娜②　去看看是怎么一回事，要不然，叫他进来吧。
阿耳塞斯特　你有什么事？先生，进来。

第 六 场

　　卫士，阿耳塞斯特，赛莉麦娜，艾莉昂特，阿卡斯特，费南特，克利汤德。

卫　士　先生，我有两句话传达。
阿耳塞斯特　先生，你要我知道，你就大声讲好了。
卫　士　先生，我奉了众家元帅的命令，要你立刻前去参见。
阿耳塞斯特　什么？先生，要我去？
费南特③　是奥隆特和你斗嘴的那件滑稽事。
赛莉麦娜④　怎么一回事？
费南特　有几行小诗，他说不好，奥隆特和他拌嘴来的；上面想排难解纷，化小为无。
阿耳塞斯特　我这方面，决不低头让步。
费南特　可是你应该服从命令，走吧，准备……

---

① 根据 1734 年版，补加："（向阿耳塞斯特。）"
② 根据 1734 年版，补加："（向阿耳塞斯特。）"
③ 根据 1734 年版，补加："（向阿耳塞斯特。）"
④ 根据 1734 年版，补加："（向费南特。）"

阿耳塞斯特	他们打算怎么样调解我们之间的纠纷？难道那些先生们一声斥责，造成我们争端的诗句，我就会说好？我说过的话，我决不改口：我认为诗是坏诗。
费南特	可是口气要放平……
阿耳塞斯特	我决不收回：诗糟透了。
费南特	你应当叫人觉得你这人好说话才是。去吧，来吧。
阿耳塞斯特	我去，可是逼我改口呀，休想。
费南特	我们去了再说。
阿耳塞斯特	除非是圣上降旨，要我称赞这兴师动众的破诗，否则，家伙！我永远坚持：诗是坏诗，一个人写这种诗，就欠上绞刑架。（向笑着的克利汤德与阿卡斯特。）妈的！先生们，我不相信我就这么好笑。
赛莉麦娜	快到你该去的地方吧。
阿耳塞斯特	我去，夫人，可是我立刻就转回这里，结束我们的争论。

第 三 幕

第 一 场

克利汤德，阿卡斯特。

克利汤德 亲爱的侯爵，我看你踌躇满志，欢天喜地，无忧无虑。老实说，你以为自己真有充分理由喜形于色，而不是自高身价？

阿卡斯特 家伙！我检查自己一遍，看不出我有任何理由，应该忧心如捣。我有钱，我年轻，生在一个有相当道理把自己说成贵族的世家；我相信，就门第给我带来的地位而言，很少有官职我谋不到手的。说到勇敢，我们应当特别重视，不是我吹牛，大家知道，我不缺欠勇敢；我在社会上，也是大家看见的，处理有关荣誉的事件，方式十分坚强、痛快。说到才情，当然我有；我有欣赏力，能立即判断好坏，能论列天下是非，能摆出内行的架式，坐在舞台的长凳上，对我醉心的新戏，作权威性的决定，看到每一个值得叫好的妙处，就高喊一通。我不但十分机警，而且风度翩翩，神采奕奕，牙尤其美，举止又很潇洒。说到打扮，不是我夸口，我相信，谁想和我较量，谁算找错了人。闺

	秀极其爱我，国王又很宠我，我受到的尊敬，我看可以说是至矣尽矣，无以复加矣。我相信，我亲爱的侯爵，我相信有了这一切，随便走到什么地方，也会对自己满意。
克利汤德	对，不过既然在旁处容易成功，又何必在这里长叹其无用之气呢？
阿卡斯特	我？家伙！凭我的品格、我的心性，就不能忍受美人的白眼。也只有笨人，也只有庸才，这才坚贞不渝，热爱铁石心肠的美人，在她们的脚边死活不得，忍受她们的苛责，向呻吟和眼泪求救，仰仗终年累月的追求，企图得到不配得到的婚姻。不过像我这种人，侯爵，不是为了害单相思、做赔本生意来到世上的。美人就算价值连城吧，我想，感谢上帝！我的身价也和她们一样高。而且既然以取悦我这种人为荣，她们不出代价，就不合理，少说也该你来我往，平分开支，才有成就。
克利汤德	那么，侯爵，你想你在这里很有把握了？
阿卡斯特	我这样想，侯爵，是有相当理由的。
克利汤德	听我的话，别存这种妄想啦：我的亲爱的，你是在给自己戴高帽子，给自己戴遮眼罩子。
阿卡斯特	不错，我是在给自己戴高帽子，也的确是在给自己戴遮眼罩子。
克利汤德	可是你凭什么认为自己幸福无边呢？
阿卡斯特	我是在给自己戴高帽子。
克利汤德	你的揣测有什么根据？
阿卡斯特	我是在给自己戴遮眼罩子。
克利汤德	莫非你有可靠的凭证？
阿卡斯特	我告诉你，我是在哄骗自己。

克利汤德	是不是赛莉麦娜私下对你说起她爱你来的？
阿卡斯特	不，她没有好脸子给我。
克利汤德	回答我的话，我求你啦。
阿卡斯特	我碰到的全是钉子。
克利汤德	说正经，告诉我，她给了你些什么希望？
阿卡斯特	我倒楣，你交运，就是这个。她非常厌恶我，总有一天，我一定要上吊的。
克利汤德	这样吧，侯爵，为了避免你我爱情上有冲突起见，你愿不愿意我们两个人协力做好一件事；谁将来拿得出真凭实据，证明自己得到赛莉麦娜的欢心，另一个人就给未来的胜利者腾清地方，帮她排挤一个寸步不离的情敌，怎么样？
阿卡斯特	好啊，家伙！这话我爱听，我以百分之百的诚意接受。不过，咝？

第 二 场

赛莉麦娜，阿卡斯特，克利汤德。

赛莉麦娜	还在这儿？
克利汤德	爱情留住我们的脚步。
赛莉麦娜	我方才听见楼底下来了一辆马车，你们知道是谁来了？
克利汤德	不知道。

第 三 场

巴司克人，赛莉麦娜，阿卡斯特，克利汤德。

巴司克人	太太，阿尔席诺艾上楼看您来啦。
赛莉麦娜	这女人找我做什么？
巴司克人	艾莉昂特在楼底下陪她谈话。
赛莉麦娜	她在打什么主意？她来干什么？
阿卡斯特	她去的地方，都把她看成十全十美的正经女人，一心向道……
赛莉麦娜	是的，是的，全是假招子。她是心在红尘，费尽心机，勾引男人，可是一个也捞不到手。看见旁的女人后头跟着男人求婚，她就眼红。长得难看，人人冷落，瞎了眼睛的世纪永远成了她的出气筒。她怕人看出自己寂寞无聊，就企图用正经女人这块招牌，把真相掩饰起来。相貌寻常，她为了挣面子，就把本人没有的魅力叫作罪恶。其实这位太太倒也很喜欢有一位情人，甚至于对阿耳塞斯特就情意绵绵，所以他向我献殷勤，成了侮辱她的美丽，咬定牙根，说是从她那边把他抢过来的，于是又吃醋，又怄气，几乎隐瞒也不隐瞒了，到处背地里对我使坏。总之，像她这样蠢的女人，我这辈子还没见过，言行不规到了极点，简直……

第 四 场

阿尔席诺艾,赛莉麦娜。

赛莉麦娜 哟!是什么好风儿把你吹到舍下来的?夫人,不打谎语,我直惦记你。

阿尔席诺艾 我来是因为我觉得,有几句话我应当奉告。

赛莉麦娜 哟!我的上帝,看见你,我多开心呀!①

阿尔席诺艾 他们走得再相宜不过了。

赛莉麦娜 我们坐下好不好?

阿尔席诺艾 不必啦,夫人。对我们最有影响的事,做朋友的遇到了,就该分外关心才是;说到影响,对我们最有影响的事,就数名誉和礼貌了,我来就为奉告一桩和你的名誉相关的事,表白一下我对你的衷心的友谊。昨天,我看望几位崇德的君子,谈话之中,谈到了你。你的一举一动,远近皆知,夫人,不幸是大家并不赞扬。你招待的那群客人、你的情场韵事和佳话,引起许许多多的责言,尖锐到了我意料不到的地步。你当然明白我要帮谁说话:我想尽我的能力为你辩白,也一再为你的本意开脱,情愿为你的心地作担保。可是你知道,世上有些是非,尽管你想原谅,也不就能原谅得了,所以说到最后,我不得不承认:你的生活方式对你有一点不利,在社会上形成了一种恶劣的印象,到处引起飞语流言,不过只要你肯改,你的种种行为

---

① 根据1734年版,补加:"(克利汤德和阿卡斯特边笑,边走出。)"

就会少受到批评的。我说这话,并非真就相信你有什么品行不端的地方,上天保佑我没有这种想法!不过人很容易相信外表的,所以各行其是就不够了。夫人,我相信你这人十分明白事理,不会误会我这番好意,也不会错想到别的上头的。说到动机,我也就是心肠热,处处关心你罢了。

赛莉麦娜　　夫人,十二分感谢你。承你这样见爱,我不但不曲解,而且立刻斗胆图报,也说两句和你的名誉相关的话。你证明你是我的朋友,把关于我的谣言告诉我知道,我这方面也愿意照好样学,把议论你的话说给你听。我有一天在一个地方做客,见到几位戴仁抱义的高人,说起真正做人的道理,夫人,就说到了你。就在座的人们看来,你的正经和你的虔诚算不得很好的范例:那种表面上装出一副严肃的模样;你说起品行和名誉来,喋喋不休地议论;你听见一句无中生有的两可之词就做怪脸,乱嚷嚷;你把自己看得了不起地高;你看旁人那副不屑的神气;你经常的教导,和你对天真无邪的事的酸溜溜的批评;这一切,夫人,实对你说了吧,受到异口同声的责备。他们说:"这种谦和的面相,还有这种贤德的外表有什么用,既然和此外的言行不符?她做祷告准得不得了,可是她打她的下人,不给工钱。她在敬神的场合显出一百二十分的虔诚,可是她搽了粉,想作绝色女子。她把画上的光身子盖住,可是她对真人有好感。"我为了你呀,和个个人争论,再三要他们晓得,这是诽谤;可是他们驳斥我的看法,他们的结论是:少管旁人的闲事,多检点一下自己,才是你的本分;想谴责旁人,就该先仔细查看查看自己;希图旁

|||人改过，就得自己先过模范生活，然后才有分量；即使有必要的话，上天指定专人负责，还是由他们办好了。夫人，我相信你也一样十分明白事理，不会误会我这番好意，也不会错想到别的上头的，说到动机，我也就是心肠热，处处关心你罢了。

阿尔席诺艾　劝人会劝出是非来，并不希奇，可是倒打一耙，我可没有想到；夫人，我谆谆相劝，反而伤了你的心，看你反咬一口的狠劲儿，我也就明白了。

赛莉麦娜　夫人，正相反。人放聪明的话，相互之间的劝告就会流行起来的：这样一来，以诚相见，就会摧毁那种人各为己的极端盲目情况的。我们能不能以同样的热心肠，继续这样忠心合作下去，小心在意，把我们听来的话，你听到关于我的话，我听到关于你的话，彼此私下里传来传去，可就看你啦。

阿尔席诺艾　嗐！夫人，关于你的话，我什么也没有能听到；应当受人指摘的，也就是我罢了。

赛莉麦娜　夫人，我相信，事情全有可褒可贬的一面，而且按照年龄或者趣味，各人有各人的道理。有一个期间，谈情说爱相宜；再一个期间，只有正经合适。韶华已逝，青春不在，我们作为手段，不妨挑选后者。它正好遮掩恼人的冷落。我不否认我有一天，也走你的道路：年龄支配一切，可是二十岁上就作正经女人，夫人，大家晓得，不合时宜。

阿尔席诺艾　一个微不足道的优点，你也实在犯不上洋洋得意，在你的年龄上大做文章。我就算年纪大几岁，也不是什么了不起的事，值得你这样盛气凌人。夫人，我不知道你为什么这样动怒，把我逼到这般田地。

赛莉麦娜	我呀，我也不知道，夫人，你为什么处处和我为难。你有伤心事，何必一定老找我算账？人家不向你献殷勤，我又能怎么着？要是我引起人家的爱情，要是人家每天继续对我焚香顶礼，——你也许巴不得我香火冷落。我就不晓得怎么办好，因为这不是我的过错；你尽好行动自由，我阻挠不了你有魅力招揽香火。
阿尔席诺艾	哎呀！你以为你有一群人求婚，觉得神气，旁人就会难过吗？招蜂惹蝶，今天出什么代价，你以为我们不会一目了然吗？你想按照常情，要人相信，完全是靠你的人品招来这群狂蜂乱蝶？他们以一种正当的爱情追你？他们向你求婚，都是为了你的徽音清德？遮掩耳目遮掩不了许多，社会也绝不是傻瓜。我就看见有些女人，惹爱生怜，可是家里并不总有好些情人。所以我们从这上面得到结论：她们不先意逢迎，男人绝得不到她们的欢心；没有一个男人是为了我们水汪汪的眼睛，才向我们求婚；我们不出代价，他们就不追求我们。所以为了一个微不足道的胜利的小小得意，你犯不上这样傲气冲天；把你这倾国倾城的气焰压压低吧，不要为了这个就目中无人。我们要是眼红你那些胜利的话，我想，不爱惜羽毛，就照样能像旁人一样得意，照样会让你看看，只要愿意，就能有许多情人的。
赛莉麦娜	那么，夫人，招引情人来吧，我们也好开开眼：你就用这诀窍努力得人欢心吧，不要……
阿尔席诺艾	这种谈话，夫人，我们就停止了吧：你我这样谈下去，谈不出什么好话来。不是我的马车还要我等下去的话，我早该告辞了。
赛莉麦娜	你高兴待多久，就待多久，夫人，不必急着就走。我这半

天陪你，你也一定腻烦了，我给你找一个更好的伴儿吧。这位先生，来得适当其时，比我陪你要胜任愉快多了。阿耳塞斯特，我得写一封信去，再不写，就要得罪人了。你陪陪夫人吧，即使我有失礼的地方，她也会网开一面，容易原谅的。

第 五 场

阿耳塞斯特，阿尔席诺艾。

阿尔席诺艾　你看哟，我在等我的马车来，她希望我陪你聊聊天；她从来做人就细致，可是什么也比不上她给我这样一个谈话的机会，真是再称心不过了。说实话，有大才的人受到个个人的敬爱；而你的才能，千真万确，就有一种特殊的魅力，让我处处对你关心。我真希望朝廷能另眼看待，不辜负你的槃槃大才；你应该抱怨；看见他们每天什么也不为你安排，我气得不得了。

阿耳塞斯特　我，夫人！我有什么好要他们提携的？谁看见我为国立功来的？请问，我立下了什么皇皇大功，抱怨朝廷什么也不为我安排？

阿尔席诺艾　朝廷倚重的那些官员，也不就个个都立过丰功伟绩。出人头地，看机会，也看权势；总之，就你的大才而言，就该……

阿耳塞斯特　我的上帝！求你就放开我的才能不谈了吧。你怎么能要朝廷操心操到这上头？整天发掘人才，朝廷不但会乱成一片，还要劳碌不堪。

阿尔席诺艾 高才是埋没不了的；许多人就十分看重你的才能：你听我说，昨天在两个难得的场合，就有几位权贵夸你来的。

阿耳塞斯特 哎呀！夫人，人人今天有人夸，我们这个世纪就没有什么好坏高低：个个是长才大器，所以有人称道，也给自己带不来什么光采。满嘴的恭维词句，见一个送一个，我的听差也上了《新闻》①。

阿尔席诺艾 就我来说，我真还希望朝廷有什么官职，你能感到兴趣，显显你的身手。只要你对我透露出一点点想做官的意思，我就可以四出活动，帮你效劳的，而且我手边有人奔走钻营，哪怕是赴汤蹈火，也要给你弄到一条进身的捷径。

阿耳塞斯特 夫人，你要我在朝廷干什么？我的性格不容我接近朝廷。我出世的时候，上天根本就没有交给我一颗适应宫廷风尚的灵魂；我也根本缺乏那些功成名就、发家致富的必要的品质。我最大的才分就是坦白，真诚，我也根本不会花言巧语玩弄人；谁没有口是而心非的天分，谁就应该少在当地停留。不在朝廷，当然就要失去只有它今天能给的支持和名位；可是另一方面，也免去扮演大傻瓜的苦恼：用不着去碰数不清的大钉子，用不着奉承某些先生的诗，用不着巴结某一位夫人，用不着忍受我们滑稽侯爵的无知。

阿尔席诺艾 你不喜欢，我们就不谈出仕的事好了，不过关于你的恋爱，我真还没有法子不可怜你。把我心里的话说给你听吧，我简直希望你找一个更好的闺秀相爱。你太应当有一

---

① 《新闻》La Gazette 是法国最早的刊物，创于 1631 年，专门报道新闻；1762 年起，改为双周刊，取名《法兰西新闻》。

	个更好的命了,可是把你迷住了的那个女人,就配不上你。
阿耳塞斯特	不过说这话的时候,夫人,请问,你有没有想到这个女人是你的朋友?
阿尔席诺艾	是朋友,不过她对不住你,再容忍下去,我可真要良心不安了。你的遭遇太让我难过了,所以我只得警告你:她把你的爱情出卖啦。
阿耳塞斯特	夫人,你这是对我表示热切的关怀,作情人的听到这样的劝告,十分承情。
阿尔席诺艾	是的,尽管她是我的朋友,我照样认为她不配占有一位君子人的心,因为她对你的柔情蜜意全是装出来的。
阿耳塞斯特	这有可能,夫人,我们看不见旁人的心,不过你有好心,就不该引起我这种疑心才是。
阿尔席诺艾	你愿意蒙在鼓里头,那还不容易,我就什么也不对你讲好了。
阿耳塞斯特	不;关于这事,不管我们听到什么,疑心比起什么来也都难过。拿我来说,宁可什么也不知道,知道就要全都知道。
阿尔席诺艾	好!话多无益,你就去看看真凭实据吧。是的,眼见为真,我要你看了再说。你只要把我送到家就行。然后我给你看一份忠心的凭据,证明你的美人并不忠心。你要是还能爱爱旁人的话,我也许能想法子安慰安慰你的。

第 四 幕

第 一 场

艾莉昂特，费南特。

费南特　可不，我还没有见过这样倔强的人、更难调停的僵局：人家从各方面拿话开导他，也别想指望他能改变他的成见；我想那些先生们断案子，还从来没有遇到这样古怪的争执吧。他说："先生们，不，我决不改口，除去这一点，我全同意。他凭什么有气？他要我怎么着？难道诗写不好，就毁坏他的名声不成？我的劝告怎么他啦，他那样不开心？诗写不好，一个人照样是正经人：这些事根本关碍不到名誉；我在各方面承认他是正人君子，承认他是贵人、是通才、是壮士，随你说什么都成；然而是一位很坏的作家。你们愿意的话，我可以称赞他的随从、他的开销，还有他的骑马的本领、使兵器的本领和跳舞的本领；可是恭维他的诗，我只能敬谢不敏。一个人没有运气把诗写好，就不该押什么韵，除非是不这样做要判处死刑。"僵持到最后，他表示好感，接受调解，勉强让了让步，委屈了一下他的看法，就是说，以为语气已经很缓和了：

"先生，我这样不随和，表示遗憾，其实我倒真心诚意希望先前把你的十四行诗说得更好些来的。"为了结束起见，大家就在他们吻抱之下，把全部案件勾销了。

艾莉昂特	单看他的行止，他这人很格别；不过我承认，我反而因此特别看重他。他对真诚有自豪感，就其本身而论，也未尝没有高贵、壮烈的味道。这在我们本世纪是一种罕有的道德。我真还希望人人能跟他学。
费南特	对我来说，我越看他，我就越觉得奇怪，特别是这种痴情怎么会在他心里扎下根的：上天给了他那么一种性格，我不晓得他怎么会心血来潮，想到了恋爱，我尤其不晓得你的堂妹怎么会成了他的意中人。
艾莉昂特	这十足说明，爱情之于人，不总是心性相投的缘故；那些心心相印的道理，根据这个例子，全站不住脚了。
费南特	可是从表面看，你相信她爱他吗？
艾莉昂特	这就很难说啦。怎么能判断她是不是真爱他呢？她自己都不清楚她心里是怎么一回事；有时候她在闹恋爱，她自己什么也不知道；另外一些时候，根本没有这当子事，她以为自己在闹恋爱。
费南特	我相信我们的朋友，在这位堂妹跟前，找到的苦恼比他想到的还多。他要是有我的感情的话，老实说，就会改变心思，朝另一个方向看，做出更好的选择，夫人，就会利用一下你待他的恩情。
艾莉昂特	我这方面，决不乔张乔致，掩饰我的感情，因为我相信，遇到这一类事，就应该以诚相见才是。我决不反对他一心一意爱她，正相反，倒想帮他一臂之力。如果由得了我的话，我会给他和他的意中人作撮合山的。不过人事变幻莫

		测，万一选择的时候，命运给他做下另外的安排，万一她嫁了旁人，我未尝不可以下决心，接受他的要求；我也不会因为先有人拒绝过他，就对这事有反感。
费南特		就我来说，夫人，我这方面并不反对你待他有情有义；我先前也同他谈过，他愿意的话，很可以一五一十告诉你的。不过万一他们两个人能偕老百年，你不再可能接受他的婚约的话，我愿意不揣冒昧，争取你待他的山高海深的恩情；他错过的恩情，夫人，能归我消受，我要乐坏啦。
艾莉昂特		费南特，你是在说笑。
费南特		夫人，不是说笑；我眼下和你说的话，出自我的本心。我等待公开求婚的机会，望眼欲穿，一心盼望机会快来。

第 二 场

阿耳塞斯特，艾莉昂特，费南特。

阿耳塞斯特	啊！夫人，帮我出出这口恶气，我真心相待，落了这么一个下场。
艾莉昂特	怎么啦？出了什么事，你这样激动？
阿耳塞斯特	事情是……单单一想，我就会死。整个天塌下来，也不会像这事让我这样痛不欲生。完啦……我的爱情……我说不出口来。
艾莉昂特	你想法子先定定心。
阿耳塞斯特	哦！不长眼的天！一个千娇百媚的人，怎么会有最下流的人的可憎的恶习？

艾莉昂特	可是到底是什么事让你……
阿耳塞斯特	哎呀！全毁啦；我是、我是受骗啦，我是受害啦：赛莉麦娜……谁能相信这个消息？赛莉麦娜骗我，是一个负心女子。
艾莉昂特	你有什么确实根据这样相信？
费南特	说不定是瞎起疑心的结果，你有时候净吃无事生非的醋……
阿耳塞斯特	家伙！张罗你的吧，先生，我的事不劳操心。①她的负心，太千真万确了，我的衣袋就放着她的亲笔字据。是的，夫人，一封写给奥隆特的信，上面写好了我的不幸、她的无耻：我一直以为她不理奥隆特，在情敌里头，我也顶不在乎他了，偏偏就是他。
费南特	一封信算得了什么，有时候不像人想的那样就是罪证，表面上很可能骗人的。
阿耳塞斯特	先生，我再说一遍，请你由着我好了；要管，管你自己的事去。
艾莉昂特	你应该保持镇静，说到侮辱……
阿耳塞斯特	夫人，这事就看你啦。我能不能消除我的心如刀割的痛苦，今天全看你啦。帮我报仇吧，她是一个忘恩背信的亲戚，不顾道义，出卖我的坚贞的爱情。帮我报仇吧，这种行为，你一定会痛恨的。
艾莉昂特	我，帮你报仇！怎么个帮法？
阿耳塞斯特	把我的心收下好了。收下吧，夫人，负心女子的位置，你取而代之，我就报了仇了。我希望惩罚她，从真诚的愿

---

① 根据1734年版，补加："（向艾莉昂特。）"

望、深沉的爱情、恭敬的体贴、殷切的关注和勤恳的效劳，把我这颗火热的心献给你。

艾莉昂特　我确实同情你的痛苦，也决不小看你献给我的心；不过事情也许不像你想的那样不可救药，你还有放弃这种报仇的心思的可能。

阿耳塞斯特　不，不，夫人，不：糟蹋我糟蹋到了这步田地，我和她吹了，要我回心转意是办不到的，什么也不能改变我的决心，我再敬重她，我会惩罚自己的。她来啦。我一见她走近，就心里冒火八丈高。我要狠狠骂她一顿，骂她阴险，骂她一个体无完肤，然后把一颗完全从她的欺诈的魅力解放了的心献给你。

第 三 场

赛莉麦娜，阿耳塞斯特。

阿耳塞斯特① 天啊！我现在能心平气静吗？

赛莉麦娜② 哟！③你怎么啦，看你这副心乱样子？你嗜声叹气，眼睛死盯着我，是什么意思？

阿耳塞斯特　一个人再怎么能为非作歹，也比不过你不守信义；命运、魔鬼、震怒的上天产生的东西，从来没有一个像你这样可恶的。

---

① 根据1734年版，补加："（旁白。）"
② 根据1734年版，补加："（旁白。）"
③ 根据1734年版，补加："（向阿耳塞斯特。）"

赛莉麦娜	我就爱听这种甜言蜜语。
阿耳塞斯特	哎呀！别开玩笑，现在不是说笑的时候。倒是害臊的好，你有害臊的理由，我有你不守信义的真凭实据。我心乱早就有了来由：我为我的爱情担惊受怕，不就没有道理；我常起疑心，你嫌讨厌，可是这样做，机会终于让我发现了事情的真相。你费尽心机，使尽伎俩，可是吉人天相，我担心的事还是出现了。不过你不要以为我会忍气吞声，由你糟蹋，并不报复。我知道爱情不受支配，无依无靠，随处而生；强横霸道，也从来成不了好事；个个人有自由挑选自己的意中人。所以你一开头就对我把话明说了，我没有丝毫理由抱怨；你一起始就拒绝我的要求，我只有怪罪自己命中不济。可是用谎言谎语鼓舞我和你相爱，就是薄幸，就是背信，再大的惩罚也不过分，我尽可以痛心疾首，为所欲为。是的，是的，你这样糟蹋我，等着看吧，我已经不是我了，我已经气疯了：你把我收拾得苦不堪言，我已经失去了理性，满腔都是正当的怒火，我今后的举措，我也做不了担保。
赛莉麦娜	求你啦，你哪儿来的这样大的气？告诉我，你是不是失去了头脑？
阿耳塞斯特	是的，是的，失去了头脑，就在我每次倒楣见到你，受你毒害的时候，就在我让欺诈的魅力迷惑住，还以为是真心相待的时候。
赛莉麦娜	你这样埋天怨地，我到底干下了什么负心事？
阿耳塞斯特	哎呀？看她有多虚伪，装假的本领有多在行！不过我早已布置好了天罗地网，你就束手待擒吧；看看这个，认认自己的笔迹；这封信到了我手上，你就作声不得，你没有

法子不承认这个凭据。

赛莉麦娜 你心乱就是为了这个呀?

阿耳塞斯特 你看见这封信,也不害臊?

赛莉麦娜 我凭什么要害臊?

阿耳塞斯特 什么?你耍诡计,还要厚脸皮?就算没有盖印吧①,你也否认得了?

赛莉麦娜 为什么否认我的亲笔信?

阿耳塞斯特 你这封对我有罪的信,你看了居然能不惭愧?

赛莉麦娜 你呀,说实话,是个大怪物。

阿耳塞斯特 什么?你居然不把这驳不倒的凭证放在心上?我看你在信上对奥隆特表示好感,不就等于糟蹋我,不就够你害臊的?

赛莉麦娜 奥隆特?谁告诉你,信是写给他的?

阿耳塞斯特 就是今天拿信给我的那些人。其实就算我同意是写给另一个人的,难道我就没有理由抱怨你?难道你真就没有什么对不住我?

赛莉麦娜 可是万一收信的是一个女人,又有什么冒犯你的地方?又有什么告罪的地方?

阿耳塞斯特 啊哈!好聪明的心计!好巧妙的遁辞!我承认,我没有想到你还有这一手儿,这下子我算是心服口服啦。你竟敢玩弄这套下流把戏?你以为旁人真就那样不懂事?来吧,我们就看看你想用什么样的诡计,拿什么样的脸面,圆这一眼望穿的谎!信上的话,句句多情,你怎么可以说成是写

---

① 十九世纪以前,法国人写信,不用信封,信叠好了,用火漆在叠口盖印,所以又可以译成:"就算没有盖印吧。"一般作"签字"解释,但不够合理。

给女人的？你想掩饰自己不守信义，就解释解释信上这几句话吧……

赛莉麦娜 我呀，不高兴。你这样强权霸道，当着我，竟敢这样信口雌黄，真是岂有此理。

阿耳塞斯特 不，不，不必动怒，你就费费心，把这几句话给我解释解释看。

赛莉麦娜 不，我才不干呐；你爱相信什么，就相信什么，不关我的事。

阿耳塞斯特 你就行行好，说给我听，这封信怎么能解释成写给一个女人的，我就满意啦。

赛莉麦娜 不，是写给奥隆特的，我偏要你这样相信；我十二分欢迎他的种种殷勤；我欣赏他的谈话，敬重他的为人，你说什么我全同意。你就打定主意，由着性子来吧，可就是别再折磨我啦。

阿耳塞斯特① 天呀！还有什么事比这更残忍的？谁从来受过这种虐待？什么？我有正当的理由生她的气，诉苦的是我，而受责备的也是我！我的痛苦和我的疑心让她逼到了无路可退，她由着我往最坏处想，她还引以为荣。然而我又那样懦怯，就不能砸开系牢我的锁链，以高贵的蔑视把自己武装起来，反对这太让我入迷的狠心女子！②啊！负心女子，你可真叫在行啦，现在利用我的极度软弱打击我自己，拿这受你眼睛骗的致命爱情的无比狂热为你打掩护！你干下这伤我的心的坏事，起码也该声辩两句，

---

① 根据 1734 年版，补加："（旁白。）"
② 根据 1734 年版，补加："（向赛莉麦娜。）"

不要装出对不起我的模样才是。万一可能的话，你就让我明白这封信是冤枉了你：我的恩情要我扶你一把，眼下只要你尽力做出真情实意的样子，我这方面，也就尽力相信你是真情实意。

赛莉麦娜 得啦，你吃起醋来，成了疯子，就不配人家相爱。我倒愿意晓得，有什么会逼我屈尊自己，非下流骗你不可，钟情别人的话，为什么会不开诚布公说出来。什么？你有我的恩情作确实保证，还帮我打消不了你的种种疑心？你的疑心就那样重，有了这样的保证还不成？信得过你的疑心，信不过我，不是糟蹋我，又是什么？我们女人承认相爱，要下老大的决心才能办到，因为妇女的名声，就是我们闹恋爱的对头，它说什么也反对招认自己钟情：作情人的，看见女人为他突破这道难关，再要疑心人家说假话，该不该受罚？人家经过几番了不起的斗争，好不容易才说出了口，他还不相信，算不算有罪？得啦，像这样起疑心，就配我生气，不值得我尊重你：我是傻瓜，也恨自己太老实，还对你这么心软面善的；按说我就该把心给了旁人才是，你再抱怨，也就振振有词了。

阿耳塞斯特 哎呀！冤家，看我爱你爱到了什么地步！毫无疑问，你这些甜言蜜语，是说了骗我的；不过没有关系，我这是命该如此：我拿自己完全交给了你；你会不会变心，会不会丧尽天良骗我，我情愿看到底。

赛莉麦娜 不，你不像应当爱我的这样爱我。

阿耳塞斯特 哎呀！我是情深似海，什么也不能相比；我恨不得人人晓得我爱你，甚至于情急到这步田地，不盼望你好。是的，我倒愿意没有一个人觉得你可爱，你遭逢意外，过着苦日子，上天在你生下来的时候，什么也不给你，没有地位，没有身份，没有财产，也好让我倾心相与，能把不公道的命运为你扭转过来，欢欢喜喜，体体面面，看着你在这一天，借重我的爱情，取得一切。

赛莉麦娜　　有这样希望我好的，真也少见！但愿上天保佑我，不给你机会……木头来啦，看他这身滑稽装扮！

第 四 场

木头，赛莉麦娜，阿耳塞斯特。

阿耳塞斯特　什么意思，这副打扮、这副惊惶的样子？你怎么啦？

木　头　　　老爷……

阿耳塞斯特　怎么样？

木　头　　　出了怪事。

阿耳塞斯特　什么怪事？

木　头　　　老爷，大事不好。

阿耳塞斯特　什么？

木　头　　　我可以大声说话吗？

阿耳塞斯特　可以，说吧，快些。

木　头　　　眼边没有什么人……

阿耳塞斯特　哎呀！真能蘑菇！你想不想说？

木　头　　　老爷，得避避风头。

阿耳塞斯特　怎么？

木　头　　　得一声不响地溜。

阿耳塞斯特　为什么？

木　头　您听我说，非逃不可。

阿耳塞斯特　理由？

木　头　老爷，连私人告别也来不及。

阿耳塞斯特　可是你说这话，有什么缘故？

木　头　缘故就是，老爷，非卷铺盖不可。

阿耳塞斯特　哎呀！你不把话交代清楚呀，混蛋，看我不砸开你的脑壳。

木　头　老爷，有一个黑人，衣服黑，脸子黑，一直走进厨房，给我们留下一张纸，上头涂了个横七竖八，想把它认出来，就得比魔鬼还坏才成。一定是您打官司的事，我看准没有别的；可是我相信，就是地狱的鬼怪，也不会认出一个大概其来。

阿耳塞斯特　好啦！怎么样？混账东西，这张纸，和你说起的出走，又有什么联系？

木　头　我要告诉您的，老爷，就是过了一个钟头，一个常来看您的人，急急忙忙找您来了，看您不在，晓得我伺候您很忠心，就和颜悦色，托我告诉您……等等看，他叫什么来的？

阿耳塞斯特　别管他姓甚名谁了，混账东西，说他告诉你的话吧。

木　头　反正是您的一位朋友就得了。他告诉我，您眼下大祸临头，您不逃走，就有关监牢的灾殃。

阿耳塞斯特　到底什么事？他不愿意对你明说，还是怎的？

木　头　没有：他问我要墨水和纸，给您留下了几句话，我想，您一看信，就晓得葫芦里卖的是什么药了。

阿耳塞斯特　那么，拿信给我看。

赛莉麦娜　　出了什么乱子?

阿耳塞斯特　我不知道，不过我希望就会水落石出的。不识好歹的鬼东西，你还不快找?

木　头　　（找了许久。）他妈的! 老爷，我把它留在您的桌子上了。

阿耳塞斯特　我恨不得把你揍个……

赛莉麦娜　　先别生气，快去把事情弄清楚再说。

阿耳塞斯特　不管我怎么留心，好像命里注定了打断你我的谈话；不过为了打败命运起见，夫人，你就答应我在天黑以前，再来看你一回。

第 五 幕

第 一 场

阿耳塞斯特,费南特。

阿耳塞斯特　你听我说,我下定决心啦。
费南特　可是打击再大,你真还非这样不可……?
阿耳塞斯特　是的,随你怎么做,怎么劝我,反正说话算数,我不会改变心思的:我们这个世纪,道德败坏,不可收拾,我宁可和人断绝往来。什么?荣誉、正直、廉耻和法律,明明对我的对头是一概不利;人人说我有理;我也心安理得,以为胜券可操。结局是我眼睁睁看着自己受骗:我虽然公道在握,还是输了官司!一个臭名远扬的坏蛋,居然偷天换日,赢了官司!金科玉律输给他的奸诈!他杀害我,还有理可据!他那包藏祸心的鬼脸,居然有力量推翻正当的权利,歪曲正义!他还弄到一份判决书,表扬他的滔天大罪!恶棍这样欺负我还不满意,有一本要不得的书,风行一时,即使读一遍也应当受到谴责,一本根本值得取缔的书,他也诬赖我是作者①！奥隆特看见有机可乘，也不怀好意，随声附和，支持谗谤！他在朝廷还算是一位正人君子！我对他只有真诚、坦白，从来也没有得罪过他！他自己恳切万分，要我评骘他写的诗，又不是我要评骘！因为我对他直言无隐，不想欺骗他，也不想欺骗真理，他就推波助澜，加我以莫须有的罪名，变成了我最大的仇人！因为我没有称赞他的十四行诗，他就说什么也不肯饶恕我！家伙！人就是这样做成的！虚荣让他们干的就是这一类事！这就是他们所谓的信义、操守、公道和荣誉！算了吧！我受他们的罪也受够了，还是离开这强盗窝和这送命所在吧。既然人和人相处，全像豺狼一样，我有生一日，你们这些坏蛋也就永远见不到我了。

费南特 我觉得你的计划有点做得太快，害处不见得像你说的那样大：即使你的对头大胆栽诬你，也决办不到把你拘禁起来；他的假报告，本身就站不住脚，很可能害人不成反害己。

阿耳塞斯特 害他？那些为鬼为蜮的伎俩，他就不怕张扬出去；他是一个正式批准了的大恶棍，这件事不但无损于他的信用，他明天反而会因此地位更高了的。

费南特 反正这也是真的，他陷害你，可是他捏造的谣言，大家并

---

① "一本要不得的书（un livre abominable）"：当时确有一首匿名的长诗，攻击路易十四的宠臣柯尔柏（Colbert）、路易十四的母亲和她周围结党营私（如费南特下面说起的）的信徒（也就是阻挠《达尔杜弗》上演的当权人士），盛传一时。十九世纪翻印，诗名即用《要不得的书》，认为是莫里哀的手笔。一般认为是莫里哀的朋友们集体执笔，他本人可能提供一些意见。莫里哀这里虽属客观泛指，显然是有所指而言。攻评当道，当时往往受到严厉处分，阿耳塞斯特的仇人才恶意诬赖他是"一本要不得的书"的作者。

不太怎么相信：你在这方面，早已没有什么好怕的了；至于你的官司，你尽好上诉的，你有的是理由翻案，撤掉判决书……

阿耳塞斯特　不，我偏支持它。这样的裁决，对我再怎么不公道，我也要小心在意，不让人把它推翻了：正当权利受害，明眼人一看判决书，也就明白了，所以作为我们这个世纪的人的恶毒的一种明显标志、一个出名的证据，我要它垂之久远。这可能要破费我两万法郎；不过花两万法郎，我就有权咒骂人性败坏，对它长抱永生之恨，也未尝不是好事。

费南特　可是归根结柢……

阿耳塞斯特　可是归根结柢，你是枉费精神：先生，你这上头有什么同我好谈的？眼前这种种丑事，难道你也好意思对我当面加以谅解？

费南特　不，你的见解，我全部同意：事事全靠结党营私，今天只有耍诡计，才能踌躇满志，所以人不洗心革面，就好不下去。不过因为他们心地败坏，也好作为理由，退出他们的社会？人的种种缺点，正好给我们在生活上运用我们哲学的机会。这是道德的最好的锻炼；如果事事公正无欺，人人坦白、正直、和善，大部分道德对我们也就没有用了，因为我们借重道德，就是为了在我们有正当权利的时候，能以忍受旁人的横暴，而不感到痛苦；同样也因为，一个人道德高尚……

阿耳塞斯特　先生，我晓得你说起话来，娓娓动听，永远理由十足；不过你在浪费时间，白费唾沫。理智为了我的利益，要我退出社会：我这人心直口快，不大控制得了自己，说些什么，我也担保不了，会给自己惹出许多乱子来的。别唠叨了，让我等赛莉麦娜来吧：她应当同意我的来意；我要看她是不是爱我，现在该是让我相信的时候了。

费南特　　　我们一面等她回来，一面上楼看艾莉昂特去。

阿耳塞斯特　不，我觉得心里烦得不得了。你看她去吧，有我的解不开的苦恼陪着，你就由我待在这小黑角落吧。

费南特　　　这是等人的一个怪伴儿，我还是邀艾莉昂特下来吧。

第 二 场

奥隆特，赛莉麦娜，阿耳塞斯特。

奥隆特　　　是的，夫人，你要不要借重赤绳，把我完全拴在你的身旁，就看你了。我需要对你的心有充分保证：一个求婚的人，最不喜欢的就是女方犹疑不决。我的痴情如果能打动你的话，你就决不该瞒着不让我知道。其实我问你要的证据，也不过是不要再让阿耳塞斯特向你求婚罢了；夫人，接受我的爱情，把他牺牲了，而且由今天起，你就再也不许他上门。

赛莉麦娜　　可是我常听见你说他好来的；出了什么大不了的事，你这样生他的气？

奥隆特　　　夫人，没有必要解释；问题在知道你对谁有感情。留这一个，还是留另一个，请你挑吧：我的决心单看你的决心了。

阿耳塞斯特　（从他待着的角落出来。）是啊，先生言之有理。夫人，必须选择，他的要求现在正合我的心思。我也是一样焦

	急,我来也为了放心不下。我的爱情要你做出明确的表示,事情已经到了不能再拖延的地步,如今是你表示的时候了。
奥隆特	先生,我决不希望自讨无趣,扰乱你的福分。
阿耳塞斯特	先生妒忌也罢,不妒忌也罢,我决不希望和你平分她的心的。
奥隆特	假如她认为你的爱情胜过我的爱情……
阿耳塞斯特	假如她对你能有一丝丝好感……
奥隆特	我发誓从今以后不求婚来了。
阿耳塞斯特	我当众发誓不再看她来了。
奥隆特	夫人,用不着顾忌,该你说话啦。
阿耳塞斯特	夫人,用不着害怕,你可以解释啦。
奥隆特	你只要告诉我们,谁是你的意中人就成。
阿耳塞斯特	你只要在我们两个人中间,干脆选一个就行。
奥隆特	什么?你选一个似乎也有困难!
阿耳塞斯特	什么?你犹疑不决,好像拿不定主意!
赛莉麦娜	我的上帝!你们执意强求,也不看看时候,两个人就没有一个讲理的!我看中谁,我会做出决定来的,我现在也并不犹疑不决!在你们两个人中间,根本就用不着左右为难,世上没有再像爱情的选择这样快的了。不过说实话,这样的话,面对面说出口来,我心里窘得不得了:这些伤人感情的话,我认为决不该当着人面说出口来。一个人喜欢谁,总有痕迹外露,用不着非让我们破脸不可。总之,一个求婚的人,稍微体会出来一点不利的情况,就该心中有数,知难而退。
奥隆特	不,不,当面说破,我没有什么好怕的:就我来说,完全

赞成。

阿耳塞斯特　我也要求你这样做。我现在特别坚持当众宣布,决不指望你有丝毫顾忌。你的主要用心是个个保留,不过拖延和犹疑全不行了,你一定要把话交代明白,不然的话,我就把你的拒绝当作裁决来看。你默不作声,我自己晓得怎么解释的,我要把我的最坏的想法看作实有其事的。

奥隆特　先生,你这样生气,我极表好感,我现在要对她讲的也是这话。

赛莉麦娜　你们这样任性,活活把我烦死!难道你们的要求正当!我没有告诉你们,我为什么不讲吗?艾莉昂特来啦,让她评评看。

第 三 场

艾莉昂特,费南特,赛莉麦娜,奥隆特,阿耳塞斯特。

赛莉麦娜　姐姐,可不得了,他们像是一个心眼儿在折磨我。两个人全一个口气,一定要我宣布看中了他们中间哪一个,当面做出裁决,禁止另一个人对我再有任何好意的表示。你倒说说看,什么时候有过这种怪事。

艾莉昂特　千万不要同我商量这事!说不定你就问错了人,我是赞成有话就说出来的。

奥隆特　夫人,你回避不了的。

阿耳塞斯特　你的推托得不到人支持的。

奥隆特　一定要说,一定要放弃模棱两可的态度。

阿耳塞斯特	你继续保持沉默，就是回绝我的表示。
奥隆特	我只要你说一句话，结束我们之间的争执。
阿耳塞斯特	你不开口，我明白你是什么意思。

第 四 场

阿卡斯特，克利汤德，阿尔席诺艾，费南特，艾莉昂特，奥隆特，赛莉麦娜，阿耳塞斯特。

阿卡斯特①	夫人，不要见怪，我们两个人有一点小事要你解释。
克利汤德②	先生们，你们都在，再巧不过，这事和你们也有牵连。
阿尔席诺艾	夫人，你见我来，一定觉得惊奇，其实是两位先生约我来的：他们两位来到舍下，向我抱怨一件事，我说什么也不能相信。我十分敬重你的为人，说什么也不相信你会干出这种坏事。他们的最有力的证据也说服不了我；他们虽然闹小意见，不过朋友还是朋友，所以为了看你洗雪这种污蔑，我也就乐于奉陪他们到府上来了。
阿卡斯特	是的，夫人，我们心平气静，看你怎么样维护它。这封信是你写给克利汤德的?
克利汤德	这封多情的信是你写给阿卡斯特的?
阿卡斯特	先生们，信上的字迹，你们并不生疏，我相信她彬彬有礼，回答你们的书信，你们对她的手笔也一定特别熟悉；

---

① 根据1734年版，补加："（向赛莉麦娜。）"
② 根据1734年版，补加："（向奥隆特和阿耳塞斯特。）"

不过念念这封信，也还很值得：

"你是一个怪人①，谴责我不该有说有笑，还责备我和你在一起的时候，从不那样兴高采烈。没有比这再不公道的啦，你把我得罪下来啦；你不赶快求我宽恕，我会一辈子不宽恕你的。我们那位又高又笨的子爵……"

他应当在这地方。

"我们那位又高又笨的子爵，你从他开始你的抱怨，根本就不合我的口味；自从我看见他有三刻钟之久，让水面起圈圈，朝井里吐痰以来，我对他就永远不能有好印象了。说到那位小侯爵……"

信上说的，先生们，正是不才在下。

"说到那位小侯爵，他昨天挽我的手挽了许久，我觉得世上没有比他再浮薄的人啦，他是那类除去小斗篷和宝剑之外②就没有长处的人。说到系彩带子的男人……"③

先生，这回轮到你啦。

"说到系彩带子的男人，有时候他的粗暴和他的乖僻也还逗我开心，不过许多时候，我觉得他是世上顶讨厌的人。说到穿上衣的人……"④

这回是挖苦你⑤。

---

① 根据1682年版，补加"克利汤德"这个名字。
② 赛莉麦娜嘲笑贵族家庭的小兄弟，除去服装，别无所有。"小斗篷和宝剑"是贵族装束的特征。
③ 根据1734年版，补加："（向阿耳塞斯特。）"
④ 1682年版改"穿上衣的人"为"写十四行诗的人"。大衣底下，一般都穿小袄pourpaint，当时开始改穿上衣veste，认为时髦。"写十四行诗的人"易于联想到奥隆特，不过十四行诗事件发生在当天，赛莉麦娜即使知道，也不可能就写信。
⑤ 根据1734年版，在本句之前补加："（向奥隆特。）"

"说到穿上衣的人,他自命才子,不顾舆论,冒充作家,我就耐不下心来听他谈话;他的散文像他的诗一样让我疲倦。所以你记着,我不像你想的那样永远开心;随便人家把我带到什么好玩的场合,我看不见你,就遗憾之至;一个人寻欢作乐,有所爱的人们在一起,就会分外津津有味。"

克利汤德　现在轮到欣赏我啦。

"你和我说起你那位克利汤德,他有一副假温柔模样,是我最不喜欢的人了。他想入非非,自以为人爱他;你也想入非非,相信人不爱你。和他交换一下你的想法吧,你就通情达理啦;我让他纠缠得好生苦恼,为了帮助我忍受起见,尽你的可能,常来看我吧。"

夫人,信上显出了一个性格十分高贵的典范。你晓得这叫什么?我们两个人到任何地方,把你内心的体面形象宣扬一下,也就够了。

阿卡斯特　我有许多话讲,题材也挺漂亮,不过我认为你不配我生你的气,我要让你知道,那些小侯爵有的是品格崇高的妇女安慰他们。①

奥隆特　什么?看过你给我写的信,我决想不到你这样糟踏我。你这颗心装出一副有情模样,轮流许给全人类!算啦,我上够了当,不要再上当啦。承你情,让我认识到你的真面目:你这样把心还我,我反而富裕了,所以你失去它,我也就报了仇了。(向阿耳塞斯特。)先生,我不再阻挠你

---

① 根据1734年版,补加:"(阿卡斯特和克利汤德下。)"

求婚了,你大可以和夫人明定终身。①

阿尔席诺艾 说实话,这是世上最见不得人的事了;我想不作声也不成,心里直在冒火。谁见过像你这样待朋友的?旁人的事,我也决不搁在心上,②可是这位先生,——给你带来了好运道——像他这样的人,有才分,有身份,把你捧得像神仙一样,难道也该……

阿耳塞斯特 夫人,我的事我自己会料理,请你就撒开手,不必操这份多余的心吧。你为我打抱不平,也是白费气力,根本我就报答不了你的盛意。即使我要报复,另选意中人,也不会想到你。

阿尔席诺艾 哟!先生,你以为我有这种念头,一心就想着嫁你?你不识好歹,信以为真的话,我看呀,你是狂妄到了极点:这位夫人拣剩下来的残余,我还当作宝货,未免也太作践自己啦。请你放明白,少神气些吧;像我这样的女人,你还不配呐。你顶好还是追追她吧,我巴不得早一天看见你们两美必合。(她走出。)

阿耳塞斯特 好啦!我看了个一清二楚,可是我一直不开口,由着旁人先讲话。我这半天克制自己,也算相当久了,现在我可不可以……

赛莉麦娜 是的,你可以敞开讲:你有权利埋怨我,愿意怎么责备就怎么责备我。我承认我错,所以心中有愧,也不想找话对你做无益的辩解。我不在乎旁人恼不恼,不过你这方面,我承认我对不住你。你确实理应生气;我晓得你一定

---

① 根据1734年版,补加:"(奥隆特下。)"
② 根据1734年版,补加:"(指着阿耳塞斯特。)"

> 觉得我罪过不小，处处证明我一直在糊弄你，总之，你有理由恨我。恨吧，我同意。

阿耳塞斯特 哎呀！负心女子，我能恨你吗？我能就这样结束我的恩情？就算我想把你痛恨个死，我这颗心肯乖乖儿听我支使？（向艾莉昂特和费南特。）你们看不争气的恩情能把人祸害到什么地步，我请你们两个人都作我心软的见证。不过对你们实说了吧，这还算不了什么，你们看好了，我还要心软下去，证明把人说成聪明就是错误，因为人在感情上总归是人。是的，负心女子，我情愿忘记你的滔天罪行，我可以衷心宽恕一切，说成一时失于检点，由于青春年少，受了时下恶习的熏染，只要你肯帮我完成逃出人世的计划，立刻下定决心，随我去我发誓要去居住的沙漠地。只有这样做，你才能在人心目中挽回你信上的过错；也只有这样做，经过这场高尚人士厌恶的是非，我才能允许自己继续爱你。

赛莉麦娜 我，不等年老，就弃绝人世，去你的沙漠地，把我活埋了！

阿耳塞斯特 假如你爱我能像我爱你一样，人世不人世，与你又有什么相干？难道和我在一起，你还不心满意足？

赛莉麦娜 二十岁的人就怕寂寞，所以下决心执行这样一种计划，我觉得我还不够伟大，不够坚强。如果结婚能满足你的愿望的话，我可以下决心嫁你；婚事……

阿耳塞斯特 不，现在我从心里憎恨你，单单这种拒绝就比什么也坏事。我和你结婚，样样称心，既然你和我结婚，并不样样称心，好吧，我拒绝你；这种明显的侮辱让我永远摆脱你的不相称的拘束。（赛莉麦娜走出，阿耳塞斯特向艾莉昂特说话。）夫人，千百清芬衬托你的容貌，可是我只从你身上看到真诚。许久以来，我就十分敬重你的为人，不过让我永远这样敬重你，而且在我心乱如麻的时候，允许我不争取向你求婚的荣誉：我觉得自己太不相配，开始认识到天上没有为我安排这种婚事的好命。把一颗配不上你的心的残余献给你，未免对你也太猥亵。总之……

艾莉昂特　你可以永远这样想的；我要嫁谁也并不为难；你的朋友就在眼前，只要我开口相求，我用不着太担心，他就会接受的。

费南特　哎呀！夫人，这种荣誉是我的全部愿望；即使赴汤蹈火，我也甘心。

阿耳塞斯特　但愿你们能真正知足，彼此长久持有这种感情！遍地不公道，到处受害，我要走出这恶习横流的深渊，到天涯海角，寻找一个能有自由作正人君子的僻静地方。

费南特　来，夫人，让我们尽一切可能，打消他给自己拟订的计划。

屈打成医

原作是散文体。1666 年 8 月 6 日首演。

演员

斯嘎纳赖勒　　马婷的丈夫。

马婷　　斯嘎纳赖勒的老婆。

罗拜尔先生　　斯嘎纳赖勒的邻居。

法赖尔　　皆隆特的仆人。

吕卡　　雅克林的丈夫。

皆隆特　　吕散德的父亲。

雅克林　　皆隆特家里的奶妈,吕卡的老婆。

吕散德　　皆隆特的女儿。

赖昂德　　吕散德的情人。

狄保　　珀兰的父亲。

珀兰　　狄保的儿子,农民。

第 一 幕①

第 一 场

斯嘎纳赖勒，马婷（彼此吵着嘴，在舞台上出现）。

斯嘎纳赖勒 不，我告诉你，我什么也不要干，讲话的是我，当家的是我。

马　婷 我呀，我告诉你，我要你照着我的想法过活，我嫁你不是为了看你胡闹。

斯嘎纳赖勒 噢，要一个女人可真叫受了大罪呐！亚里士多德讲，一个女人比一个恶魔还坏，这话可有道理呐！

马　婷 你们看看这个能人，跟他那个傻瓜亚里士多德哟！

斯嘎纳赖勒 对，能人：你倒找一个打柴的给我看，跟我一样，懂得议论天下大事，伺候一位有名气的大夫六年，小时候念过初级拉丁，还背得下来。

马　婷 头号疯子，臭！

斯嘎纳赖勒 死人骨头，臭！

马　婷 我答应嫁你的那天，跟那个钟点儿呀就欠咒！

---

① 景可能是，第一幕是乡下外景；第二、三幕是城中内景。

斯嘎纳赖勒	活王八公证人要我签的那个毁我的破字呀,就欠咒!
马　婷	说真个的,你倒埋怨起来啦,倒像也配!讨我做你老婆,哪一时哪一刻你不该谢谢上天?你配讨我这样的一个女人吗?
斯嘎纳赖勒	咱们成亲的头一晚哟,要是让我抖出来呀,说实话,你可真够我体面的啦!哎!家伙!我还是不讲的好,要是讲出来呀……
马　婷	什么?你讲出什么?
斯嘎纳赖勒	得,老账本子提也没有味道。咱们知道什么,心里有数,也就行啦,反正你碰上了我算你福分。
马　婷	你说碰上了你算我福分,这话是什么意思?一个把我逼到济贫院的男人,一个荒唐鬼,一个黑了良心的鬼东西,把我的陪嫁吃了个精光?
斯嘎纳赖勒	你扯谎,我也就是喝酒喝掉了一部分。
马　婷	屋子里的家具,一桩又一桩,全给我卖了。
斯嘎纳赖勒	这叫省吃俭用。
马　婷	连我的床都给撤了个无影无踪。
斯嘎纳赖勒	你好早点起床。
马　婷	临了,全家里没有留下一件家具。
斯嘎纳赖勒	搬起家来方便。
马　婷	从早到晚,也就是要钱、喝酒。
斯嘎纳赖勒	为了老爷子解闷。
马　婷	这期间,你要我跟家里人怎么办?
斯嘎纳赖勒	你高兴怎么办就怎么办。
马　婷	我手头有四个小可怜。
斯嘎纳赖勒	放到地上不就结啦。
马　婷	时时刻刻问我讨面包。

斯嘎纳赖勒　抽他们一顿鞭子：我吃饱了，喝足了，我要家里人个个儿饿死。

马　婷　醉鬼，你真就以为日子不会往坏里变？

斯嘎纳赖勒　家里的，请你把调子放低点。

马　婷　难道我就该永生永世看你胡闹，受你欺负？

斯嘎纳赖勒　家里的，咱们可别动气。

马　婷　难道我就找不出办法，叫你回到正路上来？

斯嘎纳赖勒　家里的，你知道，我的性子暴，胳膊有的是力气。

马　婷　我才不拿你的吓唬放在心上。

斯嘎纳赖勒　我的心肝，我的小家里的，你跟往常一样，皮又痒痒啦？

马　婷　我要让你知道，我说什么也不怕你。

斯嘎纳赖勒　我的那一口子，你是想挨揍呀，还是怎么着。

马　婷　你以为我会怕你讲废话？

斯嘎纳赖勒　别看我心里就有你，我会赏你耳光子的。

马　婷　你呀，醉鬼！

斯嘎纳赖勒　我要打你。

马　婷　酒坛子！

斯嘎纳赖勒　我要揍你。

马　婷　没脸没臊的东西！

斯嘎纳赖勒　我要捶你。

马　婷　鬼东西，混账东西，骗子，懦汉，流氓，死东西，叫化子，要饭的，捣蛋鬼，无赖，强盗……！

斯嘎纳赖勒　（拿起一根棍子打她。）啊！你喜欢这个？

马　婷[①]　啊！啊！啊！啊！

---

① 根据1734年版，补加："（叫喊。）"

斯嘎纳赖勒　要你安宁呀，只有这个法子。

第 二 场

罗拜尔，斯嘎纳赖勒，马婷。

罗拜尔　喂！喂！喂！不像话！怎么的啦？多丢脸！该死的流氓，打老婆，打成这样子！

马　婷　（手放在两侧，边说话，边逼他后退，最后，打了他一记耳光。）我呀，我愿意挨打。

罗拜尔　啊！我完全赞成。

马　婷　关你什么事？

罗拜尔　我错。

马　婷　有你什么事？

罗拜尔　你有道理。

马　婷　看这人多不识相，想阻挡男人打自己的老婆。

罗拜尔　算我没说。

马　婷　你有什么好挑剔我的？

罗拜尔　没有。

马　婷　要你多管闲事？

罗拜尔　不啦。

马　婷　管管你自己的事吧。

罗拜尔　我再也不插嘴啦。

马　婷　我挨打，开心。

罗拜尔　同意。

马　婷	跟你不相干。
罗拜尔	对。
马　婷	跟你不相干的地方你要蹭上来，你是傻瓜。
罗拜尔	（他随后走向丈夫，丈夫边同他说话，也总在逼他后退，用同一棍子打他，把他吓跑了；他最后说。）好伙计，我全心全意求你原谅。揍你老婆，打你老婆，请便；你需要的话，我帮你。
斯嘎纳赖勒	我呀，我不高兴。
罗拜尔	啊！那就是另一回事了。
斯嘎纳赖勒	我要打她，我就打她；我不要打她，我就不打她。
罗拜尔	好极。
斯嘎纳赖勒	她是我老婆，不是你老婆。
罗拜尔	当然喽。
斯嘎纳赖勒	我不要你吩咐。
罗拜尔	同意。
斯嘎纳赖勒	我不用你帮忙。
罗拜尔	领情。
斯嘎纳赖勒	别人家的事，要你管，你可不识相啦，记住，西塞罗①说过，在树跟指头当中，千万别放树皮。②（随后他回到他女人跟前，边握着她的手，边说。）噢！好啦，公母俩好了吧。拉拉手。
马　婷	对！把我打成这个样子！
斯嘎纳赖勒	不算什么，拉拉手。

---

① 西塞罗 Cicerone（公元前106—公元前43）是罗马共和国末期的大演说家。斯嘎纳赖勒记错了，把树跟树皮当中别放指头，说成了树跟指头当中别放树皮。
② 罗拜尔下。

马　婷	我不要。
斯嘎纳赖勒	哎！
马　婷	不。
斯嘎纳赖勒	我的小家里的！
马　婷	不成。
斯嘎纳赖勒	来吧，听我的。
马　婷	我不干。
斯嘎纳赖勒	来，来，来。
马　婷	不，我偏要生气。
斯嘎纳赖勒	算啦，小事一桩，来，来。
马　婷	放开我。
斯嘎纳赖勒	拉拉手，听我的。
马　婷	你待我太狠心。
斯嘎纳赖勒	哎！好啦，我求你原谅，给我手。
马　婷	我原谅你；（她低声说。）可，回头有你受的。
斯嘎纳赖勒	你真傻，这也在意。这是些小事，相好有时用得着；在相爱的人中间，添上五六记棍子，感情只有快活。好啦，我去树林子，我答应你，今天给你砍一百多捆柴。

第 三 场

马婷（一个人）。

马　婷	好啦，不管我摆出什么笑脸来，我忘不了我那口气：你打我，不能让你白打，我巴不得有什么妙法子来收拾你。

我晓得，做老婆的要在丈夫身上出气呀，眼面前有的是办法；不过，对我这位死鬼嘛，那种处分太细致，他不会放在心上的。①我要的一种处分呀，要刺激他个狠；我受的那份气呀，光我称心还不够我受用。

第 四 场

法赖尔，吕卡，马婷。

吕　卡②　　娘的！咱俩这份苦差事算赶上啦，俺就想不出个啥办法，交这个差。

法赖尔③　你要怎么着，我可怜的奶公公？我们得听主人支使；再说，你我都关心他女儿、我们的小姐的健康；不用说，她这一病，把喜事给担搁了，把我们到手的外快也给弄飞了。贺拉斯手头宽，攀亲的人里头，数他有希望；尽管她有点喜欢一个叫赖昂德的，你清楚，她父亲说什么也不肯答应他来做姑爷。

马　婷　　（在一旁独自想心事。）难道我就想不出个主意帮我出出怨气？

吕　卡　　大夫连他们学的拉丁也泡干了，他老爷子还能忙出个啥道道来呀？

法赖尔　人开头找不到，有时候拼命一找，就兴找到了；往往在想

---

① 丈夫是粗人，给他绿帽子戴，他不会放在心上。
② 根据1734年版，增加："（向法赖尔，没有看见马婷。）"
③ 根据1734年版，补加："（向吕卡，没有看见马婷。）"

马　婷[①]	不到的地方……
	可不，豁出去了，我也得出这口气：这些棍子打得我伤心透了，我就咽不下去……（她边说边想心事，不留神撞上了这两个人，她转回身，向他们道。）啊！对不住，两位先生；我脑壳里净是些苦事由，就没有看见你们。
法赖尔	一家子有一家子的苦，我们也巴不得有啥办法，把手头的事给了了。
马　婷	有没有用得着我的地方？
法赖尔	兴许有用；我们试看碰上一位能人，一位名医，有本事治得了我们主人的女儿；她得了一种怪病，一下子舌头就不听使唤了。好几位大夫治她的病，把他们那点学问都用光了，也不顶事；不过，有时候，就兴碰上什么人，有宝贵的秘方子，专治怪病的药方子，治得好别人治不了的病；我们找的就是这个。
马　婷	（她头几句低声说。）啊！上天帮我出了个好主意，替我出我那死鬼给我的气！（高声。）你们要找的那个能人呀，问我算是问着啦：我们这儿就有这么个人，世上顶顶了不起的人，专治没人能治的病。
法赖尔	求你啦，我们到什么地方可以遇见他？
马　婷	你们现在到那边那个小地方就可以见到他，他在劈柴玩儿。
吕　卡	一位大夫劈柴火！
法赖尔	你是说，他在捡药草玩儿？
马　婷	才不。他是一个喜欢劈柴火的怪人，古怪，邪门，任性，

[①] 根据1734年版，补加："（总以为只是自己一个人。）"

	他是什么人，你们就猜不透他。他穿衣服的样子可古怪啦，有时候假装没有道行，把学问藏得严严的，上天给他行医的了不起的才分，他见天躲来躲去，就怕人知道。
法赖尔	天下事就是这样怪，大人物总有点任性，学问里头掺着一点点疯劲儿。
马 婷	这位先生的疯劲儿，说出来谁也不相信，因为，要他承认他有本事治病呀，有时候他甘愿挨一顿打，才肯认账。他要是一死心眼儿，就决不承认他是大夫，你们干瞪眼也拿他没有办法。我帮你们出个主意吧，你们每人拿一条棍子，拼命打他，打得他叫天叫地，不得不承认他开头隐瞒自己是大夫为止。我们赶到需要他的时候，我们就这样对付他。
法赖尔	这个疯劲儿真够怪气的！
马 婷	的确是这样。打过他以后，你们再看吧，他看起病来可灵啦。
法赖尔	他怎么个称呼？
马 婷	他叫斯嘎纳赖勒，其实挺容易认出他的：他这人留着一大把黑胡子，戴着一个皱领，衣服是黄颜色跟绿颜色。
吕 卡	衣服是黄颜色跟绿颜色！难道他是看鹦鹉的大夫？
法赖尔	不过他真就像你说的那样有能耐？
马 婷	怎么？他能把奇迹给你们做出来。半年以前，有一个女人，别的大夫全不管了，大家以为她死了六个钟点，打算把她埋掉，这时候我们说起的那个人被逼得露面了。他看了看，就往她嘴里滴了一小滴我不知道是什么东西，就见病人这时候，从床上站起来，马上就在屋子里头走来走去，活像没这回事似的。

吕　卡　　　啊！

法赖尔　　　这一定是可以喝的金汁子。

马　婷　　　可能是吧。三个星期不到以前,一个十二岁的小孩子打钟楼高头摔下来,在石块铺的地上摔伤了头、胳膊跟腿。我们的大夫被请来看病,就拿出一种他配好的膏药敷在他整个身上,小孩子马上就站起来,跑过去丢石子耍①。

吕　卡　　　啊！

法赖尔　　　这位大夫一定有仙方子。

马　婷　　　谁能不信呀？

吕　卡　　　娘的！咱们要寻的人不就是他嘛！快把他寻出来。

法赖尔　　　我们谢谢你帮我们这个忙。

马　婷　　　可是千万要记牢我给你们的警告。

吕　卡　　　哎,娘的！交咱俩办：光靠打,就能打出个大夫来,那他就是咱们的了。

法赖尔　　　咱俩走运,遇见这个女人,单就我说,我心里抱的希望可大啦。

第 五 场

斯嘎纳赖勒,法赖尔,吕卡。

斯嘎纳赖勒　　（唱着歌,拿着一只瓶子,走向舞台。）啦,啦,啦。

---

① 一种玩小洞的游戏：远处有一个小洞,大家拿石子往里抛,看谁抛得多。

法赖尔	我听见有人唱歌、劈柴火。
斯嘎纳赖勒	啦，啦，啦……家伙，够累的啦，该喝一口了。好歹也得喘一口气。（喝酒，喝过之后说。）活见鬼，木头发咸。①

      美酒飘香，

      瓶子多漂亮，

      喝口美酒，

      咕咚咚响！

      你看总能装得那样满，

      人们可都要把我妒忌。

      啊，小心肝，俏瓶子，

      你为什么空荡荡？②

      好啊，家伙！可别把忧愁兜上来。

法赖尔③	那是他。
吕　卡④	咱看你说对咧，咱可赶上啦。
法赖尔	凑近了看。
斯嘎纳赖勒	（望见他们，转向他们，轮流看着他们，放低声音说。）⑤ 啊！我的小坏蹄子！我多爱你哟，我的小宝贝⑥！

---

① 汗出多了，木头也发咸。
② 这支歌的曲谱保存下来。给这支歌谱曲的是路易十四的音乐家吕里 Lulli。但现在见到的却是两个谱子，一个是 1717 年的，收在《民歌总谱》La Clef des Chansonniero，一个是 1753 年的，收在《法兰西喜剧院汇编》Recueie de lu Comedie‐Francaise，曲谱却说明是吕里 1616 年为莫里哀写的原谱。现在我们把两个曲谱附在正文后面。
③ 根据 1734 年版，补加："（低声，向吕卡。）"
④ 根据 1734 年版，补加："（低声，向法赖尔。）"
⑤ 根据 1734 年版，补加："（拥抱他的瓶子。）"
⑥ 根据 1734 年版，增补行动："（他歌唱。）……人人……都要……冲着我……（瞥见法赖尔和吕卡在打量他，他放低声音。）……眼红（看见他们走近了打量他。）"

	……人人……都要……冲着我……眼红……见他妈的鬼！这些人在打什么主意？
法赖尔	一定是他。
吕 卡	活活个子他嘛，跟人家对咱们描的一模子一样。
斯嘎纳赖勒	（旁白——他这时把瓶子放在地上，法赖尔弯腰朝他行礼，他以为法赖尔有意抢他的瓶子，放到另一面；随后，吕卡一样朝他行礼，他拿起瓶子，贴住他的胸口，做出各种手势，极尽表演之能事。）他们冲我望，还在商量。他们存了什么心思？
法赖尔	先生，你的名字是不是叫斯嘎纳赖勒？
斯嘎纳赖勒	哎，怎么啦？
法赖尔	我问你，你的名字是不是叫斯嘎纳赖勒。
斯嘎纳赖勒	（转向法赖尔，再转向吕卡。）也是，也不是，看你们要他干什么。
法赖尔	我们也就是想对他表示表示我们的敬意。
斯嘎纳赖勒	这样的话，我就叫斯嘎纳赖勒。
法赖尔	先生，我们见到您，非常高兴。我们寻访的人，人家让我们问您；我们需要您帮助，特意来请您出一把力。
斯嘎纳赖勒	两位先生，这要是什么事，我那点子小本事有用处的话，我是情愿为两位出力的。
法赖尔	先生，您太赏我们脸啦。不过，先生，您请戴上帽子，太阳会把您晒坏了的。
吕 卡	老爷子，戴上吧，甭客气。
斯嘎纳赖勒	（低声。）两位先生可真讲礼。
法赖尔	先生，我们到您这儿来，没有什么好希罕的：能人总是受人器重，您的本事我们已经打听出来了。

斯嘎纳赖勒	的确,两位先生,不是我吹牛,砍柴火我是头一个。
法赖尔	啊!先生……
斯嘎纳赖勒	我什么也不省,没得话说,你可以放心。
法赖尔	先生,我们不是为了这个。
斯嘎纳赖勒	我一百捆也就卖一百一十苏。①
法赖尔	我们不谈这个,劳驾。
斯嘎纳赖勒	我答应你,价钱可不能再低啦。
法赖尔	先生,我们懂。
斯嘎纳赖勒	你们既然懂,你们就该知道我这个价钱够低的啦。
法赖尔	先生,您是在寻开心……
斯嘎纳赖勒	我不开心,价钱不能再少啦。
法赖尔	赏个脸,换个样子谈吧。
斯嘎纳赖勒	你到别的地方可以问到便宜货:柴火有各种各样的,可是我的柴火……
法赖尔	哎!先生,这话就别谈了吧。
斯嘎纳赖勒	我对你明誓,少两个代尼耶②,我也不卖。
法赖尔	哎!别提这个。
斯嘎纳赖勒	不,说良心话,这个数儿你出得。我跟你讲的是实话,我不是那种漫天讨价的人。
法赖尔	先生,像您这样一位人物,竟然也玩这些荒唐的假招子,不顾身份,也说这种话?一位有天大学问的人,一位远近闻名的大夫,像您这样的人,也想瞒哄世人,把高才埋没了?

---

① 一个"苏"等于二十分之一法郎。
② 一个代尼耶是一个"苏"的十二分之一。

斯嘎纳赖勒	（旁白。）他疯了。
法赖尔	求求您，先生，就别跟我们遮遮掩掩了。
斯嘎纳赖勒	怎么回事？
吕　卡	你想哄咱们老哥儿俩呀，不中；你的老底子，俺知道。
斯嘎纳赖勒	知道什么？你们对我讲的些什么呀？你们把我当作什么人了？
法赖尔	你本人呀，一位大医生呗。
斯嘎纳赖勒	你才是大夫呐，我不是，这辈子也别想我是。
法赖尔	（低声。）他的疯劲儿上来啦。（高声。）先生，您就别再否认了，劳您驾，您就别逼我们啦，那会对不起您的。
斯嘎纳赖勒	什么对起对不起的。
法赖尔	我们不高兴干的事。
斯嘎纳赖勒	家伙，你们爱怎么着，就怎么着，反正我不是大夫，听不懂你们对我说的话。
法赖尔	（低声。）我看，非用最后一着不可了。（高声。）先生，我再说一回，请您就露出本相来吧。
吕　卡	哎！真有他的，你就别扯淡了，干脆讲你是大夫就结啦。
斯嘎纳赖勒①	把我气死。
法赖尔	明明是，否认济得了什么事！
吕　卡	干吗摆样子呀？这顶个啥呀？
斯嘎纳赖勒	两位先生，说一句话，也还是那一句话，我不是大夫，就不是大夫。
法赖尔	你不是大夫？
斯嘎纳赖勒	不是。

---

① 根据 1734 年版，补加："（旁白。）"

吕　卡　　　　咋着，你不是大夫？

斯嘎纳赖勒　　不是，听我说。

法赖尔　　　　这是你自讨的，我们只好不客气了。

〔他们拿起一根棍子揍他。〕

斯嘎纳赖勒　　啊！啊！啊！两位先生，你们高兴要我当谁，我就当谁。

法赖尔　　　　先生，你干吗非要我们动手不可？

吕　卡　　　　要咱们打你一顿，有啥子好？

法赖尔　　　　实对你说，我心里一直过意不去。

吕　卡　　　　说穿了，俺的娘！俺可难过咧。

斯嘎纳赖勒　　两位先生，见鬼了，到底是怎么一回事？求你们了，你们是取笑，还是你们发了疯，硬逼着我当大夫？

法赖尔　　　　什么？你还不认账，不承认自己是大夫？

斯嘎纳赖勒　　活见鬼了，我是大夫的话！

吕　卡　　　　咋着，你当真不是大夫？

斯嘎纳赖勒　　不是，瘟死我，也不是！（他们又动手打他。）啊！啊！好啦，先生们，是的，你们既然要我当，我是大夫，我是大夫；你们觉得合适，我还是药剂师。我宁肯什么也同意，也不要挨打。

法赖尔　　　　啊！先生，这就对碴儿啦；我就喜欢你通情达理。

吕　卡　　　　俺听你这话，打心窝子里高兴。

法赖尔　　　　我实心实意请你原谅。

吕　卡　　　　俺刚才撒野，你饶了俺吧。

斯嘎纳赖勒　　（旁白。）咋搞的？难道是我受骗，不知不觉，就变成了大夫？

法赖尔　　　　先生，你对我们露本相，用不着后悔，你看好了，你一定会满意的。

斯嘎纳赖勒	不过，两位先生，告诉我，你们真就没有受骗？拿稳了我是大夫？
吕　卡	俺的天，没错！
斯嘎纳赖勒	当真？
法赖尔	还用说。
斯嘎纳赖勒	活见鬼，我就不知道。
法赖尔	怎么？你是人世顶能干的大夫。
斯嘎纳赖勒	啊！啊！
吕　卡	治好了不知道多少病的大夫。
斯嘎纳赖勒	天呀！
法赖尔	一个女人说是死了六个钟点，眼看要埋掉，就见你拿出一滴不知道什么东西把她救活了，马上就在屋子里走动。
斯嘎纳赖勒	中了邪！
吕　卡	一个十二岁的娃子，打一座钟楼高头栽下来，头呀腿的、胳膊啦，全给摔坏咧，你不晓得拿什么药膏子马上让他站起来，玩儿丢石子去啦。
斯嘎纳赖勒	见鬼！
法赖尔	先生，说到了，你跟我们走，会称心的；你只要由着我们把你带走，你要赚多少，就会赚多少。
斯嘎纳赖勒	我要赚多少就赚多少？
法赖尔	可不。
斯嘎纳赖勒	啊！我是大夫，没得二话。我先前把这个忘记啦，可我现在又想起来啦。看什么病，去什么地方？
法赖尔	我们陪你去。看一位姑娘不说话啦。
斯嘎纳赖勒	家伙！我可没话给她。

法赖尔[①]　他就爱说笑。请吧,先生。

斯嘎纳赖勒　不穿大夫袍子?

法赖尔　我们会帮你找一件的。

斯嘎纳赖勒　(把瓶子递给法赖尔。)你,拿着这个;我拿这盛安神汤。(随后吐痰,转向吕卡。)你呀,照大夫的吩咐,在前头走。

吕　卡　狗的!俺就待见这样的大夫!俺看他,怪滑稽的,一定手到病除。

---

① 根据1734年版,补加:"(向斯嘎纳赖勒。)"

第 二 幕

第 一 场

皆隆特，法赖尔，吕卡，雅克林。

法赖尔　是呀，老爷，我想您会满意的；人世最伟大的大夫，我们给您带来啦。

吕　卡　噢！娘的！这一门拔尖的就数他咧，别人给他脱鞋都不够格。

法赖尔　他这人治起病来可神啦。

吕　卡　死了的人也治得活。

法赖尔　您听我讲，他这人脾气有点怪；有时候真神一离开，他就不像是他本人啦。

吕　卡　看呀，他爱耍滑稽；老爷可别见怪，人有时候会说，他有那么点子疯疯癫癫的。

法赖尔　可是，往里一看，全是学问，讲出来的话往往高明之至。

吕　卡　他一高起兴来呀，叽里咕噜也不知道说个啥子，没完没了，跟念书一样。

法赖尔　他的名声在本地已经传开了，找他看病的简直没天没地。

皆隆特　快把他请过来，我巴不得这就见到他。

法赖尔	我去请他来。
雅克林	呀呀呸！老爷，这家伙行的医道呀，跟别人差不到哪儿去。照咱看，就是那么回子事；对症下药，依咱，要中你闺女的个子意，除非是给她找个子标致相公。
皆隆特	得了！奶妈，好人，你管闲事管得真够宽的啦。
吕　卡	住口，老婆子，雅克林，人家讲话，用不着你插嘴。
雅克林	听俺对你们说，不听也是这个，天下的大夫跟白水一样，就拿她没治：你闺女要的不是大黄，也不是决明，她那个万应膏呀，就是给她找个汉子，姑娘家害的都是这种病。
皆隆特	她这一病不打紧，现在有谁肯挑她这副担子？前一时我打算嫁她，她不顶撞我，说她不干吗？
雅克林	敢情是，你要她嫁的那个汉子，她就不爱，那咋成。你做啥不要赖昂德先生，那才是她心上的相公哩。那她可就听话咧。俺打个赌，你要是肯把他给她呀，像她这样的闺女，他呀，一定要。
皆隆特	这个赖昂德配不上她：他不像另一个有钱。
雅克林	他有一个舅舅阔得不得了，死了由他承继。
皆隆特	不到手的财产，我看全是瞎掰。捏在手里的钱财才算自己的，财产在别人名下算不了自己的，否则就会大上其当。承继人许愿、求神，全是白搭，死神不买账，只能干瞪眼睛；所以活着等别人死，等到两眼发黑，肚皮挨饿，也无济于事。
雅克林	可我总听别人讲，成亲跟干别的事一个样子，心满意足要比发财好。做爹的做娘的有个子坏习气，一来就问："男家有啥？""女家有啥？"皮耶老爹把他的闺女嫁给胖子陶

马，贪他比小罗班多那么一块葡萄地，可闺女偏偏中意罗班；可怜的丫头嫁了过去，脸黄得比蜡还黄，自打那天起，就没有过过称心的日子。老爷，这个例就够你用的呐。人活在世上就图个快活；咱有闺女呀，宁可给她寻一个她看中的好男人，也比保司①的全部佃租强。

皆隆特 瘟死你！奶妈太太，狗嘴吐不出象牙来！请你住口吧：你关心过了头，你的奶会变坏的。

吕　卡 （边说这话，边打皆隆特的胸脯。）奶个熊！住口，你这不懂上下的东西。老爷用不着听你这场子讲话，他懂得他做啥。你就当心喂好你的孩子，少给我发议论。老爷是他闺女的爹，又善良，又懂事，该做啥，人家知道。

皆隆特 轻点！噢！轻点！

吕　卡② 老爷，俺是要克制克制她，教训她对你以后有礼行。

皆隆特 对；不过，没有必要做这些手势。

第 二 场

法赖尔，斯嘎纳赖勒，皆隆特，吕卡，雅克林。

法赖尔 老爷，做好准备。我们的大夫来啦。

皆隆特③ 先生，你到舍下来，极表欢迎，我们热烈盼望你。

---

① 保司 Beauce 在巴黎西南，以土地肥沃，收益大著称。
② 根据1734年版，补加："（仍然打皆隆特的肩膀。）"
③ 根据1734年版，补加："（向斯嘎纳赖勒。）"

斯嘎纳赖勒	（穿着医生袍子，戴着一顶再尖不过的帽子）伊波克拉特①说……我们都戴上帽子。
皆隆特	伊波克拉特说这个？
斯嘎纳赖勒	是呀。
皆隆特	请教，在哪一章？
斯嘎纳赖勒	那一章……讲戴帽子的。
皆隆特	既然伊波克拉特说过，就该照办才是。
斯嘎纳赖勒	大夫先生，听说你有本领治好病人……
皆隆特	你对谁讲话，请问？
斯嘎纳赖勒	对你呀。
皆隆特	我不是医生。
斯嘎纳赖勒	你不是医生？
皆隆特	不是，的确不是。
斯嘎纳赖勒	（捡起一根棍子，像人打他一样打皆隆特。）真的不是？
皆隆特	真的不是。②啊！啊！啊！
斯嘎纳赖勒	现在你是大夫啦，我就没得过别的文凭。
皆隆特③	你给我带来的这个人是什么鬼东西？
法赖尔	我跟您讲过，这位大夫好取个乐子。
皆隆特	他乐他的，可我呀，得请他带着他的乐子上路。
吕 卡	老爷，别把这搁在心上；他不过是寻开心。
皆隆特	我不喜欢这种玩笑。
斯嘎纳赖勒	先生，请你原谅我的放肆。

---

① 伊波克拉特 Hippocrare 是一位与苏格拉底同时的医生，他的医学没有传下来，但是后人却把他看成一位权威医生。
② 根据 1734 年版，捡棍子打皆隆特的动作移到这里。
③ 根据 1734 年版，补加："（向法赖尔。）"

皆隆特　　我是你的下人。

斯嘎纳赖勒　对不起……

皆隆特　　没什么。

斯嘎纳赖勒　那几棍子……

皆隆特　　不妨事。

斯嘎纳赖勒　打你在我是一种荣誉。

皆隆特　　这事不用再讲啦，先生，我有一个女儿，害了一种怪病。

斯嘎纳赖勒　先生，你的女儿用得着我，我十分欢喜；我也诚心诚意希望你，你和你的家人都有用得着我的地方，向你表示一下情愿为你效劳的心思。

皆隆特　　承情之至。

斯嘎纳赖勒　实对你说，我说这话，完全出自我的本心。

皆隆特　　你太赏脸啦。

斯嘎纳赖勒　你女儿叫什么名字？

皆隆特　　吕散德。

斯嘎纳赖勒　吕散德！啊！漂亮名字，该吃药！吕散德！

皆隆特　　我去看看她在干什么。

斯嘎纳赖勒　这位大个子女人是谁？

皆隆特　　她是我的一个小孩子的奶妈。①

斯嘎纳赖勒② 奶奶的！这奶妈可真标致！③啊！奶妈，可爱的奶妈，我的医学是你的奶水的十分谦恭的下人，我真诚希望自己是走运的小不点，有幸吃你的奶。（把手放在她的胸脯上。）我的全部方子，全部学问，全部本领，都为你效

---

① 1734年版，在这里另分一场，皆隆特下。
② 根据1734年版，补加："（旁白。）"
③ 根据1734年版，补加："（高声。）"

劳……

吕　卡　　　对不住，大夫老爷，请你别动我的老婆子。

斯嘎纳赖勒　　什么？她是你的老婆？

吕　卡　　　对啊。

斯嘎纳赖勒　　（他装作吻抱吕卡，却朝奶妈转过去，吻抱她。）啊！说实话，我先不知道这个，我为你们两口子相依为命感到开心。

吕　卡　　　（把他拉过来。）请咧，斯文点子。

斯嘎纳赖勒　　实对你说，我高兴你们两口子是夫妻。我向她道喜，（仍然装作要吻抱吕卡，钻过他的胳膊，搂着他女人的脖子。）嫁一个这样的男人。我向你道喜，娶一个她这样美，这样懂事，这样端正的女人。

吕　卡　　　（又把他拉回来。）哎！娘的！求你啦，少恭维两句。

斯嘎纳赖勒　　当着这样一对好夫妻，难道你不乐意和我一道开心？

吕　卡　　　跟咱一道嘛，随你的便；可是跟咱老婆子吗，就免了你的礼行吧。

斯嘎纳赖勒　　你们两个人有福气，我全关心（他继续同样的作为。），我香你，为了对你表示我的欢喜，我同样香她，也为了对她表示我的欢喜。

吕　卡　　　（又把他拉回来。）啊！娘呀，大夫老爷，够瞧老半天的咧。

第 三 场

斯嘎纳赖勒，皆隆特，吕卡，雅克林。

皆隆特	先生,我女儿马上就带过来给你看病。
斯嘎纳赖勒	先生,我以全部医学在等她。
皆隆特	它在什么地方。
斯嘎纳赖勒	(指着额头。)这里头。
皆隆特	很好。
斯嘎纳赖勒	(想摸奶妈的乳房。)可是,我对你的一家人全关心,我必须试验一下你的奶妈的奶,检查一下她的胸脯。
吕 卡	(拉回他,让他打了一个旋。)不成,不成;俺用不着这个。
斯嘎纳赖勒	看一下奶妈的奶头,是大夫的分内事。
吕 卡	对不住,这个分内事,免了吧。
斯嘎纳赖勒	你好大胆子,敢反对大夫?滚出去!
吕 卡	俺呀,偏不走。
斯嘎纳赖勒	(怒目而视。)我要让你发烧。
雅克林	(揪住吕卡的胳膊,也让他打了一个旋)你走开不就结咧;俺这么大的个子,他要是动手动脚的话,不知道保护俺自己?
吕 卡	俺呀,就是不要他碰你,那不中。
斯嘎纳赖勒	呸!乡下娃,吃他女人的醋!
皆隆特	我女儿来啦。

第 四 场

吕散德,法赖尔,皆隆特,吕卡,斯嘎纳赖勒,雅克林。

斯嘎纳赖勒　她就是病人？

皆隆特　可不，我只有她这个闺女，她死了的话，我会难过死的。

斯嘎纳赖勒　那她可得当心！大夫不开方子，她就不该死。

皆隆特　好，端个座儿。

斯嘎纳赖勒①　这位病姑娘不那么讨人嫌，我想，一个结实小伙子会中她的意的。

皆隆特　先生，你把她逗笑了。

斯嘎纳赖勒　好得很，大夫把病人逗笑了，这是顶好的标记。说吧！什么毛病？你怎么的啦？你觉得哪儿不舒服！

吕散德　（用手势回答，拿手指指她的嘴，她的头，她的下巴）杭，伊，洪，杭。

斯嘎纳赖勒　哎！你说的是些什么呀？

吕散德　（继续做着同样的手势。）杭，伊，洪，杭，杭，伊，洪。

斯嘎纳赖勒　算个什么呀？

吕散德　杭，伊，洪。

斯嘎纳赖勒　（学她）杭，伊，洪，杭，哈。我简直听不懂。这算什么鬼话？

皆隆特　先生，这就是她害的病。她变成了哑巴，直到如今，人也不知道是什么缘故；由于这个变故，婚事也推迟了。

斯嘎纳赖勒　为什么？

皆隆特　她要嫁的那个人，愿意等她治好了病，再谈亲事。

斯嘎纳赖勒　天下有哪个傻瓜，不愿意他女人哑巴的？求求上帝，让我女人害害这种病吧！说什么我也不要给她往好里治。

---

① 根据1734年版，补加："（坐在皆隆特和吕散德之间。）"

皆隆特	总之,先生,我们求你尽心治好她的病。
斯嘎纳赖勒	啊!你用不着难过。告诉我,这种病是不是让她很气闷来的?
皆隆特	是呀,先生。
斯嘎纳赖勒	太好啦。她觉得疼来的?
皆隆特	疼极了。
斯嘎纳赖勒	这就太好啦。她上茅房,你知道吗?
皆隆特	知道。
斯嘎纳赖勒	多吗?
皆隆特	我不懂你这话的意思。
斯嘎纳赖勒	气味正吗?
皆隆特	我不晓得。
斯嘎纳赖勒	(转向病人。)把你的胳膊给我。脉上表示,你女儿是哑巴。
皆隆特	哎,是呀,先生,她害的正是这病!你一下子就诊出来啦。
斯嘎纳赖勒	啊!啊!
雅克林	看呀,人家把病给猜出来啦!
斯嘎纳赖勒	我们这些大医生,头一眼就认出病来。一个无知的大夫就会慌了手脚,对你讲"这个病,那个病"的,可是我呐,一言不发就中了的,告诉你说,你女儿是哑巴。
皆隆特	对,不过我倒希望知道,这病是怎么得的。
斯嘎纳赖勒	再容易不过了:原因是她不说话。
皆隆特	是极,不过,请问,是什么原因让她不说话的?
斯嘎纳赖勒	我们顶好的作家全会告诉你,是舌头的动作受到阻碍的缘故。

皆隆特	可是，你对舌头动作受到阻碍又是什么见解。
斯嘎纳赖勒	亚里士多德，在这方面，有过……很好的解释。
皆隆特	我相信。
斯嘎纳赖勒	啊！他是一个大人物！
皆隆特	当然。
斯嘎纳赖勒	（举起胳膊肘子。）真正的大人物：也就是比我大这么多①。现在回到我们的理论上来，我认为，舌头动作之所以受到阻碍，是由于某些气，我们这些学者把这叫做浊气……浊，就是说……浊气；原因就是有病的部位发出有坏作用的恶气……来自……好比说……自……你懂拉丁吗？
皆隆特	一句不懂。
斯嘎纳赖勒	（骤然站起。）你不懂拉丁！
皆隆特	不懂。
斯嘎纳赖勒	（做出各种有趣的姿势。）Cabricias arci thuram, catalamus, singulariter, nominativo haec musa,《缪斯》, bonus, bona, bonum, Deus sanctus, estne oratis latinas? Etiam,《是》。Quare,《为什么》？Quia substantivo et adjectivum concordat in generi, numerum, et casus。②
皆隆特	啊！我怎么就不念书啊？
雅克林	看这个能人呀！
吕　卡	是的，俺一个字也听不懂，这真美！
斯嘎纳赖勒	所以，我对你讲起的那些恶气，从左边过来，那里有肝，

---

① "大"有高意，他做手势喻高。
② 他一听皆隆特不懂拉丁文，就胡诌上来：这里一开始是胡诌，后来就语无伦次，拿他念过的初级课本来唬人。

窜到右边，那里有心，于是肺，我们在拉丁文叫做 armyan，跟脑子有交往，脑子在希腊文叫做 narmus，仰仗凹静脉管，凹静脉管在希伯来文叫做 cubile，在半路遇到方才说起的恶气，恶气装满肩胛骨的空当；由于方才说起的恶气……求你用心听一下这种理论：由于方才说起的恶气含有某种毒性……我求你用心听听这话。

皆隆特 我是在听。

斯嘎纳赖勒 有某种毒性，其所以发生……请你注意。

皆隆特 我是在注意。

斯嘎纳赖勒 其所以发生，是由于横膈膜的空当出来一些浊气，浊气有刺激性，所以这些恶气……Ossabandus, nequeys, nequev potarium quipsa milus。正是这个原因，使你女儿成了哑巴。

雅克林 啊！话有多清楚，咱们这位大夫！

吕　卡 俺的这个舌头就这么不中？

皆隆特 不用说，理论不能再好了。有一桩事我觉得怪：就是肝和心的位置。我觉得你拿它们放颠倒了，心在左边，肝在右边。

斯嘎纳赖勒 可不，从前是那样子，可是全让我们改过来了，我们现下行医，用的是一种新方法。

皆隆特 这我就不知道了，请你原谅我的无知。

斯嘎纳赖勒 这没有什么关系，你不必非跟我们一样精通不可。

皆隆特 当然。不过，先生，你看这种病得用什么药？

斯嘎纳赖勒 我看得用什么药？

皆隆特 是呀。

斯嘎纳赖勒 我的意思是，把她放在她的床上，拿大量面包泡在葡萄酒

皆隆特	先生,什么道理?
斯嘎纳赖勒	因为葡萄酒跟面包,放在一起,出来一种亲力,让人说话。你不看给鹦鹉吃的东西只有这个,它们学会说话,只吃这个?
皆隆特	有道理。啊!大人物!快,大量的面包,大量的葡萄酒!
斯嘎纳赖勒	黄昏时候,我再来看她是什么情形。①(向奶妈。)你,别就走。先生,这奶妈我得给她开点小药吃。
雅克林	谁?俺身子骨可好咧。
斯嘎纳赖勒	糟透了,奶妈,糟透了。人怕的就是这种了不起的健康。给你小小地、和气地放点血,给你小小地、甜甜地用点泻药,保你万事如意。
皆隆特	不过,先生,这种做法我就不懂了。一个人没有病,放什么血?
斯嘎纳赖勒	没关系,这种做法卫生。好比人喝水,为了解渴,人放血,为了不生病。
雅克林	(走开。)呀呀呸!俺呀,不中!俺这个身子不是药材铺。
斯嘎纳赖勒	你反对吃药;不过,我们过后会让你懂这个理的②。(向皆隆特。)我们也再见啦。
皆隆特	请你等一下。
斯嘎纳赖勒	你要做什么?
皆隆特	先生,给你钱。
斯嘎纳赖勒	(手朝后伸,从袍子底下出来,同时皆隆特打开钱袋。)

---

① 根据1734年版,这里另分一场。舞台上只有皆隆特、斯嘎纳赖勒和雅克林三个人。
② 根据1734年版,这里另分一场,舞台上只有皆隆特和斯嘎纳赖勒二人。

开头被截断:里,当药给她吃。

	先生,我不要。
皆隆特	先生……
斯嘎纳赖勒	用不着。
皆隆特	耽搁不了多少时光。
斯嘎纳赖勒	决不要。
皆隆特	求你了。
斯嘎纳赖勒	你寻人开心。
皆隆特	就这么定啦。
斯嘎纳赖勒	我不定。
皆隆特	哎!
斯嘎纳赖勒	我来,不是为了钱。
皆隆特	我相信。
斯嘎纳赖勒	(收下钱。)分量准吗?
皆隆特	准,先生。
斯嘎纳赖勒	我不是一位贪利的大夫。
皆隆特	那我知道。
斯嘎纳赖勒	利就管不了我。
皆隆特	我没有这种念头。

第 五 场

斯嘎纳赖勒,赖昂德。

斯嘎纳赖勒	(看着他的钱。)我的天! 不坏,除非……
赖昂德	先生,我等你等了好半天。我来求你帮我个忙。

斯嘎纳赖勒 （拿起他的手腕。）脉相可坏啦。

赖昂德 先生，我没有病，我不是为这个看你来的。

斯嘎纳赖勒 你没有病，活见鬼，你怎么不早说？

赖昂德 我是没有病。我把话往短里讲，我叫赖昂德，爱你方才看过病的吕散德；因为，她父亲脾气坏，把我接近她的门路全给堵死了，我斗胆求你成全成全我的爱情，给我机会，实现我想到的一个计谋，跟她讲两句话，我的幸福和我的性命全看这个了。

斯嘎纳赖勒 （装出生气的样子。）你把我当成什么人？你怎么敢对我讲，成全成全你的爱情，降低我做医生的尊严，干这种下流事？

赖昂德 先生，别嚷嚷。

斯嘎纳赖勒 我呀，偏嚷嚷。你不识好歹。

赖昂德 哎！先生，轻点。

斯嘎纳赖勒 有失检点。

赖昂德 求求你！

斯嘎纳赖勒 我要你知道，我不是干这种事的人，这胡闹到了极点……

赖昂德 （掏出一个钱包给他。）先生……

斯嘎纳赖勒 （收下钱包。）想收买我……我不是冲你讲，因为你是一位规矩人，我很高兴为你效劳。可是，世上就有某些不识相的人，人家明明不是，硬要说成是；实对你讲，这让我生气。

赖昂德 先生，请你原谅我方才放肆……

斯嘎纳赖勒 你说笑话。到底是怎么回事？

赖昂德 先生，你回头就知道，你治的那个病是装出来的病。许多医生议论长，议论短，说了个天花乱坠，把害病的原因也讲成各式各样，有的说是脑子毛病，有的说是肚肠毛病，有的说是脾脏毛病，有的说是肝脏毛病；可是，确实的是，爱情才是真正原因，吕散德害这个病，也只是为了解除一门她讨厌的亲事。不过，我怕人家看见我们在一起，还是离开这个地方吧，我边走，边告诉你我指望你帮什么忙。

斯嘎纳赖勒 走吧，先生：你让我对你的爱情起了一种意想不到的好感；我拿我的全部医道在这上头拼了，病人不死，就得嫁你。

第 三 幕

第 一 场

斯嘎纳赖勒，赖昂德。

赖昂德	我觉得我做一个药剂师，还差不离；老爷子从来没有见过我，我相信，换上这身衣服和辫子，很能骗过他的眼睛。
斯嘎纳赖勒	还用说。
赖昂德	会五六个医学大字，装璜装璜我的语言，衬出我是能人的样子，我就知足了。
斯嘎纳赖勒	得啦，得啦，那全叫瞎掰：换上衣服就够了，我知道的比你多不了多少。
赖昂德	怎么回事？
斯嘎纳赖勒	我要是懂医道呀，鬼把我抓了去！你是正经人，我不妨讲真话给你听，就像你讲真话给我听一样。
赖昂德	什么？你当真不是……
斯嘎纳赖勒	不是的，你听我讲：他们好说赖说，把我逼成了大夫。做这样大有学问的人，我从来就没有这份胆子；我上学也就是上到中学一。我就不知道他们怎么会想到这上头的，可是他们不顾死活，非要我冒充医生不可，我一看躲

不过，就豁出去了，不管在行不在行，先做了再说。可是错中错，你说什么也想不到，名声张扬出去了，简直鬼迷了心窍，人人把我当成了能人。四处有人请，生意好不兴隆，我这辈子不吃定医道，也要吃定。我觉得行医这个道道，是个顶好的职业，因为，看好了也罢，看坏了也罢，反正照样有人付钱。出了偏差，我们什么也不担当。料子随我们剪裁，爱怎么剪裁就怎么剪裁；一个做皮鞋的，不敢错剪一块皮，错剪了，赔也赔不起。可是治坏了一个人，一根毫毛也不用赔。我们自来不会有差池，过失总在死鬼身上。总而言之，干这行的好处可大啦，死鬼全有最高的美德、规矩、谨慎，大夫把人医死了，从来没有见过死人抱怨的。

赖昂德　　　的确，在这一点上，死人很是规矩。

斯嘎纳赖勒　（看见有人向他走来。）那边像是有人找我看病。你总在你情人的住房附近等我。

第 二 场

狄保，珀兰，斯嘎纳赖勒。

狄　保　　　先生，咱是找你的，珀兰跟俺。

斯嘎纳赖勒　什么事？

狄　保　　　可怜他娘哟，名字叫巴奈特，病咧，躺在床上，有半年咧。

斯嘎纳赖勒　（伸出手去像是收钱。）你要我做什么？

狄　保	先生，俺请你老人家开个小药方子，帮她治治。
斯嘎纳赖勒	那要看她害的是什么病。
狄　保	先生，她害的个子水壶呀。
斯嘎纳赖勒	水壶？
狄　保	是哇，就是说哇，她浑身上下发肿；有人讲，她身子里头全是水，什么肝子，肚肠，还有什么脾脏，就像人说的那个子一样，不出血，出的都是个子水。她哇，两天里头，总有这么一天，发烧，腿上的那根筋，不是酸就是疼的，没个完没个了。喉咙里头有痰，人听得见呼呼地响，简直就要把她噎死；有时候，她晕过去，还直抽搐，俺当她过世了咧。咱们村子里有个子药剂师，老爷子别见笑，拿药给她吃，不知道给了多少剂；洗肠子哇，你别见怪，灌她的汤药呀，风信子汁呀，跟些子补药呀，花了俺十二块还多的艾居①，可是这些办法呀，像人家讲的，都海底捞月，泡了汤咧。他想给她吃一种药，叫个子呕吐酒，实说了吧，俺直怕她喝了，回她姥姥家，人家还讲，这些个子大医生，用这种把戏，不知道坑了多少个子人的性命。
斯嘎纳赖勒	（一直伸出手，摇来摇去，表示要钱。）咱们谈正经的，朋友，谈正经的。
狄　保	正经的嘛，先生，就是俺求你告诉咱爷儿俩，该咋个做才是。
斯嘎纳赖勒	我简直听不懂你说些什么。
珀　兰	先生，俺娘病着；这里有两个艾居，是咱爷儿俩孝敬你老

---

① 艾居 écu 是旧时的银币，值三法郎。也有值六法郎的，比较少见。

	人家的，求你给俺娘开个方子。
斯嘎纳赖勒	啊！你的话，我听懂了，这孩子回话回得一是一，二是二，头头是道。你说，你娘害水臌症，浑身上下发肿，发烧，腿疼，有时候晕过去，抽搐，就是说，不省人事。
珀 兰	哎！是啊，先生，俺娘害的正是这个。
斯嘎纳赖勒	我一下子就懂了你的话。你爹就乌七八糟地不知道说些子什么。现在，你问我要个方子？
珀 兰	是哇，先生。
斯嘎纳赖勒	治病的方子？
珀 兰	俺正是这个意思。
斯嘎纳赖勒	拿去，这里有一块干酪，你给她吃了就好了。
珀 兰	先生，干酪？
斯嘎纳赖勒	是呀，这是一种特制干酪，里头有金子、珊瑚跟珍珠，跟好些宝贵东西。
珀 兰	先生，俺这里多谢你啦，俺这一回去就让她马上吃。
斯嘎纳赖勒	去吧，万一死了的话，千万想法子把她体体面面地埋掉。

第 三 场

雅克林，斯嘎纳赖勒，吕卡。

斯嘎纳赖勒	标致奶妈来啦。啊！我心上的奶妈哟，见到你，我可开心啦：见你这一面，我就像服了大黄、旃那、决明，把我心头的忧郁全给洗刷干净啦。
雅克林	天老爷子！大夫老爷，你这些话，对俺说来，是太深了，

	俺就不懂你那些个子拉丁。
斯嘎纳赖勒	奶妈，请你害害病吧；为我的缘故，害场病吧，能把你治好了，就甭提我有多开心啦。
雅克林	我担当不起；俺嘛，欢喜没人给俺治病。
斯嘎纳赖勒	美丽的奶妈哟，我多可怜你呀，嫁了一个你那样的男人，吃醋，捣乱。
雅克林	先生，你要怎么着？那是对俺的罪过的惩罚呀。母山羊拴在啥个子地方，就得在啥个子地方啃草。
斯嘎纳赖勒	怎么？像他那样一个土包子！走一步跟一步，就不许人同你讲话。
雅克林	哎呀！你没有瞅到的还多呐，他的脾气可坏啦，这不过是个小样子罢咧。
斯嘎纳赖勒	天底下会有这种事？好好一个男人，竟然狠得下心，虐待你这样一位女的？啊！美丽的奶妈，我就晓得有一个人，离这里不远，只要能香香你的小脚巴丫的小尖尖，就会乐疯了的。为什么长得这样端正的一个美人，会落在那种人的手里，他活活就是一个畜生、一个粗人、一个笨蛋、一个傻瓜……？宽恕我吧，奶妈，我要是这样说起你丈夫的话。
雅克林	哎！先生，俺知道，他呀就该人这么叫。
斯嘎纳赖勒	是的，奶妈，还用说，就该这么叫他；你给他后背添上个硬盖子，惩罚他不该疑心你，那就更好了。
雅克林	可不，单为他着想呀，俺会干出坏事来的。
斯嘎纳赖勒	家伙！你寻个相好的，出出气，没什么不可以。我告诉你，他这个人呀，就该受这个；美丽的奶妈，我要是真有那个福气的话，你看中我……

〔就在这时候,两个人都看见吕卡在他们身后,听他们讲话,朝各自一方后退,医生的样子很逗笑。①〕

第 四 场

皆隆特,吕卡。

皆隆特　　喂!吕卡,你没有在这里看到我们的大夫?
吕　卡　　可不,狗娘养的,见到咧,还有那个女的。
皆隆特　　他这时候哪儿去啦?
吕　卡　　俺不知道,可是俺巴望,鬼跟他在一起。
皆隆特　　去看一下我女儿在干什么。

第 五 场

斯嘎纳赖勒,赖昂德,皆隆特。

皆隆特　　啊!先生,我正在问你去了什么地方。
斯嘎纳赖勒　　我穷开心,正在你的院子里排除多余的酒。病人怎么样啦?
皆隆特　　自打你看过,以后更重了。

---

① 根据1774年版,改为:"在斯嘎纳赖勒伸出胳膊要吻抱雅克林的时候,吕卡的头从底下钻出来,站在两个人当中。斯嘎纳赖勒和雅克林看着吕卡,朝各自一方退出。"

斯嘎纳赖勒　　好啊：这表示药性在发作。

皆隆特　　　是呀；不过，药性发作，我怕把她噎住了。

斯嘎纳赖勒　　你不必发愁，我有些药可灵啦，不到咽气，我不会用的。

皆隆特　　　你带的这个人是谁呀？

斯嘎纳赖勒　　（做手势，表示他是一个药剂师。）他是……

皆隆特　　　什么？

斯嘎纳赖勒　　那位……

皆隆特　　　哎？

斯嘎纳赖勒　　他……

皆隆特　　　我明白啦。

斯嘎纳赖勒　　你女儿用得着他。

第 六 场

雅克林，吕散德，皆隆特，赖昂德，斯嘎纳赖勒。

雅克林　　　老爷，这是你闺女，她想走动走动。

斯嘎纳赖勒　　走动对她有好处。去吧，药剂师先生，号号她的脉，回头我好跟你讨论一下她的病情。

〔在这时候，他把皆隆特拉到舞台另一端，一只胳膊搭在他的肩头，手放在他的下巴底下，让他面朝自己，不让他（直想望过去）朝他女儿和药剂师在一起的方向望，同他说着下面的话消磨时间。〕

先生，女人是不是比男人容易治疗，对医生说来，是一个重大的难题。我请你仔细听我讲。有人讲不，有人讲是；

	我呐,也讲是也讲不: 正因为浊气不透明,遇到妇女天生的气质就合不拢,造成生理这一部分总想超越感觉那一部分,我们明白,他们意见不均等是月亮圆圈倾斜运行的结果,因而太阳,把光线射到大地的凹处,就发现……
吕散德	不,我决不会变心。
皆隆特	我女儿讲话啦!噢!伟大的药性!噢!可敬的医生!先生,我多感激你,看病真神啦!我拿什么来报答你呢?
斯嘎纳赖勒	(在舞台上走来走去,揩额头的汗。)这种病可费我的手脚啦!
吕散德	是的,父亲,我又说话啦;可是,我说话也就是为了对你讲,我要嫁的人呀,除掉赖昂德,我是什么人也不嫁,你打算叫我嫁给贺拉斯,没用。
皆隆特	可是……
吕散德	我打定了主意,别想我能动摇。
皆隆特	什么?
吕散德	你那些漂亮理由呀,反对我也不顶事。
皆隆特	万一……
吕散德	你说什么也打动不了我。
皆隆特	我……
吕散德	我横了心。
皆隆特	可是……
吕散德	就算父亲权威再大,强迫我嫁给我不要嫁的人呀,也办不到。
皆隆特	我……
吕散德	你白费气力。
皆隆特	他……

吕散德	我决不服从这种专制作风。
皆隆特	那……
吕散德	我宁可进一家修道院,也不嫁给一个我不爱的男人。
皆隆特	可是……
吕散德	(提高声调,震耳欲聋。)不。说什么也不成。我就是不嫁。你自作践辰光。我决不答应。我豁出去了。
皆隆特	啊!话简直是滔滔不绝!就没有办法抵挡。①先生,我请你再把她变成哑巴。
斯嘎纳赖勒	这我可没有办法做到。我能为你效劳的,就是把你变成聋子,如果你愿意的话。
皆隆特	多谢之至。②难道你真以为……
吕散德	不成。你那些道理呀说服不了我。
皆隆特	你今天晚晌就嫁给贺拉斯。
吕散德	我宁可嫁给死。
斯嘎纳赖勒	我的上帝!③别讲下去了,让我拿药调理调理。她这样不听话是有病,我知道应该下什么药。
皆隆特	先生,这种精神病你居然也能医治?
斯嘎纳赖勒	可不!交我办好了,我有方子医治百病,我们的药剂师可以帮我们用药,(他叫药剂师同他谈话。)一句话。你看见的,她对那个赖昂德的一副热情,完全违反父亲的主张,浊气非常厉害,要及时抢救,必须马上找到对症的药,再担搁就怕还要误事,依我看来,只有一个方子,就是服一帖下泻的走药,你照我的方子配,用上一两四分之

---

① 根据1734年版,补加:"(向斯嘎纳赖勒。)"
② 根据1734年版,补加:"(向吕散德。)"
③ 根据1734年版,补加:"(向皆隆特。)"

一重的合欢回生丸,也许她服这个药有些作难;不过,你在你那一行里头是一位能手,说服她就全看你的了,你说什么也得想办法让她把药丸子吞下去。你先陪她到花园里头转个小圈子,把浊气准备准备,我在这里陪她父亲谈谈;可是,千万别担搁辰光;吃药,要快,药到病除!

第 七 场

皆隆特,斯嘎纳赖勒。

皆隆特 先生,你方才说的那个药,是什么药呀?我好像从来没有听见人讲过。

斯嘎纳赖勒 这个药也就是在紧急情况之下才用。

皆隆特 你从未见过像她这样目无尊长的孩子?

斯嘎纳赖勒 姑娘们有时候固执着呐。

皆隆特 你就想不到她多入迷那个赖昂德。

斯嘎纳赖勒 年轻人思想才这样子。

皆隆特 我在这方面,一发现这种爱情过了头,我总有办法把我女儿关起来。

斯嘎纳赖勒 你的做法有分寸。

皆隆特 他们要来往,我就从中作梗。

斯嘎纳赖勒 好极。

皆隆特 我要是答应他们见面的话,会闹事的。

斯嘎纳赖勒 还用说。

皆隆特 我相信这孩子会跟他逃走的。

斯嘎纳赖勒　　想问题不能不小心。

皆隆特　　　　人家警告我，他想尽办法要跟她讲话。

斯嘎纳赖勒　　真好笑！

皆隆特　　　　他呀白作践辰光。

斯嘎纳赖勒　　啊！啊！

皆隆特　　　　我以后不叫他看见她。

斯嘎纳赖勒　　他的对手不是傻瓜，讲诡计呀，你比他知道得多。比你再机灵的人也蠢不到哪儿去。

第 八 场

吕卡，皆隆特，斯嘎纳赖勒。

吕　卡　　　　啊！俺的娘哎，老爷子，这下子可好咧，乱成了一锅粥！你闺女跟着她的赖昂德逃跑咧。他就是那个抓药的；出这个主意的，都是大夫先生哎。

皆隆特　　　　怎么？他把我祸害狠啦！去，喊警察来！别放他溜掉。啊！奸细！有你官司吃的。

吕　卡　　　　啊！有你受的！大夫先生，这回你要上绞刑架啦：动一步要你的命。

第 九 场

马婷，斯嘎纳赖勒，吕卡。

马　婷①　　　啊！我的上帝！我找这所房子可费了劲！我送给你的大夫，他现在怎么样了，告诉我吧。

吕　卡　　　那不是，要上绞刑架啦。

马　婷　　　什么？绞死我男人！哎呀！他犯下了什么要绞死他？

吕　卡　　　咱们主子的闺女，他帮人抢走咧。

马　婷　　　哎呀！我的宝贝男人，人家要绞死你，这话当真？

斯嘎纳赖勒　你看。啊！

马　婷　　　难道你当着那么多的人非死不可？

斯嘎纳赖勒　你要我怎么着？

马　婷　　　你把树林子砍完了，再死不迟，我好歹也安心了。

斯嘎纳赖勒　你走吧，你让我心碎。

马　婷　　　不，我要待下来，鼓励你死，不看到你被绞死，我不会离开你的。

斯嘎纳赖勒　啊！

第 十 场

皆隆特，斯嘎纳赖勒，马婷，吕卡。

皆隆特②　　警察马上就来，他们把你放到一个你逃不掉的地方。

斯嘎纳赖勒　（拿着帽子。）③哎呀！难道就不能改成几记棍子吗？

皆隆特　　　不，不，给法律制裁……可，我看见什么？

---

① 根据1734年版，补加："（向吕卡。）"
② 根据1734年版，补加："（向斯嘎纳赖勒。）"
③ 根据1734年版，改为："（下跪。）"

第十一场　即最后一场

赖昂德，吕散德，雅克林，吕卡，皆隆特，斯嘎纳赖勒，马婷。

赖昂德　　先生，我来就为让赖昂德在你面前出现，把吕散德交回你管。我们两个人原来计划好了逃走，一道去结婚；不过，有一个更体面的方法，用不着这种举动了。我不要把你女儿抢走，我要从你手里把她接过来。先生，我对你要讲的就是，我方才收到几封信，通知我，我舅舅已经去世了，我是他的全部财产的承继人。

皆隆特①　　先生，我非常敬重你的人品，我把女儿许配给你，一百二十分欢喜。

斯嘎纳赖勒②　医道有救啦！

马　婷　　你既然不上绞刑架，你当大夫就得感谢我才是，因为，是我给你弄到这种荣誉的。

斯嘎纳赖勒　可不，是你给我弄到不知道多少记棍子。

赖昂德③　　结尾太好啦，也就不必记仇啦。

斯嘎纳赖勒　好吧。④你抬高我的地位，我饶恕那些棍子；不过，从今以后，要准备一个新样子过活：像我这样一个重要人物，你必须敬重，须知一位大夫动了怒呀，你就想不到有多可怕。

---

① 据说后人演皆隆特，棍子高高举起，要打赖昂德，忽然听到他成了承继人，立即行礼致敬，说："先生，我非常敬重你的人品。"
② 根据1734年版，补加："（旁白。）"
③ 根据1734年版，补加："（向斯嘎纳赖勒。）"
④ 根据1734年版，补加："（向马婷。）"

· 西西里人或者画家的爱情 ·

原作是散文体。1667 年 1 月（根据麦纳的考证,可能是 1667 年 2 月 14 日,）奉旨在圣-日耳曼庄园首演,同年 6 月 10 日,在剧场公演。

演员

阿德辣斯特　　法兰西贵人，伊西道尔的情人。

堂·派德①　　西西里人，伊西道尔的求婚人。

伊西道尔　　希腊人，堂·派德的使女②。

克丽麦娜　　阿德辣斯特的妹妹③。

哈里　　阿德辣斯特的听差。

元老

乐师们

奴隶舞队

摩尔人④舞队

两个跟班⑤

---

① 这个角色由莫里哀扮演。根据莫里哀的财产目录，"一身西西里人的服装：裤与堇色缎斗篷，上有金银绣货，绿波纹绢夹里；金色闪缎短裙；银线袖管，上面有绣货与银箔；一顶睡帽，一条假发辫与一把宝剑。"
② 她是一个被解除了奴隶身份的丫头。
③ 在舞剧里面，莫里哀把名字和身份改成："雅伊德 使女。"
④ 摩尔人 maures 信奉伊斯兰教，这里指阿拉伯人，公元 712 年，侵入西班牙，统治南部，达数世纪之久 (1492 年)。
⑤ 根据 1734 年版，演员表改订如下：
"喜剧演员
堂·派德　西西里贵人。
阿德辣斯特　法兰西贵人，伊西道尔的情人。
伊西道尔　希腊人，堂·派德的使女。
雅伊德　年轻使女。
一位官儿
哈里　土耳其人，阿德辣斯特的奴隶。
两个跟班
舞剧演员
乐师
歌唱的奴隶

（转下页）

第 一 场

哈里,乐师们。

哈　里　　（向乐师们）咝……别再往来走啦,就在这地方待下来,等我叫你们好了。黑洞洞的,像在灶里头一样,今天晚晌打扮得就像斯卡辣木赦①一样,我没有看见一颗星星露出他的鼻子尖儿来。做奴隶可真不是人干的事!甭想舒坦得了,时时刻刻跟着主人的热情打转转,看他的兴致行事,可是想做做自己的事呀,用尽了心思也别想能够!我的主人就要我在这儿和他共患难。因为他闹恋爱,我就得白天黑夜歇不下来。不过,那边有了火把,一定是他来了。

第 二 场

阿德辣斯特和两个跟班,哈里②。

（接上页）　跳舞的奴隶们
　　　　　　　跳舞的男摩尔人与女摩尔人
　　　　　　　景在墨西纳一个公共地点。"

① 斯卡辣木赦 Scaramouche（1604 年或 1608—1694）是意大利"职业喜剧"著名定型演员。他的真名姓是提摆利奥·费奥芮里 Tiberio Fiorilli。1604 年,他来巴黎演戏,得到路易十四的欢心。莫里哀的剧团回到巴黎以后,无论是在布尔本剧场,或者是在王宫剧场,总是和斯卡辣木赦的剧团轮流演出。传说莫里哀的演技很受他的影响。他的服装永远是一身黑。

② 根据 1734 年版,词句改成:"阿德辣斯特,两个跟班（每人拿着一支火把）,哈里"。

阿德辣斯特　哈里，是你吗？

哈　　里　　不是我，会是谁？老爷，在晚晌这种辰光，除开你我，我不相信会有人想着现在上街的。

阿德辣斯特　我也不相信有人会像我这样心里痛苦的。因为，说到临了，你爱慕的美人不瞅不睬也好，冷言冷语也好，就算打动她再不容易，起码你总有抱怨的愉快和叹息的自由，可是没有一点机会和你膜拜的人谈话，没有方法晓得美人喜不喜欢她在你心里滋生的爱情，在我看来，忧患之中，数这折磨人啦。都是那个吃醋的讨厌家伙，把我弄到这步田地。他守着我那可爱的希腊姑娘，小心翼翼，简直是寸步不离。

哈　　里　　人闹恋爱，说话的法子可多啦。快有两个月了吧，我觉得你和她的眼睛，传话也传得够多啦。

阿德辣斯特　不错，我们时常用眼睛通话，可是我们两方面，怎么知道有没有把话解释对了啊？总而言之，我靠视线给她送过去的话，我怎么晓得她是真懂？而她靠视线给我送过来的话，我以为自己有时候懂了，我怎么才晓得自己是真懂啊？

哈　　里　　看情形，得帮你们找别的法子说话。

阿德辣斯特　你把乐师们带到了吗？

哈　　里　　带来啦。

阿德辣斯特　叫他们进来①。我要他们在这儿一直唱到天明，看看他们的音乐能不能把美人引到窗口来。

哈　　里　　他们来了。唱什么？

---

① 根据1734年版，补加："（一个人。）"

阿德辣斯特　他们认为顶好的东西。

哈　　里　　那他们就得唱前不久我听的三重唱。

阿德辣斯特　不，我不要这个。

哈　　里　　啊！老爷，这是好听的升调。

阿德辣斯特　"好听的升调"，你这话是什么意思？

哈　　里　　老爷，我喜欢升调。你知道，我是行家。升调把我迷住了……除开升调，就别想有和声，你就听听这个三重唱吧。

阿德辣斯特　不，我要听点温柔、热情的东西，能引我做甜蜜的梦想的东西。

哈　　里　　我看你是喜欢降调①。不过，有法子满足我们两方面的。有一出小喜剧，里头有一场戏，我看见他们学来的。他们就得唱这才行。两个闹恋爱的牧羊人，一肚子心事，来到树林子里头，各人用降调唱出各人的哀愁，然后你对我，我对你，说起情人的狠心，这时候就来了一个欢欢喜喜的牧羊人，笑话他们软弱，唱着一种动人的升调。

阿德辣斯特　我同意。就听这个好了。

哈　　里　　这个地方正好演戏，那边还有两支火把给戏打亮。

阿德辣斯特　你靠住那家门，要是里头有一点点动静，我这儿就好把亮儿藏掉。

---

① 麦纳指出：哈里并不内行，他听乐师说起"升调"bécarre 和"降调"bémol 这些音乐名词，就自以为是地用了起来。他所谓的"升调"等于"长调"majeur，"降调"等于"短调"mineur。阿德辣斯特不懂这些术语，但是大致明白哈里的意思。

第 三 场

三位乐师唱歌。

第一位乐师

　　　　　我的故事要是伤心，不对劲，
　　　　　搅扰了你们这里幽居的安静，
　　　　　　　　石头啊，千万别生气。
　　　　　你们知道我心里有多沉重，
　　　　　　　　别看你们是石头，
　　　　　　　　你们也会感动。

第二位乐师

　　　　　天色才一发亮，鸟儿就欢喜，
　　　　　又在大森林唱起了它们的歌；
　　　　　　　　可是我到了这里，
　　　　　又在唱着我的痛苦和寂寞。
　　　　　　　　啊！亲爱的费兰。

第一位乐师

　　　　　　　　啊！亲爱的狄尔西。

第二位乐师

　　　　　　　　我心里好不悲惨！

第一位乐师

　　　　　　　　我也一直在叹气！

第二位乐师

　　　　　克丽麦娜一向不赏我脸。

第一位乐师

    克劳莉看我从来没有好眼。

两个人

     唉！残忍的爱神！
    你不能强迫她们和我们相爱，
    做什么还让她们兴妖作怪？

第三位乐师

    可怜的情人，你们就不该
     膜拜铁石美人！
    健全的心灵从来不肯
     冷言冷语伤人：
    爱情没有旁的锁链，
     除非是恩情不断。

    你们知道，我爱的女郎
     在这里有一百个，
    我用尽我一切的心
     把我的情义献上；
    可是谁要是翻脸不认人，
     真的！我也一样狠。

第一位和第二位乐师

    幸运啊，这样爱你的美人！

哈　　里　　老爷，我方才听见门里有响声。

阿德辣斯特　赶快闪开，吹灭火把。

第 四 场

堂·派德，阿德辣斯特，哈里。

堂·派德 （从门里出来，戴着睡帽，穿着睡衣，胳膊底下挟着一把宝剑）我听见有人在我的门口唱歌，唱了好一阵子；平白无故跑到人家门口唱歌，绝没有这种事。我得藏到黑地，想法子看看是些什么人。

阿德辣斯特 哈里！

哈 里 什么？

阿德辣斯特 你没有再听见什么？

哈 里 没有。

〔堂·派德闪在他们后头，听他们讲话。〕

阿德辣斯特 什么？我费了老大气力，一分钟也得不到和这可爱的希腊姑娘谈谈心？这拈酸吃醋的该死东西，这西西里的坏蛋，难道永生永世不许我到她跟前？

哈 里 这讨厌鬼、刽子手，把我们累了一个死去活来，我巴不得有鬼带走他。啊！他一吃醋不要紧，我们可就净白跑腿啦，我们现在要是把他抓住了呀，看我不喜笑颜开，敲断他的脊梁背，出出这口恶气的！

阿德辣斯特 说空话抵不了事，我们得想一个方法、一个计谋、一个鬼主意，把我们的对头骗信了才成。我已经走上这步路，退也退不回来了，问题就在想办法……

哈 里 老爷，我不晓得怎么会的，反正门开开了；你赞成的话，我就轻轻溜进去，看看是怎么回事。

〔堂·派德退到家门口。〕

阿德辣斯特　对,进去好了,不过,别出声响。我不走开。但愿上天保佑,是可爱的伊西道尔就好了。

堂·派德　（打了他一记耳光。）是谁?

哈　　里　（还了他一记耳光。）朋友。

堂·派德　喂!福朗西斯克,道米尼克,西门,马丁,彼耶,陶马,乔治,查理,巴尔代莱米:来呀,赶快,我的宝剑,我的圆盾,我的长钺,我的手枪,我的短铳,我的长枪。快呀,快来呀。好,杀,一个不饶。

第 五 场

阿德辣斯特,哈里。

阿德辣斯特　我不听见有人走动。哈里?哈里?

哈　　里　（藏在一个角落。）老爷。

阿德辣斯特　你躲在哪儿?

哈　　里　那些人出来了没有?

阿德辣斯特　没有:鬼影子也不见一个。

哈　　里　（从藏的地方出来。）他们要是来呀,看我不揍他们一顿。

阿德辣斯特　什么?我们就这么白忙活了?我们的计划就永远让这吃醋的讨厌鬼给破坏了?

哈　　里　不:荣誉所在,我得出出这口气:我不能由着人说,我的计谋输在他手上。阻碍再多,我也不肯丢我这坏小子的

	身份。上天给了我一份才分,我得露两手儿给他看。
阿德辣斯特	我只希望有什么方法,或者通信,或者带口信,能让她晓得我爱她,我晓得她爱不爱我,也就成了。然后我们再想方法也就容易了……
哈　里	你交给我办吧:我样样法子都试,试到后来,总有一条路给我们打出来的。好,天亮啦,我先找我的伙伴去,回来再在这地方等我们这吃醋的家伙出来。

第 六 场

堂·派德,伊西道尔。

伊西道尔	你这么早就把我喊醒,我不晓得你是什么心思。你要人今天给我画像,我看这么一来,就别想画得出好像;天才蒙蒙亮,就挣扎起床,皮肤甭想润泽得了,眼睛亮爽得了。
堂·派德	我有一件事,逼着我非在这时出来不可。
伊西道尔	可是我想,你要做的事不一定要我奉陪。你犯不上操这份心,特意喊醒我,倒不如由着我在早晨睡我的好觉。
堂·派德	对;不过我喜欢看着你总跟我在一起。提防一下那些找机会偷情的人,也没有什么不好,方才天还黑着,就有人在我们窗户底下唱歌。
伊西道尔	可不,唱得怪好听的。
堂·派德	是为你唱的吧?
伊西道尔	你这么说,我想也该是吧。
堂·派德	你知道是谁叫人唱的小夜曲吗?

伊西道尔	不知道,不过,不管是谁,我领情就是了。
堂·派德	领情!
伊西道尔	当然,人家是在想法子娱乐我啊。
堂·派德	这么说来,人家爱你,你觉得应该?
伊西道尔	太应该了。这种事从来只有惹人喜欢。
堂·派德	你对干这种事的人全有好感?
伊西道尔	那还用说。
堂·派德	你话说得好清爽啊。
伊西道尔	骗人做什么?别看我们假撇清,我们一向就喜欢有人爱我们:称赞我们好看,对我们表示好意,我们从来不会不喜欢的。人爱怎么说就怎么说,反正相信我好了,女人顶大的野心是引人相爱。她们的心思统统用在这上头。就算一个女人再傲气吧,看见男人做了她的俘虏,也会暗暗心喜的。
堂·派德	不过,你要是喜欢有人相爱,你知道,我爱你,我可一点也不喜欢?
伊西道尔	我也说不出一个所以然来。我要是爱一个人的话,看见人人爱他,我才顶顶开心。还有比这更显得你挑人挑对了的?我们爱的人,别人全觉得非常可爱,岂不光彩?
堂·派德	各人有各人的爱法,你说的那种爱法,不是我的爱法。没有人说你长得漂亮,我就欢天喜地了;你不在外人面前卖弄风骚,我就感激你了。
伊西道尔	什么?这也吃醋?
堂·派德	对,这也吃醋,而且发疯一样吃醋,我告诉你,就是死人的醋也吃。我的爱情要你全部归我所有;我这人敏感得不得了,哪怕是你对旁人微微一笑,看上一眼,我也冒火。

	我呕尽心血，就是为了阻挠偷情的人们接近，保证我占有你的全部的心。你的心有一丝一毫不用在我身上，我就不答应。
伊西道尔	你要不要我说实话给你听？你这主意打得并不高明。占有女人的心，你想用武力，一点也不牢靠。拿我来说，我告诉你，我要是爱上了一个受人管制的女子啊，我就想尽方法，叫这人吃醋，白天黑夜守着我想勾引的女子。这是一种成就好事的妙法子。一个女人像奴才一样不自由，心里又是气又是痛苦，很快就会跟我走的。
堂·派德	那么，照你这么说来，有人和你谈情说爱，你会心向往之了？
伊西道尔	我怎么做，我才不讲给你听。总而言之，女人不喜欢拘束，所以，对她们表示不信任，把她们关在家里，有的是乱子闹出来。
堂·派德	你对我可真没有良心。我解除了一个女人的奴隶身份，还打算娶做太太，我觉得……
伊西道尔	要是你解除我的奴隶身份，就为给我换上另一种比这还要酷苛的奴隶身份，要是你不让我享受丝毫自由，像我领教到的，严密看管，一刻也不放松，我有什么好承情的？
堂·派德	可是这一切，只由于过分爱你啊。
伊西道尔	假如这是你的爱法，我求你恨我好了。
堂·派德	你今天是在闹气。可能是你起早了，不高兴的缘故，你说这些话，我不见怪就是了。

第 七 场

堂·派德，哈里，伊西道尔。

〔哈里向堂·派德①连连鞠躬。〕

堂·派德 别尽行礼啦。你有什么事？

哈　里 （他②每对堂·派德说一句话，就转向伊西道尔一回。对她打手势，让她领会他的主人的意图。）先生。（小姐原谅我）我告诉你（小姐原谅我），我来找你（小姐原谅我），为了求你（小姐原谅我），赏脸（小姐原谅我）……

堂·派德 在小姐原谅之下，你到这边来。③

哈　里 先生，我是一个搞艺术的。

堂·派德 我没有钱给。

哈　里 我要的不是钱。不过，我懂得一点音乐、舞蹈，教了几个奴隶，希望找到一位行家看看他们行不行。我知道你是一位有身份的人，求你赏脸看看他们跳舞，听听他们唱歌，喜欢的话，你就买了他们去，或者介绍给你的朋友，万一他们有意的话。

伊西道尔 怪有意思的，一定会逗人开心的。叫他们来罢。

哈　里 "沙拉·巴拉……"这是一首新歌，为了应景写的。仔细听好了。"沙拉·巴拉"。

---

① 根据 1682 年版，补加："（哈里做土耳其人装束，向堂·派德连连鞠躬。）"
② 根据 1734 年版，补加："（他站在堂·派德与伊西道尔之间……）"
③ 根据 1734 年版，补加："（堂·派德站到哈里与伊西道尔之间。）"

第 八 场

哈里与四个奴隶，伊西道尔，堂·派德。

〔哈里在这一场唱歌，奴隶在他唱歌的间隙舞蹈。①〕

哈 里　（唱歌。）

有一个情人心热如火，

四下里追随一个美人；

可是一个爱吃醋的家伙，

成天把她看了个死紧，

他们不能在一起行乐，

说话也只有眼睛表心。

对情人来说，还有什么

比这种痛苦更为残忍？②

Chiribirida ouch alla!

　　　Star bon Turca,

Non aver danara.

Ti voler comprara?

　Mi servir à ti

　Se pagar per mi;

Far bona coucina,

Mi levar matina

---

① 根据1734年版，动作改成："（一个奴隶唱歌，向伊西道尔。）"
又，根据费立道 Philidor 收藏的乐谱，唱歌之前，有一次舞蹈。
② 根据1734年版，补加："（向堂·派德。）"

Far boller caldara

Parlara, parlara;

Ti voler comprara?①

活罪一回比一回凶惨,

眼看这些情人就要死,

可是只要美人肯赏脸,

对他能多少有一分情义,

不顾外人做什么眉眼,

答应他爱慕她的美丽,

醋坛子就算再工心计,

防守再严,他也不管。②

Chiribirida ouch alla!

　Star bon Tarca,

Non aver danara.

Ti voler comprara?

　Mi servir à ti,

　Se pagar per mi;

Far bona coucina,

Mi levar matina,

Far boller caldara.

---

① 这首歌的第一节,前半用法文,唱给伊西道尔听;后半用的是近东一带欧洲人语言(搀有意大利语言,西班牙语言……),唱给堂·派德听,第一行没有意思,此外十行大意是:"我是一个好土耳其人,我没有钱。你愿意买吗?"第二节后半相同。

　　根据1734年版,第一节唱过,紧跟着就是"舞剧第一场(奴隶们舞蹈。)"舞剧之后,注明:"(奴隶唱歌,向伊西道尔。)"

② 根据1734年版,补加:"(向堂·派德。)"

> Parlara, parlara:
>
> Ti voler comprara? ①

堂·派德

> 唱这种歌子，
>
> 你们可知道，
>
> 就欠拿棍子
>
> 把狗腿打掉？
>
> Chiribirida ouch alla!
>
> > Mi ti non comprara,
> >
> > Ma ti bastonara
> >
> > Si ti non andara.
> >
> > Andara, andara,
> >
> > O ti bastonara.②
>
> 哦！哦！这些浪荡鬼！③好，回家里去：我改了主意；再说，天上也起了云。（向哈里，他又出现了。）啊！坏蛋，看你再敢！

哈 里　　好！对，我的主人爱上了她；他没有别的打算，除非是对她表白他的心情；只要她同意，他就娶她做太太。

堂·派德　　对，对，我替他把她看好了。

哈 里　　随你怎么看，我们会把她弄到手的。

堂·派德　　怎么？坏包……

---

① 根据1734年版，第二节唱过，紧跟着就是"舞剧第二场（奴隶们又开始他们的舞蹈。）"
② 后五行，大意是："我不买你，我打你，你要是不走的话。走吧，走吧，不然，我就要打你。"
③ 根据1734年版，补加："（向伊西道尔。）"

哈　　里　　我告诉你，你再厉害，我们也会把她弄到手的。

堂·派德　　我要是……

哈　　里　　你呀，白小心：我赌过咒啦，她是我们的。

堂·派德　　看好了，我不用跑，就逮住你。

哈　　里　　是我们把你逮住。她是我们的人，事情就这么定规啦。①豁了我这条命，也要成功。

第 九 场

阿德辣斯特，哈里。②

哈　　里　　老爷，我已经小小试探了一番，不过我……③

阿德辣斯特　你用不着折腾，我无意中得到一个机会，可以大摇大摆，享受进美人家看她的幸福啦。我碰到画家大蒙，他告诉我，他今天来给这可爱的美人画像。许久以来，他是我的最知己的朋友，所以他愿意帮我成就好事，给了我一封介绍信，替他画像。你知道，我一向就好画画，偶尔也动动画笔，这不合乎法兰西风俗，因为依照法兰西风俗，贵人什么也不会做。这样一来，我就可以得其所哉，大看特看这位美人了。不过，我相信我那酸溜溜的讨厌鬼，一定会老在一边，不让我们把话说畅快了的。我实对你说了吧，我想出了一个办

---

① 根据1734年版，补加："（一个人。）"
② 根据1734年版，上场人物有"两个跟班"。
③ 根据1682年版，哈里的话是回答阿德辣斯特的问话：
　"阿德辣斯特　好！哈里，我们的事情有没有进展？"

	法，只要一个年轻的丫鬟，就能从醋坛子手里把这位希腊美人弄到手，当然，我得先得到她的同意。
哈　里	交给我办，我想法子帮你弄点儿时间，跟她把话交代明白。①我不能叫人说我没有在这事上头出力。你什么时候去？
阿德辣斯特	马上就去，我已经全准备好了。
哈　里	我这方面，也准备准备去。
阿德辣斯特②	我不要浪费一点点时间。喂！③我巴不得立时尝到看见她的快乐。

第　十　场④

堂·派德，阿德辣斯特。⑤

堂·派德	贵人到舍下有什么事？
阿德辣斯特	我找堂·派德先生。
堂·派德	在下正是。
阿德辣斯特	请你费心看看这封信。
堂·派德	（读信。）"我不能来画像，我现在请了这位法兰西贵人来

---

① 根据1682年版，补加："（他低声向阿德辣斯特耳语。）"
② 根据1734年版，补加："（一个人。）"
③ 麦纳指出：阿德辣斯特叩门，走进堂·派德家。
④ 根据1682年版的插图，景是一间大厅。米受教授认为无妨改成一座望台，面临前九场演戏的广场或者街道。麦纳同样指出，在房屋和一棵树底下，也就成了，莫里哀当时演出，由于舞台条件关系，不会在这方面太认真的。
⑤ 根据1734年版，上场人物还有"两个跟班"。

替我。他一向急人之急,所以听到我的建议,就好意应了下来,大家公认他是这类作品首屈一指的画家,你打算给你心爱的女子画一张漂亮的像,我相信介绍他,一定会合你的要求。千万不要同他谈起任何报酬,他听了这话会生气的,因为他画画也就是为了求名罢了。"法兰西贵人,蒙你光临舍下画像,在下非常感激。

阿德辣斯特　我唯一的野心就是为德高望重的人效劳。

堂·派德　我去把我要画像的人找来。

第十一场

伊西道尔,堂·派德,阿德辣斯特与两个跟班。

堂·派德[①]　这位是大蒙给我们介绍来的贵人,愿意不辞辛苦给你画像。(阿德辣斯特向伊西道尔致敬,吻她;堂·派德对他道。)喂!法兰西贵人,本地不兴这种敬礼。

阿德辣斯特　这是法兰西方式。

堂·派德　法兰西方式对你们的妇女合适,不过,对于我们的妇女,这有点儿太随便。

伊西道尔　我欢欢喜喜拜领这种荣誉。我简直想不到会有这种奇遇。说实话,这样一位著名的画家给我画像,太出我的望外了。

阿德辣斯特　给小姐画像,世上没有一个人会不觉得增光的。我没有大

---

① 根据1734年版,补加:"(向伊西道尔。)"

	能耐；可是要画像的人太美了，一个人再不会画画儿，有这样的模特儿打底子，总不会画得太难看的。
伊西道尔	模特儿算不了什么；可是画家技巧高，晓得怎么遮丑的。
阿德辣斯特	画家就连一点点缺点也看不出来。他唯一的希望是：尽自己看到的她的美丽，能在众人面前一一表现出来。
伊西道尔	你的画笔要是也像你的舌头的话，你给我画出来的人像，就要不像我了。
阿德辣斯特	上天创造下来模特儿，就从我们这边取走把像画好了的方法。
伊西道尔	随你怎么说，上天并不……
堂·派德	请你们打住，别再恭维下去了，想着画画儿吧。给伊西道尔画像的东西统统放好。
伊西道尔①	你要我坐在哪儿?
阿德辣斯特	这儿。这个地点最相宜，阳光也顶充分，正合我们用。
伊西道尔②	我这样好吗?
阿德辣斯特③	好。请你再挺直一点。多朝那边一点。头仰起来一点，露出你的美丽的颈项。这儿再露出一点来。（他指她的咽喉说。）好。再露一点点。真正一点点。
堂·派德④	安排你他很费周折。你不能一下子坐好了吗?
伊西道尔	我是头一回干这种事，先生觉得怎么好，就怎么调派我好了。
阿德辣斯特	现在好极了，你的坐样再好不过了。（让她朝他转过来一

---

① 根据1734年版，补加："（向跟班。）"
② 根据1734年版，补加："（向阿德辣斯特。）"
③ 根据1734年版，补加："（坐着。）"
④ 根据1734年版，补加："（坐着。）"

	点。）请你这样别动。画像的姿态全看本人。
堂·派德	很好。
阿德辣斯特	再朝这边转过来一点。我请你老拿眼睛望着我：你的眼睛对准我的眼睛。
伊西道尔	有些女人找人画像，要它们不像自己，万一画家画得不比本人美，她们就要不满意他了。我不是那种人。其实，满足她们也方便得很，只要画一幅人像就成了，反正她们的要求全都一样：皮肤是百合花和玫瑰花颜色，一个端正鼻子，一张樱桃小口，一双又大又亮的杏眼，尤其是，脸不许比拳头大，哪怕是一尺宽也行。拿我来说，我要你画我像我，免得人家问我画的是谁。
阿德辣斯特	不会有人问你这话的，你的相貌根本就不跟旁人一样，你长得那么文静，那么美，画都画不出来！
堂·派德	我觉得鼻子有点太大。
阿德辣斯特①	我读书，什么书我不记得了，上面说：阿派耳②从前给亚力山大的一个情妇画像，③他画着画着，忽然没头没脑爱上了她，连性命都成问题，亚力山大倒也大方，就把自己的心上人送给了他④。（他向堂·派德说话。）从前阿派耳做的事，我现在也做得出来，不过亚力山大做的事，你不见得做得出来吧。⑤

---

① 根据1734年版，补加："（向伊西道尔。）"
② 阿派耳 Apelle 是古希腊公元前四世纪后半的名画家，以画像和寓言画知名。
③ 根据1682年版，应当添上一个短语："……一个情妇画像，她像天仙一般美丽，他画着画着……"
④ 这段传说见于罗马帝国时代博物学家坡里尼屋斯 Plinius（23—79）的《博物学》Histoire Naoturelle 第35卷第24节。
⑤ 根据1682年版，补加："（堂·派德显出一副尴尬相。）"

伊西道尔[①]　哪一国人,一听就听出来。法兰西先生们对妇女说起礼貌话来,就像泉水一样,流个不停。

阿德辣斯特　这类话瞒不过人;像你这样聪明的人,我对你说这类话的本意,一定会一目了然的。是的,就算亚力山大在这儿吧,就算他是你的情人,我也不由要对你讲,我还从来没有见过女人,像我现在见到这样美的……

堂·派德　法兰西贵人,我觉得,你不该说话才是,你要不专心画画儿了。

阿德辣斯特　啊!才不。我一向就有画画儿说话的习惯;像这种事,就该一边画,一边聊天,激起他要画像的人的精神,脸上发出必需的光彩来。

第十二场

哈里(西班牙人打扮),堂·派德,阿德辣斯特,伊西道尔。

堂·派德　这人是干什么的?是谁不通报就放他进来的?

哈　里[②]　我没有通禀就进来了;不过,贵人之间,许可这样做的。先生,你认识我吗?

堂·派德　先生,不认识。

哈　里　我是阿法希司的堂·吉耳,西班牙史一定会告诉你我是什么样人的。

---

① 根据1734年版,补加:"(向堂·派德。)"
② 根据1734年版,补加:"(向堂·派德。)"

堂·派德　　你找我有事？

哈　里　　是啊，我有一桩关系着荣誉的事件请教。找一位比你更在行的贵人，就不容易，不过，我求你，我们到僻静地方谈谈。

堂·派德　　我们走得够远的了。

阿德辣斯特　（望着伊西道尔。）她的眼睛是蓝颜色。①

哈　里②　　先生，我挨了人家一耳光，你知道什么是耳光，手伸开了，不左不右，打在脸蛋上。我心里一直忘不掉这记耳光；我想报仇，我不知道我该同他决斗的好，还是叫人把他暗害了的好。

堂·派德　　暗害是最简便的方法③。你的仇人是谁？

哈　里　　请你声音放低。④

阿德辣斯特　（跪在伊西道尔前面，在堂·派德和哈里谈话的时候。）是的，可爱的伊西道尔，两个多月以来，我的眼睛对你说得再清楚不过，你也明白我的意思：我爱你，比世上人爱谁也爱得厉害，除掉一辈子属你之外，我就没有旁的思想、旁的目的、旁的热情。

伊西道尔　　我不知道你说的是不是真心话，不过，你的确把我说服了。

阿德辣斯特　可是我能不能说服你对我起一点好感啊？

伊西道尔　　我怕我的好感已经太多了。

---

① 根据1682年版，改换动作和语言："（过去和伊西道尔说话，堂·派德注意到了。）我凑近看看她的眼睛是什么颜色。"
② 根据1682年版，补加："（拉开堂·派德。）"
③ 根据1682年版，语言改成："暗害是最稳妥和最简便的方法。"
④ 根据1734年版，补加："（哈里一边说话，一边拉走堂·派德，正好叫他看不见阿德辣斯特。）"

阿德辣斯特　美丽的伊西道尔，你的好感能不能帮你同意我的要求？

伊西道尔　我还不能告诉你。

阿德辣斯特　你等什么？

伊西道尔　等我把主意拿定了。

阿德辣斯特　啊！一个人要是真心相爱的话，马上就把主意拿定了。

伊西道尔　好吧！那，对，我同意。

阿德辣斯特　可是，告诉我说，你同意现在就跟我走？

伊西道尔　一个人拿定了主意，还问时间做什么？

堂·派德　（向哈里。）这就是我的见解，我们再会啦。

哈　里　先生，你要是挨了人家耳光的话，我也帮你忙，出一样的主意。

堂·派德　你走，我不送你了，不过，贵人之间，许可这样做的。

阿德辣斯特①　是的，什么也从我心里取消不了这些恩情的证据……（堂·派德望见阿德辣斯特在伊西道尔身边说话。）我看看她下巴旁边这个小酒涡，我开头还以为是一个黑痣。不过，我们今天也画得差不多了，再一会我们就好画完了。（向堂·派德。）②不，先别看；请你把这些东西搁到一个稳当地方。（向伊西道尔。）至于你，我求你帮我完成我们作品的计划，千万放松不得，一定要精神振作，坚持到底。

第十三场

堂·派德，伊西道尔。

---

① 根据1734年版，补加："（向伊西道尔。）"
② 根据1734年版，补加："（向堂·派德，他想看看画像。）"

伊西道尔	你觉得他怎么样？我觉得他是世上最有礼貌的贵人。我们应当承认，法兰西人温文尔雅，旁的国家就做不到。
堂·派德	对；不过毛病就是，他们有点儿太随便，像冒失鬼一样，喜欢同初谋面的人谈情说爱。
伊西道尔	那是因为他们知道这样做，女的就开心。
堂·派德	对；不过女的开心，男的可很不开心。当面看别人大着胆子，奉承自己的太太或者情人，男的并不愉快。
伊西道尔	他们这样做，也不过是好玩罢了。

第十四场

克丽麦娜，堂·派德，伊西道尔。

克丽麦娜	（蒙着面纱。）啊！贵人老爷，求你救救我，丈夫生我的大气，不肯饶我。他吃起醋来，怒气冲天，什么也忘啦，你就想不出他多野蛮。他要我成天拿头蒙住，方才看见我的脸露出一点来，他就拔起宝剑要杀我，我只好跑到府上逃命来了。我看见他追下来了。贵人老爷，行行好，救救我吧。
堂·派德[①]	同她一道进去，不要怕。

---

① 根据1734年版，补加："（向雅伊德，指伊西道尔给她。）"

第十五场

阿德辣斯特,堂·派德。

堂·派德 什么？先生，原来是你？一位法兰西人，也这么吃醋？我还以为只有我们才会吃醋。

阿德辣斯特 法兰西人干什么也在行；我们不吃醋便罢，吃起醋来比一个西西里人凶二十倍。不要脸的东西，错把府上当做安全避难所，不过，你这人再明理不过，绝不会怪我动气的。她罪有应得，我求你就别拦着我了。

堂·派德 啊！请你就算了吧。一点点小过失，犯不上生这样大的气。

阿德辣斯特 问题不在过失大小，在她违犯我的命令。本来不关重要，可是禁止了的事她再做，就成了罪无可逭。

堂·派德 我听她说话，她不是成心违犯，求你还是彼此和解了吧。

阿德辣斯特 什么？你对这类事认真得不得了，倒帮她说话？

堂·派德 是的，我帮她说话。你肯息怒，我就承情。你们两下和解了吧。我求你赏我这个脸；我把这看做一种友谊表示，我希望我们能做朋友。

阿德辣斯特 你把话说到这种地步，我再拒绝，未免太那个啦：我依命就是。

第十六场

克丽麦娜,阿德辣斯特,堂·派德。

堂·派德① 喂!出来。你跟着我,我帮你们说合好啦。你逃到我家,算是逃对啦。

克丽麦娜 我说不出来该怎么感谢你。不过,我还得拿我的面纱去;没有面纱,我可不敢到他跟前。

堂·派德 他去去就来。我告诉他,我帮你们说合好了,你听我说,他听了,开心得什么也似的。

第十七场

伊西道尔(蒙着克丽麦娜的面纱),阿德辣斯特,堂·派德。

堂·派德② 你为我息了怒,我相信,我这儿把你们彼此的手放在一起,你会觉得好的。我希望你们两个人为了我的缘故,好合到老。

阿德辣斯特 对,我答应你一定做到,为了你的缘故,我和她要去过世上最美好的生活。

堂·派德 我十二分承情,一辈子不会忘记。

---

① 应当补加:"(向内室的克丽麦娜。)"
② 根据1734年版,补加:"(向阿德辣斯特。)"

阿德辣斯特　堂·派德先生，我对你发誓，我为了尊重你起见，要尽我的一切可能待她好。

堂·派德　你太赏脸了①。做和事老，永远帮人排难解纷，倒也不差。喂！伊西道尔，出来。

第十八场

克丽麦娜，堂·派德。

堂·派德　怎么？这是怎么回事？

克丽麦娜　（不蒙面纱。）这是怎么回事？一个人爱吃醋，就成了人人憎恨的怪物。哪怕是没有别的原因，单为了跟他捣捣乱，大家也乐意做。世上的锁、门栓子，就算统统用上，也关不住人。你想把人留住，就该好意赢取对方的心。伊西道尔如今已经随她心爱的男子走了，你忙活了半天也是一个冤大头。

堂·派德　堂·派德受这种气！不，不：我有的是勇气，我要到法庭喊冤，重办奸徒。②这儿是一位官长的住宅。喂！

第十九场

元老，堂·派德。

元　老　你好，堂·派德先生。你来得再巧不过。

---

① 根据1734年版，补加："（一个人。）"
② 假如从第十场起换成室内景，从现在起，又该回到开场的室外景。

堂·派德	我是告状来的。
元　老	我要举行一个空前盛大的假面具舞会。
堂·派德	有一个法兰西坏蛋对我使坏。
元　老	你一辈子也不会看见那样盛大的舞会。
堂·派德	他抢掉一个我解除了奴隶身分的丫头。
元　老	他们是摩尔人打扮,跳舞跳得好极了。
堂·派德	你想想看,我能不能受这种气。
元　老	服装是特为跳舞做的,好看极了。
堂·派德	我请求法庭重办。
元　老	我希望你也看看。他们为了娱乐人民,就要排练了。
堂·派德	怎么?你在说什么?
元　老	我在说我的假面具舞会。
堂·派德	我在说我的事。
元　老	今天除去玩儿乐,别的事我什么也不要听。好,先生们,过来:我们看看行了没有。
堂·派德	瘟死傻瓜和他的假面具舞会!
元　老	鬼抓了讨厌鬼和他的事!

最后一场

有几个摩尔人在他们中间跳舞,喜剧就在这里结束。①

---

① 根据1734年版,文字更改如下:
"最后一场　一位元老,舞蹈队。
　　舞剧
几个跳舞的人,摩尔人装束,在元老面前舞蹈,结束喜剧。"

附录: 戏的主旨（演员须知）①

堂·派德的大门在台上右侧，哈里在第一场，应当站在大门前头。阿德辣斯特在第二场，从左侧出来，前边有两个跟班给他打火把；到了台上，他们分开，一个站在台右，一个站在台左。第三场并不唱歌，只要来一次舞剧也就成了。这样一来，就该取消第三场。阿德辣斯特说过这话："我同意。就听这个好了，"放哈里走了三四步远，又把他叫回来，对他道："哝！我觉得要声音响，顶好还是叫我们的提琴开头；你呐，站到大门口，万一听见住宅里头有动静，我这边就好弄灭火把。"提琴奏过一首最新的乐谱，舞剧也跳过一次，哈里就去警告他的主人，说："老爷，我方才听见门里有响声。"堂·派德在第四场，从大门走出，在阿德辣斯特喊哈里的时候，站在他的背后；哈里就在旁边，堂·派德站在他们两个人当中，只是更靠后了些。哈里抓住西西里人打一顿出气的时候，他就离开阿德辣斯特，摸到大门口。在这期间，阿德辣斯特站在西西里人一旁，把他当做了哈里说话，等他注意到大门开着，堂·派德就回去，站在大门口当中，结果就是哈里和他对摸了半响脸和头，堂·派德打了哈里一耳光，像戏里讲的，哈里还了他一耳光。在西西里人吹牛喊底下人之后，阿德辣斯特拔出宝剑保护自己，同时哈里就躲起来了。哈里在第七场，鞠躬几次，一时向堂·派德，一时向伊西道尔，他每说一句"小姐原谅我"，就朝她转过身子。随后他就唱第一节法兰西语言和后边难懂的外国语言。他在别人舞蹈

---

① 这篇《演员须知》Instructions aux comédiens 是给外省或外国演员用的，放在1668年外省印本之前。

过后就一个人说："Chiribirida"，接下去又是舞蹈，并且唱完另一节，和相同的"Chiribirida"，直到最后，他和舞蹈的人们都被赶走。在第十一场，阿德辣斯特向伊西道尔致敬吻她，堂·派德不乐意，就对他说："当地人不这样敬礼他们的妇女。"阿德辣斯特说："好，把东西全拿过来，"他的两个跟班就搁好画框和画架，还有调色板，上面是颜料和画笔。画框应当是白颜色，上面有一张女演员的画像，脸上盖着白颜色，画笔一和脸接触，白颜色就褪了，显出男演员是在画画。画板上的颜色是干的，表面像有颜色，白颜色一褪，就像画家在亲自画画一样。伊西道尔坐在右侧，西西里人在对面左侧，阿德辣斯特在当中，随时站起，照自己的想法安排她，亲自露出她的胸脯；西西里人吃醋了，不放心，每逢阿德辣斯特站起，就拿椅子往前挪，后来还对伊西道尔说：画家安排她，很费周折。哈里把他拉到一边的时候，他说过："我们走得够远的了，"还回过头来，看见阿德辣斯特离伊西道尔太近，就离开哈里去打岔，但是阿德辣斯特瞥见他了，就对他说："我在看她的眼睛的颜色"，而不像戏里说的："她的眼睛是蓝颜色"。于是阿德辣斯特又坐好了，堂·派德又和哈里待在一道。在哈里对堂·派德说话，堂·派德问他仇人是谁的时候，阿德辣斯特把蒙着画像的白颜色已经弄掉，又过去挨近伊西道尔，堂·派德又发觉了，告诉哈里："你走，我不送你了。"这些全是最需要注意的地方，其实，你们照诗句的意思和注脚去做，也就行了。

· 昂分垂永 ·

原作是自由诗体。1668 年 1 月 13 日第一次演出。

演员

水星①

夜

裘彼特②　　　　　变成昂分垂永的相貌。

昂分垂永　　　　忒拜人的将军。

阿耳克梅娜　　　昂分垂永之妻。

克莱昂提丝　　　阿耳克梅娜的女仆,扫西之妻。

扫西③　　　　　昂分垂永的仆人。

阿耳嘎提风提达斯　忒拜人的军队队长。

诺克拉太斯　　　忒拜人的军队队长。

波里达斯　　　　忒拜人的军队队长。

波西克莱斯　　　忒拜人的军队队长。

景在忒拜城,昂分垂永的府前。④

---

① 水星 meroure 是罗马神话中的商业之神,和希腊神话中的赫耳墨斯 Hermes 相当,一般作为使者看待。他在神话中位次极低,以办坏事知名,虽然是天神宙斯 Zeu 的儿子。
② 裘彼特 Jupiter 是罗马神话的天帝,和希腊神话中的宙斯相当,此地混为一个。他在神话中的地位最高,淫乱专横,为所欲为。他的标志是一手持鹰,一手持雷电。
③ 由莫里哀饰演。根据他死后的财产目录,角色的服装是:"一件绿塔夫绸罗马悲剧演员的服装,有细银线勾织的小齿形花边,一件同样塔夫绸的短袖衬衣,红缎短裤,一双配着银花饰带子的鞋,一双淡灰色到膝盖为止的袜子,花饰、腰带与衬裙,一顶锈着金银线的帽子。"
④ 根据马艾劳的《札记》,景是:"舞台上一个城市空场。需要一个阳台,下面有大门;序幕有一架神用的机器,一轮夜乘的车。第三幕,水星回来,裘彼特乘着他的车。需要一盏灯笼,一把木刀。"

序　幕

水星（驾着一块彩云），夜（驾着两匹马曳着的一辆车）。

水　星　　可爱的夜，慢点！请你留步：我想请你帮帮忙，我奉裘彼特的旨意，有两句话通知你。

夜　　　　啊！啊！是你呀，水星大人！谁想得到你在这头，会是这种姿势？

水　星　　天呀！裘彼特叫我跑了几趟腿，我支不住，累坏了，我坐在这云彩上头，边歇息，边等你来。

夜　　　　水星，你在寻我开心：哪儿有神也说累的？

水　星　　神是铁打的？

夜　　　　不是铁打的。可是神也应该永远维持一下天上的礼貌。有些话说起来，有伤神的尊严，不成体统，还是留给凡人去说吧。

水　星　　你高兴怎么说就怎么说，美丽的神，反正你坐在马车上，漫不经心的贵妇人，由着两匹马拖，去一切你爱去的地方。可是我呀，就没有这种福分，我的命苦，我痛恨诗人们不讲礼貌，对我毫不客气，定出一种不公道的法律，还要维护它的使用权，用起每一位神来，一位一个样子，安排好一种走势，我呐，就派我步行，好像乡下一个送信人，我，你知道，在天上，在人间，是众神之主的著名使者，不是我吹牛，随他叫我干什么事，比起任何人来，都需要车送。

夜	你发这脾气有什么用？诗人们爱怎么做就怎么做，他们胡闹起来呀就没个底，其实你不该生他们的气，他们在你的脚上安排好了翅膀。
水　星	是的；可是，难道快走，不照样也累？
夜	不谈这个，神使老爷，告诉我该做的事。
水　星	像我方才说的，裘彼特有了新欢，为了奇迹顺利进行，要你把大地变成漆黑一团。我相信，他的做法对你并不新鲜：他经常为了大地忽略上天；你知道，这位神明之主喜欢为了美人变成人的模样，使用千百种巧妙的诡计，取消最狠心的女人的抵抗。阿耳克梅娜的眼睛勾了他的魂，趁她丈夫昂分垂永，在贝奥提平原①中间，统率忒拜城的军队，他变成他的模样，在疲劳之中换来一次休息，因为他得到最甜蜜的欢愉。夫妻的新婚有利于他的求爱，结婚才几天光景。他们柔情蜜意的热爱使裘彼特想到这个主意，这个无可比拟的妙计。他的诡计在这里对身心有益，可是，在许多钟情人的怀里，这样的伪装简直等于多余，拿丈夫的模样来讨女方喜欢不见得处处都是一个好办法。
夜	我称赞裘彼特，可是我不明白他为什么回回都想到改装。
水　星	他想尝到各种各式的味道，按照神的方式办事，而免于当傻瓜。不论活人把他放在什么等级，他要是不扔掉他的可怕的面孔，总是高高吊在天空上头，我就一万个看不起他。永远囚在他的伟大之中，依我看来，是最无知的办法，尤其是，在真个销魂的温柔乡里，高贵身份就成了碍手碍脚的东西。裘彼特，毫无疑问，是个寻欢能手，懂得

---

① 贝奥提 Bectie 是古希腊的一个地名，忒拜城 Thèbes 是它著名的城市。

夜	走下他的尊严的宝座；为了容易进入他喜悦的场所，他完全走出自己，成了不是裘彼特的裘彼特。
夜	看见他离开这崇高的阶梯，降到和人类相等，寻求人心所能提供的欢狂，参与他们的轻举妄动，他高兴变成什么就变成什么，只要他依附人性，也就算了，可是看见裘彼特变成公牛，变成蛇，天鹅①或者别的什么动物，我看不出这有什么好处，有时招惹议论，不足为奇。
水　星	爱议论由他们议论去；变动物自然也有变动物的甜头，他们理解不了这个。这位神懂得他在各方面干的事；说到它们缱绻之情的乐趣，动物不像你想的那样糊涂。
夜	告诉我他要我做的事。他用诡计把情人弄到手，还希望什么？还要我做什么？
水　星	让你的马把步子放慢，让他称心如愿，把这美好的夜晚变成最长的夜晚；你放长他寻欢的时间，推迟白昼的诞生，因为白昼会催丈夫回来，他就不能再做丈夫的替身。
夜	伟大的裘彼特，毫无疑问，赏了我一份好差事，他要我干的活有一个规矩的名字。
水　星	你是一位年轻的女神，生活在先前的快乐时期；这样的事出在穷人窝里，就算卑鄙行为。有幸运降生在高贵等级，做什么也总是又美又好；按照人的不同身份，事物就改换了名称。
夜	关于这一类事，你比我懂得多；要我接受这个命令，先得听听你的开导。

---

① 裘彼特变成公牛，指掠夺欧罗巴 Europa 一事。他看见她在海边玩耍，变成公牛，把她驮到克里特岛。他还变成天鹅，勾引王后莱达 Leda 成功。

水　星	嗐！啦，啦，夜夫人，我求你了，先别急。你在人间的名声，用不着装腔作势。在不同的地点，许多好事人家全悄悄告诉了你。我相信，就事论事，我们并不欠你的情分。
夜	别再吵下去了，彼此心照不宣吧。用不着揭露我们的秘密，惹人们笑话。
水　星	再见；我到那边有事要做，换掉神使的模样，我要变成昂分垂永的听差的模样。
夜	我在这半球，和我的阴暗的随从，要多停留一时。
水　星	再见，夜。
夜	再见，水星。

第 一 幕

第 一 场

扫西。

扫西　　是谁?哦?我步步害怕。各位先生,我是人人的朋友。啊!在这时候出来,真是天大的胆量!我的光荣的主子把我耍了个狠!什么?他有点爱惜人的话,会在这样黑的夜晚打发我出门?难道他就不能等到天亮了,再让我上路,宣告他要凯旋和他打胜仗的详情?扫西,你像话了,做奴才做到这种地步!我们在贵人府里当差,比在穷人家里苦多了。他们要自然界一切为他们做出牺牲,白天黑夜,下雹子,刮风天,风险,热天,冷天,他们一开口,就得亮起翅膀飞。我巴结了二十年,什么也没有捞到;任起性来,不管是芝麻大的事,反正下人遭殃。可是我们的脾气就是怪,偏要挨近他们这个空名气,人人以为我们幸福,我们也就这样自足了。理性告诉我们退隐,我们也同意这样做,可是没有用,他们一露面,一种强大的力量就压了下来,他们轻轻瞟我们一眼,我们就认了输。不过最后,我在黑地里看见了我们的公馆,我的恐惧消失了。当使者,我就得准备一番词令。我应该对阿耳克梅娜描画一番军事场面,怎么样把敌人打个落花流水,可是怎么描画,假使我不在场?不管它,我要大起胆子讲,像个目击者,多少人讲起打仗来,不离打仗老远?为了把我的角色扮好,我要先练习一遍。现在作为报喜人,我被带进大厅,这盏灯笼就算阿耳克梅娜,我应当对她一五一十回话。(他把灯笼放在地上,对它讲起话来)"夫人,昂分垂永、我的主人、您的丈夫……(好!良好的开端!)心里总充满了您的娇媚,在所有人里头把我挑出来,向您传达大军胜利的喜讯,和主人想回来待在您身边的愿望。""啊!说真的,我可怜的扫西,又见到你,我说不出来有多欢喜。""夫人,您太赏我脸啦,我的运气要招人妒忌的。"(回答得好!)"昂分垂永好啊?""夫人,像勇敢的战士,遇到光荣的时机。"(好极了!亏你想得出来!)"他一回来,我们的心就踏实了,他到底什么时候回来?""夫人,当然,他尽快赶,不过,比他想望的要迟些。"(啊!)"可是战争没有把他累着?他说什么?他做什么?讲给我听吧。""夫人,他说的比做的少,做起来呀敌人也打哆嗦。"(家伙!我怎么想出这么多漂亮话来?)"造反的人怎么样?说呀,他们赶上什么运气?""夫人,他们挡不住我们的武力,他们的叛乱被粉碎了,杀了他们的首领普太奈拉斯,活捉太莱伯,港口已经响起我们勇猛的凯歌。""啊!多大的胜利!噢!神明!谁能想到这个?扫西,快讲给我听。""夫人,我要讲,光荣没有冲昏我的脑壳;说起这次胜仗的详情,我讲起来头头是道。您设想一下,夫人,太莱伯就在这边:(他在手心或者地面做比划）这是一座城，说实话，差不多有忒拜城那么大。河从这里流过。我们的军马在这边扎营；那边是空地，我们的敌人占有了它；在一块高地，就在这地方，是他们的步兵，再下去，靠右手，是骑兵。对众神做过祷告以后，命令下达，发出了打仗的信号。敌人心想我们要给他们制造困难，把他们的骑兵分成三个小队，可是我们很快就压制住他们的斗志，结果回头你就看出来。我们的先头部队很活跃；那边，是我们的国王克瑞翁的弓箭手；这是主力军，（有声音响动）他们一开始，……等一下，主力军害怕。我好像听见什么声音。

第 二 场

水星，扫西。

水　星　　（变成扫西模样。）①这位讲话人很不识趣，就不知道他这一来，多么打搅我们情人的好梦，我变得和他一模一样，把这讨厌家伙从这地方赶走。

扫　西　　我的心总算又安定下来，我想什么事也没有。不过怕遇到不祥的意外，还是回到府里再说吧。

水　星　　我一定要把你挡住，除非你比水星更凶。

扫　西　　今天晚晌我觉得特别长。自从我上路以来，在天时上，不

---

① 根据1682年版，改为："（变成扫西模样，从昂分垂永的家里出来。）"

	是我主人把晚晌当作了早晨，就是金黄头发的福玻斯①还在睡觉，因为喝酒喝过了量。
水　星	看这坏蛋说起神来，多不尊敬！他这样狂傲失礼，我一定要教训他一顿，我现在先戏耍他一番，我不但和他长得一样，还要偷他的名字用。
扫　西	啊！天呀，我先前说得好：我这下子完了，苦命的孩子！我看见房子外头有人走动，他的上半截先告诉我要出坏事。我装出安详的样子，唱唱歌。
	〔他唱歌，水星一开口，他的声音就逐渐弱了下来。〕
水　星	哪儿来的这个坏蛋，胆子天大，居然敢唱歌，使我头脑发胀？难道他要我揍他一顿？
扫　西	这个人显然不爱音乐。
水　星	一个多星期了，我还没有打过人，胳膊都没有力气；我正要找一个有后背的，好让我出口气。
扫　西	这个人是什么鬼东西？我觉得怕得要死。可是打哆嗦有什么用？也许这小子和我一样胆小，嘴上装得硬，其实心里怕得要死？对，对，别让人以为我们是傻瓜：我要是不勇敢，也该冒充一下。胆量不是天生的，他是一个人，跟我一样；我强壮，我有靠山，眼前就是我们的府第。
水　星	那边是谁？
扫　西	我。
水　星	谁？我？
扫　西	我。②勇敢，扫西！

---

① 福玻斯 Phebus，即日神阿波罗。
② 根据1734年版，补加："（旁白。）"

水　星　你是谁？说给我听。

扫　西　是人，会说话。

水　星　主人，听差？

扫　西　看我高兴。

水　星　你往哪儿去？

扫　西　去我要去的地方。

水　星　啊！我不喜欢听。

扫　西　我高兴。

水　星　我要知道你这奸细，天亮以前来干什么，从哪儿来，往哪儿去，归谁管，你不讲，我揍你个半死。

扫　西　我一会儿干好事，一会儿干坏事，我从哪儿来，往哪儿去，人人管我。

水　星　你卖弄才气，我看你要对我摆出一副大人物的架式。我直想让你尝尝味道，打你一记耳光。

扫　西　打我？

水　星　打你：这你就记住了。

〔他打了他一记耳光。〕

扫　西　啊！啊！打得好狠啊！

水　星　不狠；我不过是为了开心，还敬你的俏皮话。

扫　西　老天！朋友！什么话也不讲，先给人几记耳光！

水　星　这不过是小小几记，几记普通的耳光。

扫　西　我要是跟你一样冲，咱俩就会打起来。

水　星　想要讲和呀，算不了什么：咱们回头有的是事要看，接着往下讲吧。

扫　西　我不干。

〔他想走开。〕

水　星	往哪儿去？	
扫　西	碍你什么事？	
水　星	我要知道你去哪儿。	
扫　西	推开这座大门。你凭什么不放我进去？	
水　星	你朝前再迈一步，我就要朝你乱棍齐下。	
扫　西	什么？你靠吓唬，就想拦阻我回家？	
水　星	怎么，回家？	
扫　西	对，回家。	
水　星	噢！奸细，你说这所房子？	
扫　西	正是。难道昂分垂永不是主人？	
水　星	好啊！这算什么理由？	
扫　西	我是他的听差。	
水　星	你？	
扫　西	我。	
水　星	他的听差？	
扫　西	货真价实。	
水　星	昂分垂永的听差？	
扫　西	昂分垂永。	
水　星	你的名字是……？	
扫　西	扫西。	
水　星	哦？甚么？	
扫　西	扫西。	
水　星	听着：你可知道我今天要揍你？	
扫　西	什么？你犯了什么毛病？	
水　星	告诉我，你哪儿来的狗胆，敢叫扫西这个名字？	
扫　西	我呀，不是敢，是本来就这么叫。	

水　星　噢！谎话连篇！无耻已极！你敢对我坚持，扫西是你的名字？

扫　西　很好：我坚持，我有充分理由，是神的最高权力给我的名字，我做不了主，说自己不叫它，就跟我不是自己，是别人一样。

〔水星打他。〕

水　星　这样不要脸，赏你一千记。

扫　西　公道，市民们！救救我！求求你。

水　星　怎么，刽子手，你还喊叫？

扫　西　你打我一千记，还不许我喊叫？

水　星　我抡起胳膊来呀……

扫　西　行动不值分文：你占优势，是因为我缺乏勇敢；你打我算不了什么。看见别人胆子小，抡起胳膊就打，还不等于吹牛？打好欺负的人不算好汉；在不勇敢的人眼里，勇敢就该责备。

水　星　得！你现在还是扫西？

扫　西　你白打，你变不了我的模样，你要我变呀，变来变去，还是一个挨打的扫西。

水　星　又来啦？冲你这顿胡说，再添一百记。

扫　西　饶命，高抬贵手。

水　星　那你就少说浑话。

扫　西　遵命，我沉默就是：咱们之间争执太不相等。

水　星　你还叫不叫扫西？说，奸细！

扫　西　唉呀！你要我叫什么，就是什么；我的命由你安排：你的胳膊让你成了主人。

水　星　照你说来，你过去叫扫西？

扫　西	不错，截到现在为止，事情是明明白白的：不过你的棍子，在这件事上，让我知道弄错了的是我。
水　星	叫扫西的是我，全忒拜都承认：昂分垂永的下人只有我是。
扫　西	你，扫西？
水　星	是的，扫西。要是有谁拿这当玩笑的话，他可得当心他的小命。
扫　西①	天！难道我真就这样和自己告别，让一个骗子偷去我的名字？看我是胆小鬼，人家快活极了！不是我胆小，死鬼……！
水　星	我看，你嘴里不知道在嘟哝些什么？
扫　西	没有。不过，看在众神的份上，许我跟你说两句话。
水　星	说吧。
扫　西	不过请你先答应我，别再打我，讲和吧。
水　星	好吧；行，我答应你啦。
扫　西	请你告诉我，谁叫你玩这一套的？你怎么想起把我的名字从我这儿拿走的？最后，除非你是妖精，谁能让我不是我？我不是扫西？
水　星②	怎么，你居然……
扫　西	啊！慢些；我们讲好了不打人的。
水　星	什么？上绞刑架的，骗子，坏蛋……
扫　西	你想骂我，随你的便，这是些轻伤，我不会为这生气的。
水　星	你说你叫扫西？

---

① 根据1734年版，补加："（旁白。）"
② 根据1734年版，补加："（朝扫西举起棍子。）"

扫　西	是的。除非有人瞎编排……
水　星	够啦，我收回我的话，不讲和啦。
扫　西	不管怎么说，我不能为你就不存在，离外表那么远的一番话，我也没法子接受。难道我是谁，也归你管？我能不是我吗？谁想得出这种主意？可谁又能否认这么多的紧迫迹象？我在做梦？我在睡觉？难道我有什么心事，激动到了得不到安宁？难道我在守夜，感觉上有什么不舒服？难道我的见识不正常？难道我主人昂分垂永没有叫我来这地方看女主人阿耳克梅娜？难道我不该夸他对她忠心耿耿，讲他对敌人的英雄事迹？难道我不才打码头那边过来？难道我手里没有提着一盏灯笼？难道我不是在自己的家门口看到你？难道我不是人气十足地跟你谈话？难道我不是怯小子，让你把我关在大门外头？难道你没有对准我的脊梁背发火？难道你没有打我？啊！这一切都太真实了，我巴不得上天让它别那么真实！请你高抬贵手，别再欺负一个可怜虫了，放我完成我的任务吧。
水　星	住腿，不然呀，你走上半步，就要惹我生气，狠狠揍你一顿。方才你讲的话，全该我说，除去棍子。昂分垂永派出去见阿耳克梅娜的使者是我，我才从佩尔席克码头过来，我来宣布他的神武威力，帮我们打赢了一次胜仗，杀了敌人的首领；总之，我确实就是扫西，达夫的儿子，正直的牧羊人；死在国外的阿尔巴吉的兄弟，假正经的克莱昂提丝的丈夫；她的怪脾气一直使我生气；我自己嘛，在忒拜城里挨过一千记皮鞭子，从来没有跟人讲起过，过去曾经当众在背上留下了标记，因为做规

矩人做过了分。

扫　西　　他说的话有道理。他不是扫西，他说的话，人就不可能都知道。我心里好生奇怪，我自己也开始有点相信。说实话，现在我这么一看他，他跟我的身材、面貌、姿态是一模一样。为了把事情弄清楚，让我来问问他看①：我们从敌人那边捞到许多战利品，昂分垂永分到什么东西？

水　星　　五颗大钻石，串成一个结子，他们的首领当做希罕物，拿它们来装饰自己。

扫　西　　这么阔气的礼物，他打算送给谁？

水　星　　送给他女人，他要她拿来装饰自己。

扫　西　　可是，他现在放在什么里头来送她？

水　星　　装在一个小匣子，用我主人的徽章加了封条。

扫　西②　每句问话，他一个字都没有回答错，我开始怀疑起自己来了。他站在我前头，靠武力，已经是扫西了；他靠理论要越发是扫西了。可是，我摸摸自己，回想一下，我觉得又是自己了。我到什么地方可以找到一些亮光，把我看到的事情理理清楚？我一个人做的事，谁也没有看见，别人不是我，就不会知道。我问他这个问题，他想也想不到，会吓一跳的，那时就全明白了。③两军在交锋，你一个人在帐篷里头躲来躲去，都干了些什么？

水　星　　一条火腿……

---

①　根据 1734 年版，补加："（大声。）"
②　根据 1734 年版，补加："（旁白。）"
③　根据 1734 年版，补加："（大声。）"

扫　西① 　　这他也知道！

水　星 　　我从地里藏它的地方挖出来，大着胆子切了两片，美滋滋地拿它填饱了肚子；这之外，再添上留下来的葡萄酒，在喝以前，光看看就够开心的了，我有了一点勇气，去看我们士兵打仗了。

扫　西 　　这件怪事他都知道，证明他有道理。我挑不出他一点把柄，好像他藏在瓶子里一样。②根据你举出来的证据，我不能否认你是扫西，我只好投票赞成。不过你是扫西，告诉我你要我是什么？因为最后，我总得是点什么东西。

水　星 　　我不是扫西的时候，你是扫西，这一点我是同意的；可是只要我是，你要是再冒充，我保证你死。

扫　西 　　这件为难的事把我活活累死，道理明明在作梗。可是话说回来，总得是个什么东西才成；对我说来，最短的路是当扫西。

水　星 　　啊！上绞刑架的东西，你喜欢挨打？

扫　西③ 　　啊！这算什么？老天爷！打得好狠啊，我的背要疼一个月。离开这鬼东西，回到码头吧。噢！天呀！我这个传信的差事真叫妙啦！

水　星④ 　　我终于把他吓跑了。只有这样做，他吃够了苦才肯逃跑。我看见裘彼特过来，非常有礼貌地领着多情的阿耳克梅娜。

---

① 根据1734年版，补加："（低声，旁白。）"
② 根据1734年版，补加："（大声。）"
③ 根据1734年版，补加："（水星揍他。）"
④ 根据1734年版，补加："（一个人。）"

第 三 场

裘彼特①，阿耳克梅娜，克莱昂提丝，水星。

裘彼特　亲爱的阿耳克梅娜，别让火把靠近我们。把你照得亮亮的，我看你看得清楚，心里老大欢喜；可是我来看你，是偷着来的，光亮就可能让人知道我来，那就不妙了，为了振奋我的军威，我有必要在前方执行我的军职，可是由于爱你，我私下里把时间全用在你身上。我心里虽然爱你，可是舆论知道了，却不会答应我这样做的，所以没有法子，我只能希望你一个人领我的情，知道这事。

阿耳克梅娜　昂分垂永，你战果辉煌，声威远扬，我也感到体面；你的胜利同样触动我的心灵，让我分享你的荣誉。可是这个荣誉也有害处，把我同我心爱的人分开了，我就不能不怨恨它，就不能不反对这个崇高的命令，指派你充当忒拜人的将军。幸亏你打了个胜仗，声威远扬；这是一桩喜事；可是想到这种声威掺着多少风险，唉！说不定回头就会打败仗，落个生死存亡两不知。真是，听见人讲到打仗，哪怕是一个小小回合，我也担足了心思！一个人老怕身边人出事，还怎么能安慰自己不受威胁呢？一个人打胜仗戴上了桂冠，可以说是光荣到头了，可是和家里人的惦记、时刻担心受惊，又怎么能相比呢？

裘彼特　我一看你，我就止不住自己越来越爱你：在我眼面前，

---

① 根据1734年版，补加："（变成昂分垂永的模样。）"

你的心就像一团火那么热；我承认，看见自己所爱的人这么爱自己，心里实在美得很。不过，我敢说，看见你这么爱我，我倒起了一点点疑心；亲爱的阿耳克梅娜，为了欣赏你爱我的这番好心，我倒愿意你这里没有任何为妻的感情：我承受你的喜爱，我要它只是由于你爱我，爱我本人，而我作为你丈夫的身份，在这里不起作用。

阿耳克梅娜 可是也正是这个名分，才让我在白天也有权利表现爱情，所以我就不明白，你为什么爱我还要像你说起的那种疑心。

裘彼特 啊！我对你的那种热劲儿、心疼劲儿，做丈夫的就跟不上，你也不知道，在这种甜蜜时刻，我细致到了什么程度。你就想象不出来，一个人爱了起来，对一点一滴的小事也在细琢细磨，就连最快活的样式也有一种不安的感觉。可爱的美人阿耳克梅娜，在我这里，你有一个丈夫，你有一个情人；可是，把话直说了吧，我在意的只有情人的身份；我在你身边，丈夫这个身份总在跟情人身份为难。这个情人身份，对什么也妒忌到了极点，指望你的心单单给他独自享受，他的激情就不喜欢丈夫独占鳌头。他愿意从纯洁的源头得到你的热爱，一点也不喜欢成亲那套把戏，对遵守妇道单爱丈夫这种坏做法才不摆在心上，两下里情意绵绵，见天又妇道长妇道短，简直跟放了毒药一样恼人。总之，他不要起疑心，可是疑心死缠着不放，要你满足那些琐细的要求，把祸害它的东西跟它分开，让丈夫跟你的妇道统统见鬼去吧，让情人是你的心、你的美意、你的柔情的唯一主人。

阿耳克梅娜 昂分垂永，说真的，你说的这些话，是在寻开心，要是有

	什么人听见了，我真还担心别人以为你说话没有分寸。
裴彼特	阿耳克梅娜，你说什么也想不到，我这番话再通情达理不过，可是我再稽留下去，就要有罪了，时间紧迫，我得赶回码头去，再见吧，我的古怪而又野蛮的责任要我暂时和你分离；不过美丽的阿耳克梅娜，等你见到丈夫的时候，我求你，起码也要想着情人。
阿耳克梅娜	众神把我们结合在一起，想分开就分开，我决不答应，丈夫和情人在我都很宝贵。
克莱昂提丝①	嗐，天呀！爱丈夫爱到这么心热，两下里要多情投意合！我那鬼丈夫，一点也不懂得这个门道！
水　星②	夜啊！我必须提醒，把帷幕卷起来吧；为了星宿退位，太阳现在可以走出寝床了。

第 四 场

克莱昂提丝，水星（想溜）。

克莱昂提丝③	什么？就这样把我丢了？
水　星	你要怎么着？难道你不要我把我的公事交代完毕？难道你不要我跟昂分垂永走？
克莱昂提丝	坏东西，你跟我分手就这么急！
水　星	发脾气的好题目！我们在一起待的时间可多啦。

---

① 根据 1734 年版，补加："（旁白。）"
② 根据 1734 年版，补加："（旁白。）"
③ 根据 1734 年版，补加："（止住水星。）"

克莱昂提丝	什么？说走就走，半句知心的话也不跟我讲！
水　星	妈的！你叫我到哪儿找废话去？夫妻作了十五年，有话也讲干了，我们早已把话说完了。
克莱昂提丝	坏东西，你倒是看呀，人家昂分垂永对阿耳克梅娜多热火，可你对你老婆无情无义，不也臊得慌。
水　星	哎！我的神哟！克莱昂提丝，人家是情人一双。人活到某种年龄，对什么都失掉兴趣；在开头对年轻人很合适，对我们老夫妻来说，就成了不体面的事。把咱俩面对面靠在一起，穷聊情长意短的话，真够好看老半天的啦！
克莱昂提丝	什么？没良心的货，难道我就不配人在跟前谈情说爱啦？
水　星	不是的，我不是这么说；不过，我都成了小老头了，可不敢存这个心，叫旁人看见要笑死的。
克莱昂提丝	上绞刑架的死鬼，娶我这样一位规矩女人，是一件了不起的幸福，可是，你够格儿吗？
水　星	我的天哟！你太诚实啦，这种荣誉在我也就不值分文。作女人别这么太规矩，还是叫我戴绿帽子吧。
克莱昂提丝	怎么？你怪我做人老实？
水　星	使我着迷的是一个女人的风流；又不是贞节牌坊！喊呀叫的，一直使我厌烦。
克莱昂提丝	你呀也就配那些耍假招子的女人。这些女妖精，本事可大啦，甜言蜜语地哄丈夫，把自己养的汉子也要丈夫明摆明地接受。
水　星	家伙！你要我对你明说了吗？坏话只有傻瓜才放在心上；我的格言就是这句话："名声越坏，心里越安宁。"
克莱昂提丝	怎么？你就一点也不反感，由着我爱张三李四也不管？
水　星	是的，只要我不受你叫骂的气，但愿我看到你能把脾气、

做人的方式改好。我宁可要方便的放荡，也不要厌气的贞操。再见啦，克莱昂提丝，我亲爱的女人，我得追昂分垂永去啦。

〔他走开了。〕

克莱昂提丝 惩罚惩罚这个坏东西，为什么我的心就一直拿不定主意？啊！作正经女人，这口气如今真够我受的！

第 二 幕

第 一 场

昂分垂永，扫西。

昂分垂永　　过来，刽子手，过来。我把你这捣蛋头子，你知道，你这番话就该挨一顿打吗？要按着我的意思办，我冒起火来，就少拿一条棍子？

扫　西　　老爷，您要是照着这个调调儿办，我没有旁的话好说，我认罪就是了，您总有道理。

昂分垂永　　什么？坏蛋，你把连篇的谎话也当作真话讲给我听？

扫　西　　不，我是底下人，您是主子，老爷，您要怎么着，就怎么着。

昂分垂永　　好吧，气归气，我不生就是了，我倒要听你讲，你是怎么执行命令的。你看见我女人之前，现在先得把那种乱七八糟的情形理理清楚。你要头脑清醒，心神放稳，一句一句回答我的问话。

扫　西　　可是，求您啦，您得先告诉我，万一我说的全是些不三不四的话，您是怎么个看法。老爷，我是本着我的良心说呢，还是像在大人老爷面前那一套说呢？还是照直说，还

	是拣老爷爱听的说？
昂分垂永	不，我要你老老实实报告你的经过。
扫　西	好，行啦，由着我的性子来；您就问吧。
昂分垂永	我前不久命令你去做的事……
扫　西	我就出发了，天是黑黑的，像蒙着一层乌纱，一路上骂您不看重我这条狗命，老在诅咒您方才说起的命令。
昂分垂永	怎么，坏蛋？
扫　西	老爷，您没有什么好说的，您要是不喜欢这个调调儿，我就撒谎好了。
昂分垂永	这就是一个听差表示他怎么对我们热心。算啦。你在路上都遇到了什么？
扫　西	我碰到一点点东西，就吓得要死。
昂分垂永	胆小鬼！
扫　西	大自然造就我们的时候可任性呐；我们不同的爱好就说明了问题：有的人就觉得冒险十分好玩，可是，我呐，偏就喜欢把自己保存得好好的。
昂分垂永	来到府门前……
扫　西	我在府门前想演习一遍我要讲的光荣战迹，看用什么声调，用什么方式讲顶合适。
昂分垂永	后来呢？
扫　西	有人过来跟我捣乱，刁难我。
昂分垂永	这人是谁？
扫　西	扫西，另一个我，吃您命令的醋，从码头派来看阿耳克梅娜，对我们的秘密知道得一清二楚，就像我在跟您回话一样。
昂分垂永	你胡扯些什么！

扫　西	不，老爷，我讲的是真话。我在府门口看到的比我还是我，在我到以前就去过了。
昂分垂永	你说说看，你打哪儿趸来这该死的乌七八糟的怪话？是做梦？还是喝醉了酒？还是闹精神病？还是有意取闹？
扫　西	不，事情就是这样，根本不是瞎编出来骗人的。我赌咒，我是老实人，您相信也是这个，不相信也是这个。我向您汇报，我一直相信只有一个扫西，可是我在府上，发现了两个；这两个我呀，可吃醋啦，一个在府里，一个跟着您。您眼面前的这个我，累得要死，发现还有另一个我，又饱满，又快活，又轻松，什么顾虑也没有，只爱打人，把人的骨头弄断。
昂分垂永	我承认，一个人的精神状态必须又稳当、又安详、又和善，才会许可一个听差编出这套鬼话来糊弄自己。
扫　西	您要是动怒的话，我对您的汇报就算完了，您知道，现在就可以停止进行。
昂分垂永	不，我不生气，我要把话听完；这我答应了你。可是你掏出良心来说，你方才跟我讲起的这种神秘新闻，可有半点儿是真的？
扫　西	没有：你说得对，任何人也不会相信。这件事就没有人能弄明白，这是一个古怪的、可笑的、不合时宜的谎言：它跟常识作对，可是这由不得人。
昂分垂永	除非人是疯子，谁能相信这个？
扫　西	我呀，我也不相信，为这个我吃够了苦头：我成了两个人，心灵也受了伤，我早就把自己当作骗子看待。可是他逼着我来认识自己，我看见了我，人家一点也没跟我捣鬼；从头到脚，他跟我活脱脱就像一个模子出来的：漂

	亮、匀称、举止高贵、姿态可人；再没有两滴牛奶更像的啦；只有他举起手来有点太重就是了，否则，我会很满意的。
昂分垂永	我可真得有耐心才成！话说回来，你进院子啦？
扫　西	家伙，进去！嗜！怎么个进法？难道人家没有对我把道理说得清清楚楚的？难道人家许我进去来的？
昂分垂永	怎么回事？
扫　西	他有一根棍子呀：我的脊梁骨到现在还觉得疼到心窝子呐。
昂分垂永	你挨打来的？
扫　西	打啦。
昂分垂永	谁打的？
扫　西	我呗。
昂分垂永	你，打自己？
扫　西	是的，我自己：不是这儿的我，而是府里的我，打起人来可狠啦。
昂分垂永	你对我这样回话，可真有你的！
扫　西	我说的可不是玩笑话。我前不久找到的那个我，比跟您回话的这个我，有许多长处：他胳膊力气大，敢说敢做，我尝过他的味道，那个鬼东西把我揍了个狠；这是一个不饶人的坏小子。
昂分垂永	别讲了。你看到夫人了吗？
扫　西	没有。
昂分垂永	为什么？
扫　西	理由够充分啦。
昂分垂永	无赖，谁拉着你啦？讲给我听。

| 扫　西 | 难道这还要重来复去，说个没完没了？您听我说，我呀，那个我比我结实，那个我当门一站，那个我把我吓坏了，那个我想只一个人做我，那个我吃我自己的醋，那个我胆子大，生起气来可怕人啦，吓住了胆小的我，总之，那个我在咱们府里，那个我表示他是我的主子，那个我把我狠打了一顿。|

昂分垂永　你一定是今天早晌喝多了酒，脑子给搅昏了。

扫　西　我喝的只是水，你把我吊死了，我也喝的只是水；我发誓，总该相信我了吧。

昂分垂永　那你一定是在做梦了？难道不是做了一个恶梦，乱七八糟，说不出个所以然来，你就把没影子的事当作真话给我讲？

扫　西　才不会呐。我没有睡觉，连睡觉的意思都没有。我同您讲话，是醒着的；说真话，我早晌是醒着的，另一个扫西也是醒着的，打我打得可凶啦！

昂分垂永　跟着我。我不许你讲话：你这些话只能让我讨厌。有耐心听一个听差说这些蠢话，我看我也成了疯子。

扫　西　一个没有地位的人说的话全是蠢话；临到一个贵人来说，话就好听啦。

昂分垂永　回家吧，别再等着啦。阿耳克梅娜出来啦，多好看啊。不用说，她这时候不期望我回来。我这一来要吓她一跳的。

第 二 场

阿耳克梅娜，克莱昂提丝，昂分垂永，扫西。

阿耳克梅娜　克莱昂提丝，我们去为我丈夫谢众神，感谢他们使他战果辉煌，忒拜城靠他孔武有力，才打了胜仗。①噢，天呀！

昂分垂永　感谢上天，昂分垂永打了胜仗，快快活活又见到他女人，今天不仅有利于我的爱情，还重新看到你也有同样的情意，希望我在这里带给你的赤诚之心和你一样高！

阿耳克梅娜　什么？回来得这么快？

昂分垂永　说实话，今天你流露出来，你不爱我的恶劣证明，这个"什么？回来得这么快？"在现时不是一种充满爱情的炽热语言。我敢于称赞自己，我离开你，心却很近。期待回来受到热烈的欢迎，每时每刻都变成了悠长的距离，而心爱的人离开了，不管有多短，也总是太久太长。

阿耳克梅娜　我看见……

昂分垂永　不，阿耳克梅娜，在这种情形之下，时间的标志全以焦急为准。可是你对丈夫出行的看法活像一个人并不相爱。一个人一心相与，出门再短，也会为之心碎；彼此珍惜时间，就不会说什么"回来得这么快"。我承认，我热切的心对你的欢迎免不了要抱怨；我期待于你的是喜悦和柔情。

阿耳克梅娜　听见你这么怪罪我，我一点也不明白你干吗要说这番怪话。你抱怨我，我老实就不知道我该怎么做才能称你的心。昨天晚晌你回来，有多快活，我冲你表示高兴，也够份儿了，我报答你的恩爱，将心比心，把我的心都掏出来了。

昂分垂永　怎么？

---

①　根据1734年版，补加："（望见昂分垂永。）"

阿耳克梅娜	难道我没有让你看够,我像发了疯一样的快活,看见我心爱的丈夫回转家来,难道我没有表白我激动万分?
昂分垂永	你讲些什么怪话?
阿耳克梅娜	你对我的热烈欢迎,简直喜欢极了,就没有法子相信;今天清早天不亮你才跟我分手,所以见你这么快就回来,你认为我的惊奇就像犯了天条一样。
昂分垂永	阿耳克梅娜,难道你昨天晚晌梦见我回来,回来得这么急,梦里早就把事实给你摆出来? 也许是你睡着了,你在梦里还以为你在回报我的热爱?
阿耳克梅娜	昂分垂永,难道你心里有一股恶气,把昨天晚晌回家实情给你弄模糊了? 还是我的热烈欢迎,一心感谢你的盛情,你把我的好意也一笔勾销了?
昂分垂永	你讲起的这股恶气,我觉得,有点怪气。
阿耳克梅娜	这就是对你跟我讲起的梦的回答。
昂分垂永	除非说成做梦,我就不能原谅你现在跟我讲起的话。
阿耳克梅娜	除非说成恶气,你的精神受到了扰乱,我就没有办法听你讲的话。
昂分垂永	阿耳克梅娜,丢开这种恶气的说法吧。
阿耳克梅娜	昂分垂永,丢开这种做梦的说法吧。
昂分垂永	关于这件事,我一定要盘问到底。
阿耳克梅娜	那当然啦;就拿我来说,我也开始有点激动啦。
昂分垂永	难道你单凭这两句闲话,就打算补救我所抱怨于你的冷淡无情的欢迎吗?
阿耳克梅娜	难道你倒愿意装作不是你寻开心吗?
昂分垂永	啊! 求你啦,阿耳克梅娜,别说下去啦,讲讲正经的吧。
阿耳克梅娜	昂分垂永,玩笑也开得够份儿啦,别再拿人取乐了吧。

昂分垂永　　什么？你居然当着我的面，坚持说，比现在还早些，你在这儿看见我来的？

阿耳克梅娜　什么？你倒有脸否认，在昨天晚晌，你回家来看我吗？

昂分垂永　　我！我昨天回家？

阿耳克梅娜　还用说；天不亮，你就回了大营。

昂分垂永①　天！谁见过这种争论？谁不为这一切感到惊奇？扫西？

扫　西　　　老爷，太太精神错乱，得吃六颗嚏根草的籽儿②。

昂分垂永　　阿耳克梅娜，以众神的名义，你要当心你说的话的后果：你要好好考虑考虑你在说什么。

阿耳克梅娜　我仔细考虑过了；家里的人全看到你来的。我不清楚是什么动机让你这么做的；可是，万一事情需要证明的话；你也确实不记得的话，我还从谁那儿能听到你打赢了的最后一仗的消息，除非是从你自己？还有那五颗钻石，本来是普太奈拉斯戴的，还不是你把他砍翻了，拿来给我的？还要比这更可靠的证明吗？

昂分垂永　　什么？我分到的钻石结子，预备送你的，我已经给你了？

阿耳克梅娜　当然。要你相信这个，并不费事。

昂分垂永　　怎么样？

阿耳克梅娜　这不就是。

昂分垂永　　扫西！

扫　西③　　太太在说笑话，我这不拿得好好的；老爷，太太说的话不作数。

昂分垂永　　封条好好的。

---

① 根据 1734 年版，补加："（旁白。）"
② 用嚏根草 ellébore 的籽儿治疯病是土方子。
③ 根据 1734 年版，补加："（从口袋取出一个匣子。）"

阿耳克梅娜① 难道是假的？看啊。你们瞧，这份证据够不够用？

昂分垂永 啊，天！噢，公正的天！

阿耳克梅娜 好吧，昂分垂永，你一直在开玩笑，现在该害臊了吧。

昂分垂永 快把封条撕开了。

扫　　西 （打开匣子）我的天，里头是空的。只有懂得魔术的人，才能把钻石取出去，要不就是，东西自己长了腿，不用响导，就奔到要戴它的太太这边来了。

昂分垂永② 噢，众神，主管一切的众神！这到底是怎么回事？我的爱情受到了威胁，我还有什么好指望的？

扫　　西 要是太太讲的是实情的话，咱们的命运就一模一样了；跟我一样，老爷，您也是两个。

昂分垂永 住口。

阿耳克梅娜 你有什么好惊奇的？做什么要乱成这个模样？

昂分垂永③ 噢，天呀！让人多么两为其难！有些怪事，超出了自然的范围；我不了解的怪事，我怕，真会损害我的名声。

阿耳克梅娜 现在，当着真凭实据，你还否认你回来得这么快？

昂分垂永 我不否认。不过，说到这次回来，你可不可以对我讲讲经过？

阿耳克梅娜 你既然要听一遍事情的经过，你好不好讲，回来的不是你吗？

昂分垂永 原谅我；不过，我有一定的理由，要我问问你我之间的一些事体。

---

① 根据 1734 年版，补加："（递给昂分垂永钻石结子。）"
② 根据 1734 年版，补加："（旁白。）"
③ 根据 1734 年版，补加："（旁白。）"

阿耳克梅娜　你整天操心军国大事,难道会让你忘事忘得这么快?

昂分垂永　也许是吧;不过,你把整个经过讲一遍,我是喜欢听的。

阿耳克梅娜　经过并不长。我朝你迎过去,心里又喜又惊;情意绵绵地拥抱你,多次表示我的喜悦。

昂分垂永　(向自己。)啊!我可不要听这样甜蜜的欢迎。

阿耳克梅娜　你先把这份重要的礼物递给我,这本来是预定给我的战利品。你的心热腾腾的,对我表示强烈的爱情,你有军务在身,抽不出空来看我,所以见到我高兴得不得了,什么见不着面的苦恼啦,什么一心就想回来探望的焦急啦,说也说不出来有多多少少;当时你的爱情,在我看来,就难得这么多情,这么热烈。

昂分垂永　(向自己。)这比要我的命还难受!

阿耳克梅娜　那种狂热劲儿,那种温柔劲儿,你明白,多招我喜欢;我必须承认,昂分垂永,心心相印,诱惑力对我可大啦。

昂分垂永　讲吧,后来呢?

阿耳克梅娜　问长问短,我们都有许多话要问,谁都插不上嘴。后来吃饭了,两个人头偎着头吃饭;用过饭,我们就睡觉了。

昂分垂永　在一起?

阿耳克梅娜　当然啦。你问这话做什么?

昂分垂永[①]　啊!这是最残忍的一击,打得我晕头转向,把醋碗打翻了。

阿耳克梅娜　这话有什么要脸红的?难道跟你在一起睡觉,也成了坏事?

昂分垂永　不幸到了极点!不,这不是我;谁说我昨天回转家来,

---

① 根据 1734 年版,补加:"(旁白。)"

	谁就说谎,说最可怕的谎!
阿耳克梅娜	昂分垂永!
昂分垂永	不守信义的女人!
阿耳克梅娜	啊!生这么大的气!
昂分垂永	不,不,用不着缠绵,用不着尊敬,这一变化把我对你的忠心变得无踪无影;在这致命的时刻,我心里想着的只是愤怒和报复。
阿耳克梅娜	你报复谁呀?我又怎么不守妇道啦,让你把我当成罪犯看待?
昂分垂永	我不清楚,不过,那不是我;我的绝望让什么也成了可能。
阿耳克梅娜	算啦,不称职的丈夫,事实俱在,装假也骗人不过。欺人不可太甚,骂我不规矩也太不合情理。你乱发脾气,想找借口来休我,嫌我不如你的意,那呀,说这些话都是多余;从现在起,我逆来顺受,咱们的婚姻就算吹啦。
昂分垂永	你叫我受我不该受的凌辱,毫无疑问,下一步该怎么做,你早已打算好了:这都不算数,事情的发展也许由不得你。我的体面扫光了,我看出来我多么不幸,我的爱情有意夹在中间捣乱,无济于事,不过,有些细节我掌握不住,我的正当的愤怒也帮不了什么忙,还需要加以解释。你兄弟可以明确回答,今天早晌我就没有离开过他:平白无故说我回来过,我去找他证明一下,你就哑口无言了。到现在为止,这个秘密是闻所未闻;打破沙锅问到底,我们还要仔细盘查事情的底细。在我正当怒火爆发之中,谁出卖我,谁就遭殃!
扫 西	老爷……

昂分垂永　　用不着陪伴我,在家里等我。

克莱昂提丝　难道真要……?

阿耳克梅娜　出了什么事,我就弄不明白:让我一个人走,别跟着我。

第 三 场

克莱昂提丝,扫西。

克莱昂提丝　一定有什么东西搅乱他的头脑;不过舅爷很快就会把争吵结束了的。

扫　西[①]　　这个打击可够我主人受的,他的事情也真残忍。我还真怕遇到同样的运气,我想还是让她慢慢来解释吧。

克莱昂提丝[②]　看他是不是到我跟前来!不过,我什么也别先露出来。

扫　西[③]　　事情有时候是认识不透的,让我问她,我就直担惊受怕。为了不冒险起见,可能发生的事情装作不知道,岂不更妙?算啦,冒冒险吧,必须弄明白的事,我就没法子不让它来。人类的弱点就是天生好奇,想知道不该知道的事。神庇护你,克莱昂提丝!

克莱昂提丝　啊!啊!鬼东西,你竟然想到挨近我!

扫　西　　我的神哟,你怎么啦?你总在生气,哪怕一点小事,也要怄气。

---

① 根据 1734 年版,补加:"(旁白。)"
② 根据 1734 年版,补加:"(旁白。)"
③ 根据 1734 年版,补加:"(旁白。)"

克莱昂提丝	你所谓的小事是什么,说呀?
扫　西	我所谓的小事,无论是诗,无论是散文,也都叫做小事;你知道得很清楚,小事就是小事,或者也叫琐事。
克莱昂提丝	不要脸的东西,我不知道有谁拦着我,不拿你的眼睛挖掉,不让你知道知道女人生起气来是个什么味道。
扫　西	唉呀!你打哪儿来的这种急脾气?
克莱昂提丝	你以为你待我的样子,也许就是你所谓的小事?
扫　西	什么样子?
克莱昂提丝	什么?你装老实人?难道你倒要照主人学,也要说你没有回来?
扫　西	不,我知道正好相反;不过,我对你把话实说了吧,我们灌了不知道多少酒,把我做的事忘了个干干净净。
克莱昂提丝	你也许拿喝酒来原谅自己……
扫　西	不,说正经的,你可以信得过我。我当时喝酒喝得醉天醉地,干下什么自己后悔不来的事,我真是一点也记不起来。
克莱昂提丝	你打码头那边来,你待我的那种样子,你真就全忘了?
扫　西	一点也不记得。你可以帮我回忆一遍,我是公平的,诚恳的,要是我错了的话,我会自己收拾自己的。
克莱昂提丝	怎么?昂分垂永事前就告诉我,我等你一直等到你来;可是从来没有见你那么冷淡,我得指出我是你女人才成;我要亲亲你,你把脖子一扭,给我耳朵亲。
扫　西	好!
克莱昂提丝	怎么,好?
扫　西	我的天!克莱昂提丝,你就不知道我为什么要说这句话:好。我吃了大蒜,怕你闻出我那股子臭味,才把头转开了

克莱昂提丝	点儿，我这是做人小心。
克莱昂提丝	我真还承情呐；可是，我就像对着一根树桩子讲话，你嘴里没有一句话中人意。
扫　西①	妙呀！
克莱昂提丝	总之，我白白热火了一场，你那股子贞洁气味把什么也变成了冰冷；眼巴巴盼着你回来，你给了我一碗空心汤团，咱俩是媒妁之言的夫妻，要你上床，你怎么也不肯。
扫　西	什么？我不肯睡觉……？
克莱昂提丝	可不，胆小鬼。
扫　西	可能吗？
克莱昂提丝	坏东西，这是千真万确。这是羞辱之中最叫人伤心的羞辱；今天早晌，你不但不赔罪，分手的时候，反而把话说得绝绝的，可看不起人呐。
扫　西	扫西万岁！
克莱昂提丝	你犯什么病？我埋怨，你倒高兴，干下这场好事！你倒笑起来了？
扫　西	我对自己可满意呐！
克莱昂提丝	难道你就这样表达你对凌辱的遗憾？
扫　西	我还真想不到我会这么懂事。
克莱昂提丝	这是没良心的行为，你不但不骂自己，反而一脸的笑，像开了花似的！
扫　西	我的天，先别急！我要是满面笑容的话，你就该相信，我心里有一个十足的理由。我想也没有往这上头想，像你说的那样应付你，我做得再妙不过了。

---

① 根据1734年版，补加："（旁白。）"

克莱昂提丝	坏东西,你是不是在取笑我?
扫　西	没有,我说的是实话。当时在我那种情形之下,我一直在担心会出事,可是听你这么一讲,我倒放心了。我顾虑多端,直怕跟你干出蠢事来。
克莱昂提丝	你怕什么?倒要听听你为什么。
扫　西	大夫说,一个人吃醉了酒,就该避免房事,万一避免不了,生下的孩子只能是笨蛋,活不长久。你看,我该不该冷静,后果有多严重!
克莱昂提丝	我才不拿医生跟他们乏味的理论放在心上:那些有病的人,由他们调理好了,至于身子结实的人啊,他们就别管了吧。他们管得也太宽了;人家本来规规矩矩的,他们也硬要把我们压一压;轮到大伏天,他们给我们讲许许多多自己捏造的傻话,还不提他们的严厉的法则。
扫　西	放和气点儿。
克莱昂提丝	不,我坚持这不会有好结果的:那些理由呀,都是头脑不清的人的理由。什么酒啊,时辰啊,就别想管得了夫妻之间的闲账。这些医生都是傻瓜。
扫　西	求你行行好,别生他们的气了,不管世人怎么议论,他们都是正经人。
克莱昂提丝	别装蒜啦:你滑不过去的;假话连篇,原谅你,我才不干呐;说句私房话,迟早我要报仇的;你每天那份儿看不起人的神气,逃不过我的眼睛。方才你讲的话,我句句都记下了,我要试看用用我的自由,这可都是你答应了的,不讲信义的胆小鬼丈夫。
扫　西	答应什么?
克莱昂提丝	你刚才对我讲,胆小鬼,你完全同意我爱另一个男人。

扫　西　　　　啊，说这话，是我不对。咱们损失太大啦，我改口就是。你可千万别由着性子胡闹。

克莱昂提丝　　只要我能管得住我这个人……

扫　西　　　　你就暂且住口吧：昂分垂永回来啦，他的模样挺像心平气静。

第 四 场

裘彼特，克莱昂提丝，扫西。

裘彼特①　　　我来找机会平平阿耳克梅娜的气，排除排除留在她心头的苦恼，在我为这操心的期间，给我的爱情也添上和好的甜蜜的欢乐。②阿耳克梅娜在楼上，是不是？

克莱昂提丝　　是呀，心里苦闷得不得了，给自己找个清静的地方，还不许我在后头跟随。

裘彼特　　　　随她怎么不许，也不是冲我来的。

克莱昂提丝　　依我看，都是她的苦恼叫她急着躲人的。

第 五 场

克莱昂提丝，扫西。

---

① 根据 1734 年版，补加："（旁白。）"
② 根据 1734 年版，补加："（向克莱昂提丝。）"

扫　西	在他可怕的大闹之后,又换上了欢天喜地的姿态,克莱昂提丝,你说这是怎么回事?
克莱昂提丝	要是我的心眼儿一致的话,我们就让男人统统见鬼去,顶中意的男子汉也白搭。
扫　西	你说的是气话;可是你们挂在男人身上,挂得够紧的,要是男人会见鬼的话,你们可就作难喽。
克莱昂提丝	才不会……
扫　西	他们来啦。别说话。

第 六 场

裘彼特,阿耳克梅娜,克莱昂提丝,扫西。

裘彼特	你愿意看我伤心吗?唉呀!站住,美丽的阿耳克梅娜。
阿耳克梅娜	不。给我制造痛苦的人,我决不能在一块儿过活。
裘彼特	求求你……
阿耳克梅娜	走开。
裘彼特	什么……?
阿耳克梅娜	我说过了,走开。
裘彼特[①]	她的眼泪冲击我的灵魂,她的痛苦让我悲伤。[②]允许我表白……
阿耳克梅娜	不,别跟着我。

---

① 根据1734年版,补加:"(低声,旁白。)"
② 根据1734年版,补加:"(高声。)"

裘彼特	你要到哪儿去?
阿耳克梅娜	去你大人不在的地方。
裘彼特	"大人"这两个字折杀了我。红绳把我和你拴得紧紧的,一时也难以分离。阿耳克梅娜,你走到哪儿,我跟到哪儿。
阿耳克梅娜	我嘛,你在哪儿,我就躲开哪儿。
裘彼特	难道我就那样见不得人?
阿耳克梅娜	在我的眼睛里,就没有法子说。可不是,我对着你,就像对着一只可怕的怪物,一只残暴、疯狂的怪物,来到跟前就要害人,到处都在躲着这只怪物。我看见你,心里就有一种难以置信的痛苦;这是一种我无法忍受的折磨;天底下最可憎、最可怖、最可恶的东西。和你一比,我都承担得了。
裘彼特	唉呀!你可开口啦,滔滔不绝。
阿耳克梅娜	我心里的话还要多,要我把话全吐出来,我就没有话可以表达。
裘彼特	嗜!你把我的爱情搁到哪儿去了?阿耳克梅娜,难道你真就把我当作怪物看待?
阿耳克梅娜	啊!公道的天!这有什么好问的?难道这还不够一个女人受吗?
裘彼特	啊!心放平……
阿耳克梅娜	不,我一点也不要看见你、听见你。
裘彼特	你真忍心这样对待我?难道这就是我昨天来到这儿遇见的那样温柔、那样经久不败的爱情?
阿耳克梅娜	不,不,不是它,你的懦怯的凌辱已经把它变了。那种温柔和热烈的爱情已经不见了,你已经把它在我心里残酷地

　　　　　　杀害了，留下的只是许多血淋淋的伤口。替代它的是一种坚定不移的愤怒、一种活生生的仇恨、一种不可抑制的怨气、一种生气勃勃的心灵的绝望，为了这场怵目惊心的侮辱，我要恨你，像先前承认爱你那样恨你，尽我所有的力量来恨你。

裘彼特　　唉呀！你的爱情就那么脆弱，为了这么点儿小事，也会寻死！本来是游戏，也非闹得散伙不成？难道为了一句玩笑话，就没完没了地怄气？

阿耳克梅娜　啊！我生气的正是这个，说什么我也不能宽恕这个。一个人妒忌起来，说几句气话，我倒觉得好受多了。妒忌给人留下深刻的印记，往往有力量牵着我们走，最懂事的心灵，遇到这种情形，一冲动，一定也会作出痛苦的回答；一个人受骗，生了气，得罪下别人，都有办法得到谅解；它的根源是由于爱情，所以尽管乱发脾气，起码还有理由为人谅解；像这样记仇的狂暴，找理由来辩护，总会找到促使它们出现的原因，人家也容易宽恕不由自主的人的。可是，一个人本来快快活活的，一下子就暴跳如雷，不讲道理，还挺厉害，可就伤害相好的人的情意和名声了，啊！这种打击本身就太惨酷，我永远忘记不掉我的痛苦。

裘彼特　　对，阿耳克梅娜，你有道理，我认罪就是。毫无疑问，这是一种可憎的犯罪行为；我再也不想为它辩护。不过，你也应该允许我当着你声辩两句，说明一下是什么缘故，我才这么暴躁，这么欺负人。我把实情对你说了吧，阿耳克梅娜，闯祸的是丈夫；有罪应该归到丈夫头上。发这种粗暴的怪脾气，情人没有份，他就没有那种心肠来得罪你：

这颗心对你有的是尊敬和柔情，想也不会朝这上头想。万一他犯下罪，干出什么事来伤害你，为了这个弱点，他真想当着你，深深刺他一百记。可是丈夫就不受这种顺从的尊敬辖制，按说应该永远服从才是。丈夫以蛮横出名，有了媒妁之言，他就以为可以无恶不作；是的，毫无疑问，对你犯罪的是他，也只有他才会苛待你可爱的本人：痛恨、憎恨丈夫吧，我同意你这么做，听凭处理。可是，阿耳克梅娜，从盛怒中救出情人来吧，他是不敢得罪你的；不要让他跟着受罪，把他和有罪的人分开来吧。总之，为了公正起见，他没有犯过的罪，千万别让他也跟着受处分。

阿耳克梅娜 啊！这种种的苛细的区别只能是轻浮的托辞，对于被激怒的人，这些话就来得不是时候。你说的这种绕弯子的滑稽话，无济于事，我就分不清谁不是得罪我的人，我看到的是我盛怒的对象，什么情人呀丈夫的，在我公正的激动之中，就只是一个人。两个人同样占有我的思想，同样的外表在我受伤的心灵看来，两个人在我眼面前画得好好的：两个人全有罪，两个人全得罪了我，两个人我全觉得可憎。

裘彼特 好吧，既然你愿意，我就非戴罪人的帽子不可。对，你有道理，你把我作为有罪的牺牲品，献给你的仇恨。你激起一种太公正的怨气来对付我，你现在所显示的冲天怒气，对我只是一种合法的惩处；你不许我挨近你，你有权利这样做；你到处躲开我，你的怒火也在威胁着我；我对你就该成为一个可憎的目标，你就该希望我成为一个大罪大恶的渊薮；任何丑事也比不过我犯下的重罪，伤害你的美丽的眼睛，就是一种伤天害理的罪行；总之，为了惩罚这种胡作妄为，你的仇恨就该冲我投出它最凶狠的标枪。可是我的心要你做的，都是宽恕。为了求你饶恕，我跪下来，并以最热烈的爱火的名义，以为你燃烧的最缠绵的爱情的名义来求你。可爱的阿耳克梅娜，你的心要是拒绝我斗胆向你恳求的恩情，那我就得狠命一击，弄死自己，因为我再也忍受不了痛苦，这对我也的确太残酷了。是的，这种情形使我绝望，阿耳克梅娜，别以为你生气我能活一天下去，像我这样热爱你的绝色仙姿。漫长的期待残酷之至，致命的伤痕已经摧残我愁苦的心；万千秃鹫造成的恶毒创伤都不可能和我钻心的痛苦相比。阿耳克梅娜，你只要宣布一声，要是我希望不到你的宽恕，这把剑只要顺顺当当的一刺，就立即在你面前扎透恶人的心、这忘恩负义的心，它早就该断气了，因为它竟敢招惹一位值得爱慕的人生气。在降往地府的时刻，要是我的死亡能使你息怒，在这愁苦的日子之后，你想起我的爱情，你心里不留下任何憎恨的印象，那我就算幸福！我恭敬等候这最高的荣幸。

阿耳克梅娜	啊！太忍心的丈夫！
裘彼特	说吧，讲呀，阿耳克梅娜。
阿耳克梅娜	你做了那么多的坏事来作践我，难道还该对你保留好意不成？
裘彼特	不管凌辱会让我们生多大的气，难道就不许一个热爱的人疚心自责不成？
阿耳克梅娜	一个人在热爱之中宁可死上一千一万回，也不要惹恼心爱的人。

裘彼特　　　人越是爱着什么人，就越感觉不到痛苦……

阿耳克梅娜　不，别再说下去了，你就该我憎恨。

裘彼特　　　难道你真就恨我？

阿耳克梅娜　我用我的全部力量来憎恨。我气的是，别看你得罪我，要我的心来报复呀，我真还做不到。

裘彼特　　　既然为了你出气，我亲自来请死，为什么还要这么激昂？宣布判决吧，我立即执行。

阿耳克梅娜　难道要人死，就不能恨了吗？

裘彼特　　　我呀，我就活不下去，除非你抛掉你那压在我心头的怒火，答应有利于我的荣幸。我跪在你跟前求你①。两个里头你就决定一个吧：或者处分，或者免于处分。

阿耳克梅娜　唉呀！我能决定的，看起来，要比我不愿意的多。人家惹我生气，我要坚持下去，我的心偏偏又不答应。难道说我不恨，不就等于说我宽恕了吗？

裘彼特　　　啊！美丽的阿耳克梅娜，我这个高兴呀，就得……

阿耳克梅娜　算啦，我恨自己太软弱。

裘彼特　　　去吧，扫西，快去把队伍上的军官找来，趁我心里无限快活的时刻，请他们跟我一道用餐。②我把他从这里打发开，水星就好来占他的位置。

---

① 根据1734年版，补加："（扫西和克莱昂提丝也都下跪。）"
② 根据1734年版，补加："（低声，旁白。）"

第 三 幕

第 一 场

昂分垂永。

昂分垂永 是的,毫无疑问,命运特地把他①给我藏起来,我转了半天,把我累坏了。就我知道的而论,没有人的命比我更苦的啦:我提着脚到处跑,怎么也找不到我要找的人,可是我不要找的人,偏偏统统碰到。这些讨厌鬼,就不知道自己是讨厌鬼,心狠透啦,过去跟我在一起作战,许多人都不认识我,为了气我,都过来跟我有说有笑。他们不管我心乱不心乱,全朝我走来,不停地拥抱,快活得要死,也不管我有没有伤心的事,多么焦急不安。我准备好了走开。躲避他们的迫害,无济于事,他们的致命的友谊从四面八方飞来,阻挠我找人;我回答他们热情的表示,点了点头,低声咒骂了他们几千几万回。啊!人心里有剧烈的痛苦,恭维、尊敬、大胜仗所带来的一切,根本就不在我心上!我宁可辞谢这种荣誉,也要心里安静!听人

---

① 指他的舅爷。

讲话，我的妒忌可让我想着我丢脸的关节；我越往这上头想，我就越分不清这该死的混乱。偷掉钻石，我不吃惊；有人去掉封条，没有被人看到罢；可是我昨天亲自带去礼物，现在使我尴尬为难，心里觉得很是难过。自然有时产生相似的情形，某些骗子就有权用来哄人。可是难以理解的是，在这些迹象当中，一个人能冒充丈夫；别瞧两个男人相似，一个女人就容易觉察到许多区别。忒萨里亚的魔法①一向被人看重，说灵验之至；可是到处传说的著名的故事，我总当作骗人的把戏看待；现在打了大胜仗，我倒要损害自己的名声，不得不相信了，命运捉弄我也够邪门、够心狠了。我希望试探一下这个讨厌的秘密，看看她精神错乱是否受了虚妄的幻想的祸害。啊！但愿上天公正，让我这种想法确实可靠，为了我的幸福她失去理智！

第 二 场

水星，昂分垂永。

水　星② 　既然我对爱情没有丝毫快感，我希望起码另用一种方式，消遣消遣我的严肃的空闲，把昂分垂永气个半死。一位慈悲为怀的神是不干这种事的。不过我也不会为这不安，我

---

① 忒萨里亚 Thessalia 是希腊北部地区的通称，后来屈服于邻邦马其顿。忒萨里亚妇女以精通魔术见称于古代。
② 根据 1682 年版，补加："（在昂分垂永府里的阳台上。）"

	这座行星是有点儿好作弄人的①。
昂分垂永②	这时就关上了大门，是怎么回事？
水　星	喂！轻点！谁在敲门？
昂分垂永	我。
水　星	谁，我？
昂分垂永③	啊！开门。
水　星	怎么，开门？你这人，你倒是谁呀，敢这样讲话，大声嚷嚷？
昂分垂永	什么？你不认识我？
水　星	不，也不想认识。
昂分垂永	今天怎么人人神志不清？难道这是一种传染病？扫西，喂，扫西！
水　星	好吧！扫西：是的，这是我的名字；难道你怕我把它忘了？
昂分垂永	你认出我了没有？
水　星	很好。你拼命乱叫唤什么？你那边要什么？
昂分垂永	该死的东西，我要什么，我？
水　星	你怎么不要啦？说话呀，你想叫人听见的话。
昂分垂永	坏东西，你等着好啦。我拿一根棍子到那边叫你听，也叫你知道，该不该斗胆用这种调调对我讲话。
水　星	急什么！你再敢撞门的话，我就派人逮你来啦。
昂分垂永	噢！天呀！谁看见过这样蛮不讲理的？谁想得出这是一

---

① 根据星相学的说法，水星对人的作用十分不利。
② 根据1734年版，补加："（没有看见水星。）"
③ 根据1734年版，补加："（望见水星，错当成了扫西。）"

水　星	个听差、一个叫化子干的？
水　星	得！又怎么的啦？难道你打量我，浑身上下没有看遍？你睁大眼睛，没有把我端相够？你瞪着眼睛，有什么好惊惶的？要是光靠看就能吃人的话，我早让你撕烂了。
昂分垂永	你装模作样的，说着恬不知耻的浑话，我听了气得直哆嗦。你给自己造成了多可怕的风暴！你的脊梁背要遭多少鞭打齐下的阵雨！
水　星	朋友，你要是不愿意离开这地方，就可能皮开肉绽的。
昂分垂永	啊！无赖，一个下人敢抨击他的主子，有你难受的日子。
水　星	你，我的主子？
昂分垂永	是的，流氓。你敢不承认吗？
水　星	我谁也不承认，除非是昂分垂永。
昂分垂永	除去我，还有谁是昂分垂永？
水　星	昂分垂永？
昂分垂永	毫无疑问。
水　星	啊！闹鬼了！你倒说说看，你在哪家酒店灌饱了来的？
昂分垂永	怎么？又来劲儿啦？
水　星	难道喝的是上等酒？
昂分垂永	天呀！
水　星	是陈酒，还是新酒？
昂分垂永	就欠揍！
水　星	喝酒不兑水，新酒容易上脑子的。
昂分垂永	啊！毫无疑问，我要把你的舌头揪掉。
水　星	算啦，我亲爱的朋友[①]。相信我吧，小心有人把话听了

[①] 根据1682年版，应是："我可怜的朋友"。

昂分垂永	去。我尊重酒。去吧，走开，让昂分垂永在安乐窝里享福吧。
昂分垂永	怎么，昂分垂永在家里？
水　星	正是，他戴着凯旋的桂冠，在美丽的阿耳克梅娜旁边，讲着卿卿我我的亲热话；两个人闹过一场爱情的纠纷，正在尽情享受和好的滋味。你别鲁莽出头，当心吵了他们甜蜜的温柔乡，可就吃罪不起了。

第 三 场

昂分垂永。

昂分垂永	啊！这打击来得多荒唐！我心乱成了什么！事情要是真像坏东西说的那样，我的名声和我的爱情都往哪儿放？我该怎么做才是？我还是闹出去，还是瞒下来？难道我该生气，把出丑的事张扬出去还是掩盖起来？啊！难道受到这样大的羞辱，也得考虑周详？我就没有法子补救，也没有法子照顾。我心里焦急不安，一心就想着报复。

第 四 场

扫西，诺克拉太斯，波里达斯，昂分垂永。

扫　西	老爷，我费了老大周折，只找到两位大人，他们都来了。

昂分垂永	啊！你来了？
扫　西	老爷。
昂分垂永	不懂规矩的东西！鲁莽的东西！
扫　西	什么？
昂分垂永	你对我竟敢那样无礼，我要教训教训你。
扫　西	我怎么的啦？你怎么的啦？
昂分垂永①	我怎么的啦，下流东西？
扫　西	喂！两位大人，快过来呀。
诺克拉太斯	啊！将军住手。
扫　西②	我犯下了什么罪？
昂分垂永	坏蛋，你问我？我就该生气，放开我的手。
扫　西	人要绞死什么人，总讲个为什么要绞死他。
诺克拉太斯	请将军告诉我们，他犯下了什么罪？
扫　西	两位大人，挡住他。
昂分垂永	怎么？他方才胆大包天，竟然把我关在门外头，不但吓唬我，还讲了许多浑话辱骂我！啊，无赖！
扫　西	我死啦。
诺克拉太斯	将军息怒。
扫　西	两位大人。
波里达斯③	什么事？
扫　西	他砍着我了没有？
昂分垂永	可不，冲他方才骂我，就该受到教训。
扫　西	你吩咐我到别的地方办事，这怎么可能啊？两位大人现

---

① 根据1734年版，补加："（举起了剑。）"
② 根据1734年版，补加："（向昂分垂永。）"
③ 根据1734年版，补加："（向扫西。）"

	在就好作证，我去请他们来跟你一道用餐。
诺克拉太斯	他的确是给我们送这个信，一直就没有离开我们。
昂分垂永	谁吩咐你送信的?
扫　西	您本人。
昂分垂永	什么时辰?
扫　西	你们夫妇和好以后，你看见阿耳克梅娜息了怒，开心得不得了，吩咐我去请各位大人的。
昂分垂永	噢，天呀！我每过一分钟，每走一步路，我的残酷的折磨就遭到一次新的更坏的变化。我在这致命的困境就不知道相信谁好，说什么好。
诺克拉太斯	他方才跟我们讲起府上的一切怪事，都远远超过自然的力量，你在生气和行动之前，就该把整个事情弄个水落石出。
昂分垂永	好吧，上天恰巧派你们来到舍下，你们正好帮我这个忙。我们大家来看一下，今天会有什么样的命运在等着我。让我们把这个秘密弄清楚，也好知道我的命运是什么。唉呀！我急着想摸清底细，我怕它比怕死还厉害。①

第 五 场

裘彼特，昂分垂永，诺克拉太斯，波里达斯，扫西。

---

①　根据1734年版，补加："（昂分垂永叩自己的家门。）"

裘彼特　　是什么响声逼着我下来的？我在这儿，谁像主人似的在敲门？

昂分垂永①　我看见什么？天呀！

诺克拉太斯　天：有这种怪事？什么？我们眼面前出现了两个昂分垂永！

昂分垂永　我的心在发冷；唉！我受不了：怪事怪到了头，我的命运一清二楚，自己亲眼看见，明白无误。

诺克拉太斯　我越往细里看他们两个人，我越觉得两个人长得一模一样。

扫　西②　各位大人，这位是真的，另一位是骗子，就该处分才是。

波里达斯　确实这两个人长得太像了，我的判断也无济于事。

昂分垂永　一个可恨的骗子把我耍得好苦：我要拿起这把剑，把魔法戳穿了。

诺克拉太斯　住手。

昂分垂永　放开手。

诺克拉太斯　诸神在上！你打算做什么？

昂分垂永　惩罚一个骗子无所不用其极的懦怯行为。

裘彼特　　慢着！激动在这里很少必要；像这样一来就生气，别人会认为理由不正当。

扫　西　　是的，这是一个魔法师，身上有护符，冒充房子的主人。

昂分垂永　你夹在里头起哄，说这些话作践我，看我不把你砍成肉酱。

扫　西　　我的主子是勇敢的人，他不会答应你打他的用人的。

---

① 根据1734年版，补加："（旁白。）"
② 根据1734年版，补加："（过到裘彼特一边。）"

昂分垂永	气死我了，用这个混账的血洗掉我的耻辱，才能解恨。
诺克拉太斯	我们决不答应这场奇怪的厮杀，昂分垂永跟自己拼。
昂分垂永	什么？你们就这样对待我的荣誉？我的朋友为一个骗子作辩护？他们不头一个帮我报仇雪耻，却变成了我同仇恨之间的障碍物。
诺克拉太斯	眼前是两个昂分垂永，整个我们的热忱不知道怎么办才好，你还要我们做出决定来？我们今天对你表示热衷，我们害怕弄错了人，把你抬高了。我们明白你看上去是昂分垂永，是忒拜人的大救星；可是我们同样也看到他是，到底哪一个人是，我们就判断不来了。我们的决心没有什么可怀疑的，我们一定要让骗子死无葬身之地，可是你们两个人一模一样，分不清谁假谁真。心中无数，瞎抓一个，这种风险是冒不得的。我们需要细看一下，分辨出来哪个是假的，只要我们一认清楚，我们不需要人教我们做什么的。
裘彼特	对，有道理：两个人这么像，你有权怀疑。你迟疑不决是应该的，我不生你的气。我这人通情达理，懂得谅解人。光靠眼睛，是不能把我们区别出来，人也容易在这方面上当的。你看我就不生气，不举起剑来吓唬人：凭这个方法，解答不了这个秘密，我觉得可以找到一个比较温和、比较可靠的方法。我们两个人里头，有一个是昂分垂永，你们是肉眼凡夫，区别不出真假。我把这场混乱给结束了吧：我认为公众对我知道得很清楚，在急需了解我是什么人的时候，他本人也会同意我出生的家族的意见，在这方面是没有什么可说的。要打开认识真正实情的道路，我愿意和你们一道到忒拜人跟前，寻找

机会，当着大家，把事情弄明白，毫无疑问，是有相当重要性的。阿耳克梅娜盼望我找公众做见证：她的贞操受到这次混乱的凌辱，她希望能证明无罪，我也必须这样做，我对她的爱情也让我负担起了这个责任。我要集合最高的首领，做出解释，洗雪她的名声。一边等待这些见证人来，一边我让扫西奉邀两位大人，现在大家就请入席吧。

扫　西　　　我没有弄错。两位大人。这句话结束了整个犹豫：真的昂分垂永是请客的昂分垂永。

昂分垂永　　噢，天呀！我受到的屈辱还有比这更厉害的？什么？我受苦不够，现在我还得听骗子面对着我讲这些怪话？听了这话，我活活气死，可是我能怎么着，人家捆住我的胳膊就不能动！

诺克拉太斯　你不该抱怨才是。你允许我们等候解释，到一定时期再发怒不迟。我不知道他是否行骗，不过听他讲话，倒像他合情合理。

昂分垂永　　去吧，脆弱的朋友，谄媚欺诈去吧：忒拜人对我比你们强多了，我去把他们找来，他们感到我的羞辱，知道我动怒正当，一定会帮助我。

裘彼特　　　好吧！我等他们来，会在他们面前把争端解决的。

昂分垂永　　狡诈的东西，你以为这么一来，你就能溜之大吉，可是你逃脱不了我的报复。

裘彼特　　　我现在不想回答你这些欺人之谈；我回头用两句话，就会让你的怒火惶乱不堪。

昂分垂永　　就连上天，上天也挽救不了你，你就是去地狱，我也跟着你去。

裘彼特　　　没有必要跟你逃避①，回头就明白了。

昂分垂永　　走吧，跑吧，在他跟他们走掉之前，把跟我一道生气的朋友聚拢来，在他们支援之下，我要把他砍成烂泥。②

裘彼特　　　请两位随便吧。快到家里来。

诺克拉太斯　确实，这桩怪事弄乱了人的感觉和理智。

扫　西　　　两位大人，别再惊奇啦，高高兴兴去赴宴吧，一直吃到明天。③我也要振作精神，有声有色，讲讲我们的战绩！我巴着要用饭，我从来没有这么饿过。

第 六 场

水星，扫西。

水　星　　　站住。什么？你狗鼻子倒尖，闻厨房香味来啦，不要脸的东西？

扫　西　　　啊！饶命，轻点！

水　星　　　啊！你拔后腿！看我不抽掉你的筋的！

扫　西　　　唉呀！勇敢和慷慨的我，我求求你，你别生气啦。"扫西"饶过扫西吧，别老打你自己啦。

水　星　　　谁给你自由叫这个名字的？难道我没有特意禁止你这样叫，否则，要挨一千记棍子？

扫　西　　　这个名字，我们两个人全可以在同一主人底下同时叫。

---

① 根据1682年版，"逃避"改为"走"。
② 昂分垂永下。
③ 根据1734年版，补加："（一个人。）"

	我走到哪儿，人全知道我叫扫西。你叫扫西，我答应就是；你就答应我也叫这个吧。两个昂分垂永在吃醋，由他们去；他们争执不下，让两个扫西还是安安宁宁活下去吧。
水　星	不，一个就够了，我决不答应平分秋色，我顽固着哪。
扫　西	你抢先一步不就得了；我是兄弟，你是兄长。
水　星	不，来一个讨厌的兄弟，不合我的意，我要做独养子。
扫　西	噢！野蛮与专制的心！起码也该让我做做你的影子。
水　星	决不。
扫　西	你就大发慈悲，多少可怜可怜小的吧；让我就在你身边做个影子：你走到哪儿，我这个影子就跟到哪儿，你会满意我的。
水　星	决不允许：法律是永恒的。要是你狗胆再往里钻的话，乱棍齐下就是后果。
扫　西	嗜！可怜的扫西，你碰到这种古怪的下场！
水　星	什么？我禁止你用，这个名字又从你嘴里涌出来？
扫　西	不，我说的不是我自己，我说的一个老扫西，从前和我是一家人，用饭的时候，人家毫不容情地把他赶出去。
水　星	当心别再瞎闹，假使你希望在活人当中充数的话。
扫　西①	我要是有胆子的话，我不揍你一顿才怪，你这狗娘养的，看把你神气的！
水　星	你说什么？
扫　西	没有。
水　星	我相信，你说话来的。

---

① 根据1734年版，补加："（旁白。）"

扫　西	问吧，我就没喘一口气。
水　星	可是我耳朵明明听见什么"狗娘养的"，再确切不过。
扫　西	那一定是天气好，鹦鹉醒啦。
水　星	再见。你要是觉得背痒痒，我就住在府里头。
扫　西①	噢，天呀！用饭的时候，让人待在外头，真是一个该死的时候！好吧，人在痛苦之中只有认命，今天也只能随着坏运气瞎转悠。有一道桥把不幸的扫西和不幸的昂分垂永连在一起。我望见他跟许多人过来啦。

第 七 场

昂分垂永，阿耳嘎提风提达斯，波西克莱斯，扫西②。

昂分垂永	两位大人，停住；离我远一点，请你们别全到前面来，除非用得着的时候。
波西克莱斯	我明白，这个打击一定很伤你的心。
昂分垂永	啊！我的痛苦是面面受气，我不但爱情上受气，荣誉上也受气。
波西克莱斯	要是像你说的那样一模一样，阿耳克梅娜就不能说有罪……
昂分垂永	啊！在有关的问题上，简单的过失变成真正的罪行，不管同意不同意，多天真的人也在这里毁灭。像这种过失，不

---

① 根据 1734 年版，补加："（旁白。）"
② 根据 1734 年版，补加："（闪在舞台一个角落，没有被人看见。）"

管披着什么花色，谈到敏感的地方，即使理性往往可以原谅，荣誉和爱情也不会原谅。

阿耳嘎提风提达斯 我这人是个直筒子，看问题不会拐弯抹角；可是，我痛恨你的下属们的可耻的拖延；他们的做法使我心灵受伤，不是勇敢的人们所能赞成。谁用我们，我们就该一往无前，为他报效到底。阿耳嘎提风提达斯决不妥协。在一旁听朋友和敌人争论，正经人就不该这样做。只有报复完了才够交情。我不喜欢斯斯文文地打官司。人就该在事情一开始，不玩弄手法，一直拿剑戳穿敌人的身子。是的，你们看好了，不管出什么事，阿耳嘎提风提达斯都照直奔下去。我现在要仔细做的，就是死鬼不要死在别人手上，一定要让他死在我手上。

昂分垂永 好。

扫 西[①] 老爷，我跪在您面前求您，我该死，方才冒犯老爷，该受到狠狠的处分。打吧，揍吧，踢吧，乱棍齐下吧，您在一怒之下把我弄死吧，我该受这个，您做得对，我没有一句话抱怨您。

昂分垂永 起来。他们在干什么？

扫 西 他们干脆把我给轰出来了。我心想我去用饭，和他们一样做游戏，一点也没有准备，说实话，那边有人等着揍我。是的，另一个我、另一个您的跟班，马上就装神弄鬼地跳了出来。老爷，命运对我们可狠着呐，今天一直跟着我们不放。一句话，人家造出好些扫西来，就像造出好些昂分垂永一样。

---

① 根据1734年版，补加："（向昂分垂永。）"

| 昂分垂永 | 跟着我。 |
| 扫　西 | 等里面人出来，不更好吗？ |

第 八 场

克莱昂提丝，诺克拉太斯，波里达斯，扫西，昂分垂永，阿耳嘎提风提达斯，波西克莱斯。

克莱昂提丝	噢，天呀！
昂分垂永	是谁把你吓住了？难道我有什么让你害怕的？
克莱昂提丝	唉呀！您明明坐在里头，可是我在这儿看到您！
诺克拉太斯	你用不着急，他自己来啦，要在大家跟前把事情解释明白。我们希望他方才说话算数，他能解除你的困难和忧虑。

第 九 场

水星，克莱昂提丝，诺克拉太斯，波里达斯，扫西，昂分垂永，阿耳嘎提风提达斯，波西克莱斯。

| 水　星 | 是的，你们全都要看见他了；首先要知道，他是众神的伟大的主宰，利用这相似的可爱的容貌，取悦阿耳克梅娜，从天上降到人间；至于我，我是水星，不知道做什么好，就揍我变成的那个家伙。不过，现在是他安慰自己的时辰 |

	了，一位神的棍子羞辱挨打的听差。
扫　西	家伙！我的神老爷，我是您的下人，您犯不上对我讲礼貌。
水　星	现在我允许他叫自己扫西。我变成这么丑的一副脸相，我也厌倦；我回到天上，餐霞饮露，把脸上的东西去个干干净净。
	〔他飞上天去。〕
扫　西	愿上天永远取消您挨近我的想望！您跟我未免跟得也太紧了些；我这一辈子就没有见过一位神比您更鬼样儿的！

第 十 场

裘彼特，克莱昂提丝，诺克拉太斯，波里达斯，扫西，昂分垂永，阿耳嘎提风提达斯，波西克莱斯。

| 裘彼特 | （在云里。）看吧，昂分垂永，看看谁是你的骗子，裘彼特变成你本人的相貌，出现在人间。看见这些标记①，你可以很容易认出他来。我相信，我把话这么一讲，也就够了，你可以放安心，可以重新建立平静与和悦。我的名字不断受到人间的膜拜，有权堵塞种种传闻的不实之词。和裘彼特平分秋色，根本不算耻辱。毫无疑问，看见自己是众神之君的情敌，他只能感到荣幸。对你的爱情，也决不会议论纷纷。对这件出乎你意料的事情，别瞧我是神， |

---

① "标记"指裘彼特一手持鹰，一手执雷电。

	妒忌的应该是我，我用尽了本事，阿耳克梅娜的心还是整个向着你。她一定是你的爱情的十分甜蜜的对象，为了讨她欢喜，我就没有别的办法，除非变成她的丈夫；裘彼特尽管有不朽的名声，就难以战胜她的信念，我从她赤热的心收到的东西仍然只能还给你。
扫　西	裘彼特大帝懂得给丸药镀一层金。
裘彼特	所以，你就不必难过了，走出黑漆漆的悒郁之林吧，让你零乱的心情完全恢复平静。你会生一个儿子，名字叫海尔库勒①，他的事业将闻名全宇宙。你将万事如意，人人知道我是你的支柱，我会让人人羡慕你的好运。你可以大胆地以恩赏的福分为荣，谁怀疑，谁就是犯罪：裘彼特的语言等于命运的判决。
	〔他在云里消失了。
诺克拉太斯	的确，听了这些显著的征兆，我心花怒放……
扫　西	各位大人，你们要不要听一听我的看法？我的看法是，千万不要为这些贺喜的辞藻所拘：这个当是上不得的。从哪一方面来看，这种恭维之词都难免令人难堪。伟大的神裘彼特的光临，使我们感到非常荣幸，毫无疑问，他的福庇对我们是天大的好事；他许下我们万事如意，这种幸福一定会来，他要我们为他生一个勇猛无敌的儿子，一切好到不能再好：不过，话还是缩短了吧，各人都安安静静回家去吧：关于这类事，永远是、最好是无可奉告。

---

① 海尔库勒 Hercule 是希腊神话里的大力士赫剌克勒斯 Heracles 的罗马称谓。他是宙斯和阿耳克墨涅 Alcmene 即裘彼特与阿耳克梅娜 Alcmene 的儿子。他经历过许多苦难。也做过许多救急的好事。受苦受难的普罗米修斯对他的诞生曾经抱着希望。

· 乔治·当丹或者受气丈夫 ·

原作是散文体。1668 年 7 月 18 日,在圣-日耳曼庄园首演,1668 年 11 月 9 日在巴黎公演。

人物

乔治·当丹①	富裕农民，昂皆丽克的丈夫。
昂皆丽克	乔治·当丹的女人，德·叟汤维勒先生的女儿。
德·叟汤维勒先生②	乡间贵人，昂皆丽克的父亲。
德·叟汤维勒夫人	
克里汤德	昂皆丽克的情人。
克楼狄娜	昂皆丽克的丫环。
吕班	农民，侍奉克利汤德。
高南	乔治·当丹的听差。

景在乔治·当丹的宅前。

---

① 莫里哀饰这个角色。服装据说是："上演《乔治·当丹》的一个盒子，内有塔夫绸的短裤与斗篷，同样材料的衣领，全缀着花边与银扣，同样材料的腰带；深红缎子的小上衣；另外一件罩在外面的上衣，用各种颜色的锦缎做的，银花边，皱领与皮鞋。"服装表示一个发家致富的农民。

② 叟汤维勒 Sotenville 的字义是"蠢人在城市"。意含讥讽。

第 一 幕

第 一 场

乔治·当丹。

乔治·当丹　啊！讨一位贵族小姐做老婆，简直成了一桩怪事！农民想提高身份，跟我一样，和贵族家庭联亲，我的婚姻就是一个说明问题的教训！贵族本身没有什么；当然，这是一件值得尊重的事；但是，陪伴它的有多到不可胜计的坏条件，顶好是连碰也别去碰它。我在这上头成了一位自我牺牲的学者；他们把我们引进他们的家族，我可领教了贵人的作风。他们跟我们走亲，并不看重我们的为人；他们联的是我们的财产；我这么有钱，娶一个老老实实的农民家的闺女，比娶一位身份高的小姐要称心多了，人家讨厌姓我这个姓，以为我就是拿全部财产也买不到做她丈夫的资格。乔治·当丹，乔治·当丹，你做了一桩傻事，人世间最傻的事。现在我这个家对我可怕透了，我一回去准会碰上什么倒楣的事。

第 二 场

乔治·当丹，吕班。

乔治·当丹 （看见吕班走出他的家门。）这家伙捣什么鬼，到我家来做什么？

吕　　班 那边有一个人在望我。

乔治·当丹 他认不得我。

吕　　班 他有点子疑心。

乔治·当丹 看！他行礼显得挺窘。

吕　　班 我怕他对人讲看见我打这门里出来。

乔治·当丹 你好。

吕　　班 不敢当。

乔治·当丹 我相信你不是本地人。

吕　　班 不是：我来是为了看明天过节。

乔治·当丹 哎！请你告诉我：你不是打这人家出来的？

吕　　班 嘘！

乔治·当丹 怎么啦？

吕　　班 住嘴！

乔治·当丹 什么事？

吕　　班 闭口！千万别说你看见我打这人家出来。

乔治·当丹 为什么？

吕　　班 我的上帝！那呀。

乔治·当丹 你说呀。

吕　　班 慢着。我怕人听见。

乔治·当丹	没人,没人。
吕 班	那呀,我才跟女当家讲话来的,一位老爷看中了她,差我去的。这不好叫人知道的。你懂吗?
乔治·当丹	懂。
吕 班	原因就是这个。人家吩咐我当心,别叫人看见。我求你了,你起码也得说你没看见我。
乔治·当丹	我当心就是了。
吕 班	人家要我做得秘密,我高兴我做到啦。
乔治·当丹	做到啦。
吕 班	他们讲,丈夫爱吃醋,不要别人对他老婆求爱,这要是让他听了去,他会吵个不停的。你明白了吧?
乔治·当丹	太明白了。
吕 班	千万不能叫他知道底细。
乔治·当丹	还用说。
吕 班	他们想安安静静把他骗了。你懂吧?
乔治·当丹	太懂了。
吕 班	你要是一讲,你看见我打他家里出来,你就把事弄糟啦。你明白不?
乔治·当丹	当然。打发你到里头的人叫什么名字?
吕 班	他是我们乡里的老爷,什么……子爵……娘的!我从来就记不住他们叽里咕噜怎么说这个名字。克里……克里汤德老爷。
乔治·当丹	就是住在附近的年轻宫里人?
吕 班	是他;住在那些树跟前。
乔治·当丹	(旁白。)前不久这位花花公子来做我的邻居,原来是为了这个。不用说,我的鼻子长,我对他这邻居早就起了

疑心。

吕　班　　娘的！你见过的正经人就数他啦。他给我三块金币，只为对女人讲他爱她，盼望有体面跟她讲讲话。你看，这一点也不劳累，给我给得这么多，就没法子比，我干一天活计，也才不过赚半个法郎！

乔治·当丹　怎么样，你把话带到了吧？

吕　班　　带到啦。我在里头找到一个叫克楼狄娜的，她马上明白我的意思，让我跟她女当家的讲话。

乔治·当丹　（旁白。）啊！混账丫头！

吕　班　　家伙！这位克楼狄娜可真标致！我看中啦，只要她答应，我们就成亲。

乔治·当丹　可是女主人对这位宫里的老爷怎么回话的？

吕　班　　她叫我对他讲……等一下，我不知道我记住了没有；她对他的情意完全承情，不过，她丈夫是个怪人，当心别露出马脚，两下子见面得先安排好。

乔治·当丹　（旁白。）啊！该死的女人！

吕　班　　娘的！好笑之至：因为丈夫就不清楚这些把戏；妙处就在这里。这小子吃醋算是吃着啦。不是吗？

乔治·当丹　可不。

吕　班　　再见。千万口紧。保守秘密，别叫她男人晓得。

乔治·当丹　对，对。

吕　班　　我嘛，什么也假装不知道。我这人精明透顶，就没人想到我在这里头也有一手。

第 三 场

乔治·当丹。

乔治·当丹 好啊！乔治·当丹，看你女人把你弄成了什么样子！这就是娶贵族小姐的好处。人家把你玩个够，你可不能报复：贵人身份拘着你，一动也不能动。地位一样，丈夫至少还有发作的自由；她要是一个农民闺女，你现在很可以抡起棍子揍她个公道出来。可是你偏要尝尝贵族的味道；这个家你就别想当得了。啊！我满腔的恨，恨不得打自己几个耳光子。什么！不顾脸皮，听一个花花公子求爱，还答应往来！妈的！轻轻这么放过，我才不干！我必须马上就跟我的丈人和我的丈母娘诉说去，说什么也要打开他们的眼睛，看看他们的闺女给了我多少苦恼、多少气。可是，巧得很，两位老人家都来啦。

第 四 场

德·叟汤维勒先生，德·叟汤维勒夫人，乔治·当丹。

德·叟汤维勒 怎么啦，我的姑爷？你像有什么事。
乔治·当丹 是有原因的……
德·叟汤维勒夫人 我的上帝！我的姑爷，你真不懂礼貌，到人跟前，

	也不见行礼!
乔治·当丹	我的天!我的丈母娘,因为我在想着别的事……
德·叟汤维勒夫人	又来啦!我的姑爷,你真就不懂人事,没法子教你在贵人当中过活吗?
乔治·当丹	怎么样?
德·叟汤维勒夫人	你就不能不喊丈母娘,那种随随便便的称呼,赶着惯例叫我一声夫人?
乔治·当丹	家伙!你喊我姑爷,我觉得,我就可以喊你丈母娘。
德·叟汤维勒夫人	话不是这么讲。人不全平等。请你记住,同我这样一位有身份的人讲话,你那么称呼我,就不合适,虽说你是我们的姑爷,你和我们中间还有老大距离,你就该有自知之明。
德·叟汤维勒	够啦,亲爱的;别讲这些啦。
德·叟汤维勒夫人	我的上帝!德·叟汤维勒先生,也就是你才这样气度宽大,你就不会让人家照你的身份尊敬你。
德·叟汤维勒	得啦!原谅我,别在这上头教训我啦;我这一生有二十回不饶人,叫人明白我应有的权利我是寸步不让。不过,对他嘛,小小警告一番也就成啦。姑爷,说给我们听,你心里有什么事。
乔治·当丹	既然我得把话往简短里说,德·叟汤维勒先生,我就说,我有理由……
德·叟汤维勒	慢着,我的姑爷。须知称人的姓名不恭敬,人家身份比我们高,你当单称先生才对。
乔治·当丹	好吧,单称先生,别再叫德·叟汤维勒先生,我要告诉你的是,我女人……
德·叟汤维勒	慢些!你还得知道,说到我们的女儿,你不应当讲我

女人。

乔治·当丹 气死我。怎么！我女人不是我女人？

德·叟汤维勒夫人 是，我们的姑爷，她是你女人；不过，你不许这样称呼她，你要娶了一个跟你身份一样的女人，那就另作一说了。

乔治·当丹① 啊！乔治·当丹，什么地方才该是你待着的地方啊？② 哎！行行好，权且把你们贵人的身份收在一边，许我现在尽可能把话对你们交代明白吧。（旁白）让这些强权霸道统统见鬼去吧！（向德·叟汤维勒）我告诉你，我不满意我的亲事。

德·叟汤维勒 我的姑爷，理由呢？

德·叟汤维勒夫人 什么！你得到了大便宜，还昧良心说话？

乔治·当丹 夫人，既然你要做夫人，我就叫你夫人；请问，夫人，我有什么便宜得到？这门亲事对你们倒不坏，因为，不是我的话，原谅我，你们的事情就糟不可言，我的银钱用来堵住好些大窟窿；可是，请问，我有什么便宜，除非是名姓放长，不叫乔治·当丹，从你那边得到德·拉·当狄尼耶尔的头衔？③

德·叟汤维勒 我的姑爷，和叟汤维勒一姓联亲的好处，能不作数吗？

德·叟汤维勒夫人 还有拉·浦吕道特里这个姓，我的体面的娘家的姓，可高贵啦，仗着这少有的特权，把你的子女变成贵

---

① 根据1734年版，补加："（低声，旁白。）"
② 根据1734年版，补加："（高声。）"
③ 这个虚有其名的头衔是从当丹这个姓变化出来的。当丹是姓，不是采邑，因为和贵族人家联系，便放长字尾，听起来好像是采邑。用意显然是讥诮。

人，能不作数吗？①

乔治·当丹　是的，好得很，我的子女将来都是贵人，可是，倘使不预防的话，我嘛，可就成了王八啦。

德·叟汤维勒　我的姑爷，你这话是什么意思？

乔治·当丹　这话是说，你女儿不像一位太太正常过活的样子，做出来的事太伤体面。

德·叟汤维勒夫人　住口！当心你说的话。我女儿的家世真是太清白了，说什么也不会惹乱子，丢自己的人，在拉·浦吕道特里一姓里头，三百多年了，谢谢上帝，就没有发现一个女人让外人闲言闲语的。

德·叟汤维勒　家伙！在叟汤维勒一姓里，从来没有见到一个水性杨花的女子，勇敢传给男子，如同贞节传给妇女一样。

德·叟汤维勒夫人　我们这一姓有一位雅克林·德·拉·浦吕道特里，说什么都不肯做一位又是大臣又是公爵的人的情妇，人家还是本省的总督。

德·叟汤维勒　有一位马杜里娜·德·叟汤维勒，拒绝国王一位宠臣的两万艾居，可人家要她做的也不过就是谈谈话。

乔治·当丹　算啦！你女儿不那么刁难；嫁到我家以后她就驯服了。

德·叟汤维勒　我的姑爷，你要把话讲清楚。她干坏事，我们决不帮她撑腰，她母亲和我，我们头一个还你公道。

德·叟汤维勒夫人　事情关系到名声，我们不许人家寻我们开心；我们把她带大成人，家教一向严厉。

---

① 拉·浦吕道特里 La Prudoterie，意思是"假正经"。这是香槟 Champagne 省的特权：母亲出身贵族，子孙便也升为贵族。传说这种特权是九世纪查理二世恩赐的，德·叟汤维勒夫人的娘家可能是香槟省人。在男权社会，一般说来，嫁鸡随鸡，女方丧失门第的荣誉也就极其自然了。

乔治·当丹	我所能对你们讲的,是这里有一位你们见过的出入宫廷的贵人,当着我的面向她求爱,叫人带话给她,她也就大发慈悲地听了。
德·叟汤维勒夫人	我的上帝!她要是真不给母亲体面的话,我一定亲手把她掐死。
德·叟汤维勒	狗东西!她作践我的名声,我一定拿剑戳穿她和情人的身子。
乔治·当丹	我把经过对你们讲了,你们也听了,我问你们要处分。
德·叟汤维勒	不用难过,我处分两个给你看,不管是谁,我都会收拾他们的。
乔治·当丹	拿稳了。
德·叟汤维勒	起码,也得当心,因为,贵人之间,这种事弄不好,就会弄僵的,不是闹玩儿的事。
乔治·当丹	听我讲,我对你说的话,就没有一句不是真的。
德·叟汤维勒	我的好人,你去跟女儿谈谈,我跟我的姑爷去找那个人谈谈。
德·叟汤维勒夫人	我的儿子,你知道的,有我这个好榜样,难道她真就把做人的规矩忘了个干净!
德·叟汤维勒	我们这就明白底细。我的姑爷,跟着我,你先别难过。有人跟我家里的人过意不去,你看我不给点儿颜色给他看的。
乔治·当丹	他朝我们走过来啦。

第 五 场

德·叟汤维勒先生，克里汤德，乔治·当丹。

德·叟汤维勒 先生，你认识我吗？

克里汤德 不，先生，不认识。

德·叟汤维勒 我是叟汤维勒男爵。

克里汤德 我听见了非常高兴。

德·叟汤维勒 朝廷知道我的名姓，年轻时候，南锡那次征召，①我有荣誉最先应命。

克里汤德 好。

德·叟汤维勒 先生，家父是约翰-吉勒·德·叟汤维勒，有光荣亲身参加蒙托榜的大围攻。②

克里汤德 我高兴听。

德·叟汤维勒 我有一位祖先，拜尔唐·德·叟汤维勒，当时极受敬重，恩许出卖家产，到海外旅行。

克里汤德 我愿意相信。

德·叟汤维勒 据报，先生，你在恋爱，追求一位少妇，就是小女，我关心她，也关心你看见的这个人，他有荣誉做我的女婿。

克里汤德 谁，我？

德·叟汤维勒 是的，我高兴同你谈话，请你务必把这件事解说清楚。

---

① 南锡 Nancy 在法国东北部，征召贵族参加战争，大概指的是 1635 年，国王路易十三征召全省贵族会师，但是，不成体统，很不像样子。

② 蒙托榜 Montauban 在法国西南，1621 年，路易十三率领大军围攻被新教徒据守的蒙托榜，损兵折将，无功而返。

克里汤德	简直是离奇的诽谤！先生，谁告诉你的？
德·叟汤维勒	有人相信全知道。
克里汤德	这个人呀撒谎。我是正经人。这种懦夫行为，先生，你相信我干得出来？我，爱一位美丽的少女，她有荣誉是德·叟汤维勒男爵的小姐！我为这个十分尊敬你，希望为你效劳。谁对你讲这话，谁就是傻瓜。
德·叟汤维勒	看，我的姑爷。
乔治·当丹	什么？
克里汤德	是流氓，是坏蛋。
德·叟汤维勒	回答吧。
乔治·当丹	你回答吧。
克里汤德	我要是知道这人的话，我当着你的面，拿剑刺进他的肚子。
德·叟汤维勒	你坚持一下吧。
乔治·当丹	真有这事，用不着坚持。
克里汤德	难道是你的姑爷，先生，他……
德·叟汤维勒	是的，是他本人向我诉说的。
克里汤德	他和你是一家人，的确，他得感谢这种好处；不然呀，随便说我这种人的坏话，我会教训他一番的。

第 六 场

德·叟汤维勒先生，德·叟汤维勒夫人，昂皆丽克，克里汤德，乔治·当丹，克楼狄娜。

德·叟汤维勒夫人　　就事论事，妒忌本身就是一件怪事！我把女儿带出来，当着大家的面，把话说清楚。

克里汤德　　难道是你，夫人，告诉你丈夫，我爱你的？

昂皆丽克　　我？我怎么会对他讲？难道真有这事？我倒真愿意看你爱我。请你就做戏一番吧，你就知你在跟谁讲话了。我劝你做做看。好比说，情人们的千方百计，你全好用的。单为取乐也好，试试递我些纸条子，私下给我写些情书，瞧准我丈夫不在家或者我出门的时间，同我谈谈你的爱情，只要你肯来，我答应你，一定按规矩接待你。

克里汤德　　嗐！得，得，夫人，别急。你用不着这样教训我，也用不着这样有气。谁告诉你我想着爱你来的？

昂皆丽克　　我，我怎么知道人家方才讲我什么来的？

克里汤德　　人家爱说什么就说什么；可是你知道我遇见你的时候，有没有对你谈过爱情。

昂皆丽克　　谈情说爱，我完全欢迎。

克里汤德　　我告诉你，你没有什么好害怕我的；我不是那种使美人难堪的人；我太尊敬你了，你和你的双亲，我不会起爱你的念头的。

德·叟汤维勒夫人①　　怎么样！你看见啦。

德·叟汤维勒　　我的姑爷，你该满意了。你还有什么话说？

乔治·当丹　　我说呀，这都是欺人之谈；我知道我知道的；既然必须说穿了，我就说了吧，她方才收到他一个条子。

昂皆丽克　　我？我收到一个条子？

克里汤德　　我递过去一个条子？

---

① 根据1734年版，补加："（向乔治·当丹。）"

昂皆丽克	克楼狄娜？
克里汤德	这是真的？
克楼狄娜	青天在上，这是离奇的假话！
乔治·当丹	死鬼，住口。我知道你玩的把戏；方才就是你把信差领进来的。
克楼狄娜	谁，我？
乔治·当丹	是的，你。别假撇清了。
克楼狄娜	唉呀！今天人心可真坏哟，居然疑心到我，我，有名的老实人！
乔治·当丹	住口，坏东西。你是个阴阳脸，我老早就知道你啦；你是个大滑头。
克楼狄娜	太太，难道……
乔治·当丹	住口，听我讲。你爹不是贵人，别人的罪过可能全由你承当。
昂皆丽克	这个谎太大，太伤我的心，我简直没有力量回答。我没有什么地方对不住丈夫。丈夫偏要冤枉我，太气人啦！唉呀！我要是有什么好指摘的话，就是我待他太好啦。
克楼狄娜	当然。
昂皆丽克	我的不幸全怪我太敬重他；但愿他所说的，上天能让我领受领受别人的调情！我就不怎么值得人家可怜了。再见吧；我走开，我受不了人家这样作践我。①
德·叟汤维勒夫人	对，你配不上你的贤惠夫人。
克楼狄娜	我的天，他也就是配太太做出点儿什么给他看；我要是太

---

① 昂皆丽克下。

太呀，说做就做。①可不，先生，为了处罚他，你也应当对我的太太求爱。我对你讲，求好了，你一定成功；人家把我糟蹋苦了，我自愿帮你先生的忙。②

德·叟汤维勒 我的姑爷，你也就是配听这种话；你的做法让人人跟你作对。

德·叟汤维勒夫人 对，想着有礼貌地对待一位出身高贵的小姐；从今以后，千万别犯这类过错。

乔治·当丹③ 明明我有理，偏说我错，真把我气死。

克里汤德④ 先生，你看见的，我被人冤枉了；关于荣誉的格言，你是知道的；人家侮辱我，我要求赔罪。

德·叟汤维勒 按照程序，理应如此。过来，我的姑爷，向先生赔罪。

乔治·当丹 怎么！赔罪？

德·叟汤维勒 是的，冤枉人家，照规矩，就该如此。

乔治·当丹 冤枉人家，这，我，我不能同意，我明白我心里怎么想。

德·叟汤维勒 没关系。不管你怎么想，问题是他否认了，那你就只有赔罪了。任何人一否认，别人就没有权利申诉。

乔治·当丹 那么，假如我发现他和我女人睡觉，只要他否认，他就没事啦。

德·叟汤维勒 用不着辩。听我的话，对他道歉。

乔治·当丹 我！我还得对他道歉……

德·叟汤维勒 来吧，听我吩咐，用不着推三阻四的；有我指导你做，你用不着害怕做得过分。

---

① 根据 1734 年版，补加："（向克里汤德。）"
② 根据 1734 年版，补加："（克楼狄娜下。）"
③ 根据 1734 年版，补加："（旁白。）"
④ 根据 1734 年版，补加："（向德·叟汤维勒。）"

乔治·当丹　我不干……

德·叟汤维勒　家伙！我的姑爷，别把我的火儿逗上来。我会和他联合起来对付你。来吧，由我来管。

乔治·当丹①　啊！乔治·当丹！

德·叟汤维勒　你先把帽子摘下来；先生是贵人，你不是。

乔治·当丹②　气死我！

德·叟汤维勒　跟着我学："先生"……

乔治·当丹　"先生"……

德·叟汤维勒　"我请你饶恕"……（他看见他的女婿不肯听话）啊！

乔治·当丹　"我请你饶恕"……

德·叟汤维勒　"我原先对你的恶劣的想法。"

乔治·当丹　"我原先对你的恶劣的想法。"

德·叟汤维勒　"那是因为我没有荣誉认识你。"

乔治·当丹　"那是因为我没有荣誉认识你。"

德·叟汤维勒　"我求你相信。"

乔治·当丹　"我求你相信。"

德·叟汤维勒　"我情愿为你效劳。"

乔治·当丹　你要我为一个要我做王八的人效劳？

德·叟汤维勒　（他又恐吓他）啊！

克里汤德　先生，成啦。

德·叟汤维勒　不成，我要他照规矩，走完形式："我情愿为你效劳。"

乔治·当丹　"我情愿为你效劳。"

克里汤德　先生，我同样全心全意为你效劳；过去的事，我不再放在

---

① 根据1734年版，补加："（旁白。）"
② 根据1734年版，补加："（旁白，手里拿着帽子。）"

心上了。①至于你，先生，为这事受点小委屈，我很不过意，现在我告辞啦。

德·叟汤维勒 我吻你的手；你什么时候有空，我请你到舍间寻乐猎兔子。

克里汤德 你太赏脸啦。

德·叟汤维勒 我的姑爷，事情就这么解决啦。再见。加入一个贵族家庭，家庭一定支持你，不管有什么人怎么欺负你，决不答应。

第 七 场

乔治·当丹。

乔治·当丹 啊！我……是你要这样做嘛；是你要这样做嘛，乔治·当丹，是你要这么做嘛；这叫自作自受，该当如此，你受的是你该当受的。算啦，唯一的问题就是揩亮我岳父和我岳母的眼睛；我也许能想得出什么法子在这上头成功。

---

① 根据1734年版，补加："（向德·叟汤维勒先生。）"

第 二 幕

第 一 场

克楼狄娜，吕班。

克楼狄娜	是的，我早就猜着了，一定是由你那儿说出去，你说给什么人听，人又报告我们的主子。
吕　班	说实话，我也就是路过，偶尔对一个人透了句话，叫他别讲他看见我打门里出来；这地方的人，半句话也口里藏不住！
克楼狄娜	真的，这位子爵老爷真会挑人，让你给他当信差，用了你这么一个走运的人。
吕　班	算啦，下回我一定仔细，格外当心。
克楼狄娜	好吧，好吧，走着瞧。
吕　班	别讲这个啦。你听听我的。
克楼狄娜	你要我听什么？
吕　班	拿你的脸冲着我。
克楼狄娜	好吧。什么事？
吕　班	克楼狄娜？
克楼狄娜	什么？

吕　班	嗐！看！难道你不明白我要说什么吗？
克楼狄娜	不明白。
吕　班	天呀！我爱你。
克楼狄娜	当真？
吕　班	可不！活见鬼！我发誓，你可以相信我。
克楼狄娜	好。
吕　班	我一看你，就觉得心直扑腾扑腾地跳。
克楼狄娜	我高兴听。
吕　班	你怎么长得这么标致？
克楼狄娜	我跟别人长得一个样。
吕　班	你看，你用不着兜圈子：你愿意，就做我的老婆，我就做你的老公，咱俩就是夫妻啦。
克楼狄娜	你也许会跟我们的主子一样吃醋。
吕　班	决不。
克楼狄娜	我呀，就恨丈夫起疑心，我要一个丈夫，不害怕，有信心，信得过我守妇道，看我在三十个男人当中也不担心。
吕　班	好嘛！我就是那种人。
克楼狄娜	不相信女人，折磨她，是人世顶傻的事啦。实情正相反，不但占不到便宜，反而让我们往坏事上想；事情往往都是丈夫自己，大吵大闹，无中生有，编造出来的。
吕　班	好呀！你高兴怎么做，就怎么做，我给你自由。
克楼狄娜	这样一来，男人就不会上当了。丈夫由着我们做，好多了，我们需要多少自由，用多少自由；就像有些人，为我们打开他们的钱口袋，对我们讲：拿吧。我们规规矩矩地拿，不合理我们就不拿。可是有些人一来就挑剔，我们不得不骗他们，骗完了，还不饶他们。

吕　班	成，我就是那种打开钱口袋的人，你只要嫁我就得。
克楼狄娜	好吧！走着瞧。
吕　班	克楼狄娜，那么，到我跟前来。
克楼狄娜	你要做什么？
吕　班	咱有话讲，你倒是过来呀。
克楼狄娜	啊！慢着。我不喜欢人动手动脚的。
吕　班	嗜！一点点要好的小意思。
克楼狄娜	听我讲，走开，我可不懂开玩笑。
吕　班	克楼狄娜。
克楼狄娜①	啊！噫！
吕　班	啊！你待可怜人可真野！娘的！拒绝人，真没良心！长得这么好看，不要人家香香，你不臊得慌？嗜！得啦！
克楼狄娜	我打你的脸。
吕　班	噢！蛮丫头！野丫头！算啦！够啦！狠心的坏丫头！
克楼狄娜	你太过分。
吕　班	让我香一下，你又少得了什么？
克楼狄娜	你得有耐心等。
吕　班	也就是香香，赶明儿还成亲呐。
克楼狄娜	我不干。
吕　班	克楼狄娜，求求你，照单点收。
克楼狄娜	嗜！不干！我先前就上过当啦。再见。走吧，告诉子爵老爷，我会留意把信送到的。
吕　班	再见，美人，倔驴子。
克楼狄娜	承情。

---

① 根据 1734 年版，补加："（推开吕班。）"

吕　班　　　再见,石头,石子,石块,世上顶硬的东西。①

克楼狄娜　我去交给我的女主人……她跟她丈夫来啦:先躲开,等她一个人的时候再给。

第 二 场

乔治·当丹,昂皆丽克,克里汤德。②

乔治·当丹　不成,不成;骗我,不就那么容易,人家对我讲的话,我太清楚真有事了。人就想不到我眼睛有多尖,你刚才那些怪话,别想蒙得了我。

克里汤德③　啊!那是她;不过,丈夫跟她在一起。

乔治·当丹　单就你那些假模假式看,我就明白人家对我讲的话是真的,你并不看重我们的亲事。④我的上帝!别行礼啦;我同你讲的不是这类敬重,你用不着取笑我。

昂皆丽克　我,取笑!我没这意思。

乔治·当丹　我知道你的想法,认识……⑤又来啦!啊!你就别再开玩笑了吧。我明白你出身贵族,把我看得远比你低,我同你说起的敬重,跟我本人不发生关系;我的

---

① 吕班下。
② 根据1672年版,补加:"(在舞台深处。)"
③ 根据1734年版,补加:"(旁白。)"
④ 根据1672年版,补加:"(克里汤德和昂皆丽克彼此行礼。)"
⑤ 根据1672年版,补加:"(克里汤德和昂皆丽克又相互行礼。)"

	意思是指你对亲事应有的尊重。①用不着耸肩膀,我没说蠢话。
昂皆丽克	谁想着耸肩膀来的?
乔治·当丹	我的上帝!我看得可清楚着呐。我再讲一次给你听,婚姻是一条应当受尊重的链子;像你这样不拿它放在眼里,很不应该。②是的,是的,不应该;你用不着摇头,冲我做鬼脸。
昂皆丽克	我?我不懂你是什么意思。
乔治·当丹	我嘛,我太懂啦;我清楚你看不起我。我要是生下来不是贵人,至少我还家世清白。当丹这个姓……
克里汤德	(在昂皆丽克身后,当丹没有看见他)找个谈话的机会。
乔治·当丹③	哦?
昂皆丽克	什么?我就没有说话。
乔治·当丹	他④直围着你打转转。
昂皆丽克	可,那是我的错?你要我怎么着?
乔治·当丹	我要女人只讨丈夫的欢心,该怎么着,就怎么着。随你怎么讲,你不愿意,那些花花公子绝不纠缠住你不放。就像蜂蜜招惹蜜蜂一样,你不轻狂,人家还不来呐;正经女人的风度打一开始就知道把他们赶掉。
昂皆丽克	我,赶他?为什么?人家觉得我好看,我不但不反感,反而觉得开心。

---

① 根据1672年版,补加:"(昂皆丽克向克里汤德打暗号。)"
② 根据1672年版,补加:"(昂皆丽克用头做暗示。)"
③ 根据1672年版,补加:"(没有看见克里汤德。)"
④ 根据1672年版,补加:"(乔治·当丹围着太太转,克里汤德朝乔治·当丹行了一个大礼,然后走开。)"

乔治·当丹	对。可是你们谈情说爱的时候,要丈夫扮个什么样的角色?
昂皆丽克	一位正经人的角色,高兴看他女人受到尊敬。
乔治·当丹	对不住。我干不出;姓当丹的不习惯这种时髦风气。
昂皆丽克	噢!只要肯,姓当丹的也会习惯的。因为,说到我,我不妨告诉你,我没有心思捐弃人世,把自己活活埋在一个丈夫里头。怎么?因为一个男人存心娶我们,我们一开始就得万事全休,跟活人断绝往来?丈夫老爷们这种专制,也真邪行;要女人取消一切娱乐,活着就为男人自己,我觉得他们也真做得出。我才不在乎这个,也不想死得这么年轻。
乔治·当丹	你公开给我立的婚约,就这样遵守啊?
昂皆丽克	我?那是你从我这儿抢去的,就不是我自愿立的。你可曾在结婚以前,问过我的同意,我愿不愿意嫁你来的?你要我,也就是同我的父亲和我的母亲商量;你真正娶的是他们,所以我对你有什么差错,你找他们申诉,本来也是嘛,你娶的就不是我。我这方面,我没有同你讲过你同我结婚,你娶我也没有问过我的心情,我认为我没有必要做你的意志的奴隶;我的青春献给我的美好的岁月,对不住,我要选几天享受享受年龄答应下我的甜蜜的自由,我也要看看上等社会,尝尝人家恭维我的愉快。你准备好了吧,你有的是罪受呐;我没有本领往更坏处做,你就谢天谢地了。
乔治·当丹	对!你就是这样做的。我是你丈夫,我告诉你,我不懂这个。
昂皆丽克	我呀,是你女人,我告诉你,我懂这个。

乔治·当丹① 我简直想把她的脸揍个稀巴烂,这辈子别想讨好那些风流种子。啊!算啦,乔治·当丹,我吞不下这口气,还是离开这地方的好。

第 三 场

昂皆丽克,克楼狄娜。

克楼狄娜 太太,我直盼他走,递一封信给你,你知道是谁写的。
昂皆丽克 给我看。
克楼狄娜② 他写给她的话,看她这副神气,并不怎么惹她不喜欢。
昂皆丽克 啊!克楼狄娜,这封信写得多情意绵绵啊!宫廷的人说话也好,做事也好,气度就是不同寻常!我们外省的人和他们一比,都成了什么哟?
克楼狄娜 我相信,见过他们以后,当丹这家的人不会让你喜欢了。
昂皆丽克 你在外头等着:我去写封回信来。
克楼狄娜 我想,我用不着劝她把信写得有情有义的。可是,现在……

---

① 根据1734年版,补加:"(旁白。)"
② 根据1672年版,补加:"(旁白。)"

第 四 场

克里汤德，吕班，克楼狄娜。

克楼狄娜	先生，说实话，你找的这个送信的可真能干！
克里汤德	我不敢打发我的用人来。不过，我可怜的克楼狄娜，你帮我的大忙，我得重重地谢谢你①。
克楼狄娜	哎！先生，用不着。不，先生，你用不着破费。我帮你忙，因为你配，我打心里就向着你。
克里汤德	我谢谢你②。
吕　班	我们不久就成亲，你把钱给我，跟我的放在一起。
克楼狄娜	我替你看着，还有你要香的嘴。
克里汤德	告诉我，你把我的信交给你的美丽的女主人了吗？
克楼狄娜	是的，她写回信去啦。
克里汤德	可是，克楼狄娜，有没有方法让我和她谈谈？
克楼狄娜	有：跟我来，我会带你见她的。
克里汤德	可是她喜欢吗？冒不冒险？
克楼狄娜	不，不。她丈夫不在家；再说，她在乎的不是他，是她自己的父亲和母亲，只要瞒得住他们，此外就没有什么好怕的了。
克里汤德	你带路，我就靠你啦。
吕　班③	娘的！我要娶的这个女人可真能干！她的脑壳抵得过许

---

① 根据 1672 年版，补加："（他摸他的衣袋。）"
② 根据 1672 年版，补加："（他给她钱。）"
③ 根据 1734 年版，补加："（旁白。）"

多女人。

第 五 场

乔治·当丹,吕班。

乔治·当丹[①] 这是我刚才碰见的那个人。我的岳父和我的岳母不相信,他要是能够去做证人,那就好了。

吕　班　啊!你来啦,话匣子先生,我再三叫你别讲,你再三答应我来的。你就藏不住话,人家讲给你听的秘密,你全给抖了出来。

乔治·当丹　我?

吕　班　可不,你全讲给她男人听了,乱子都是你惹出来的。你舌头长,我算领教了;我受过教训,以后你别想再听我讲给你听啦。

乔治·当丹　听我讲,朋友。

吕　班　你要是先前不讲出去的话,眼下的事我会讲给你听的;不过,为了罚你,我什么也不讲给你听。

乔治·当丹　怎么!出了什么事?

吕　班　没事,没事。这就是你多嘴的报应;你试也白试,去卖你的旧唱片吧。

乔治·当丹　待一下。

吕　班　不。

---

① 根据1734年版,补加:"(低声,旁白。)"

乔治·当丹	我只一句话对你讲。
吕　班	不听，不听。你想勾出我的话来。
乔治·当丹	不，不是这个。
吕　班	哎！我不是傻瓜。我明白你的用意。
乔治·当丹	另外一桩事。听我讲。
吕　班	不听。你要我对你讲，子爵老爷方才拿钱给克楼狄娜，她带他去见太太。可是我呀，不那么蠢。
乔治·当丹	求你了。
吕　班	不成。
乔治·当丹	我会给你……
吕　班	瞎扯淡！

第 六 场

乔治·当丹。

乔治·当丹　　我白指望了半天，老实头就不听我的。可是他不经心滑出口的新闻，有同样的效验；偷情的汉子在我家里，我的岳父和我的岳母一看，不就显出我有道理，死心塌地相信女儿无耻了嘛。糟的是，我不知道怎么样利用这个消息。假如我回家，坏小子会溜了的；我亲眼看见自己丢人，不中用，我就是发誓人家也不信，说我在大白天做梦。假如换一个做法，我去找我的岳父和我的岳母，拿不稳这小子回头在不在，结局一样，我还是给自己惹了一身臊。我就没有方法弄清楚他是不是还在？①啊！天！不必迟疑啦，我隔着门窗窿望见他啦。命运赏我一个机会出我对头的丑；巧的是，我需要的裁判，像要结束这桩风流案子，也都来了。

第 七 场

德·叟汤维勒先生，德·叟汤维勒夫人，乔治·当丹。

乔治·当丹　好啦，先前不肯相信我，你们的女儿赢了我，可是我抓住她的把柄给你们看，感谢上帝，我的体面如今丢光了，你们不可能再不相信。

德·叟汤维勒　怎么！我的姑爷，你在这上头还没死心？

乔治·当丹　对，没死心；我就是想死也死不成。

德·叟汤维勒夫人　你怎么又来吵闹我们？

乔治·当丹　说的是呀，夫人；人家把我吵闹得还要糟。

德·叟汤维勒　你讨厌不够，还讨厌人家？

乔治·当丹　不够；可是我讨厌人家把我当傻瓜看。

德·叟汤维勒夫人　你真就不想丢开你那些出奇的念头？

乔治·当丹　不想，夫人；可是，我真想离掉一个毁我名声的女人。

德·叟汤维勒夫人　我的上帝！我的姑爷，你要学着说话。

德·叟汤维勒　家伙！你使用字句，要少惹人生气。

乔治·当丹　生意人赔钱笑不出口。

---

① 根据1734年版，补加："（隔着钥匙眼往里窥探之后。）"

德·叟汤维勒夫人　想着你娶的是一位贵族小姐。

乔治·当丹　够我想的啦,将来想的怕还要多。

德·叟汤维勒　你要想着,说到她,想着多放尊重。

乔治·当丹　可是她怎么就不想着对我多正经点儿?什么?因为她是贵族小姐,她就可以有自由,高兴怎么我就怎么我,我是一口气也不敢出?

德·叟汤维勒　到底出了什么事,你要说什么?你对我讲的那个人,她不承认她认识,你今天早晨难道没有听见?

乔治·当丹　对。可是,假如我现在让你看见那花花公子跟她在一起,你,你还有什么话说?

德·叟汤维勒夫人　跟她在一起?

乔治·当丹　是的,跟她在一起,在我家里。

德·叟汤维勒　在你家里?

乔治·当丹　可不,在我本人的家里。

德·叟汤维勒夫人　要是这样的话,我们跟你一样不要她。

德·叟汤维勒　是的。对于我们,我们家族的荣誉比什么都宝贵;倘使你的话是真的,我们就否认她是我们的亲女儿,随你处治。

乔治·当丹　你只要跟我看就成。

德·叟汤维勒夫人　当心别弄错了。

德·叟汤维勒　别像先前一样。

乔治·当丹　我的上帝!你会看见的。①看吧,我撒谎来的?

---

①　根据1734年版,补加:"(指着和昂皆丽克出来的克里汤德。)"

第 八 场

昂皆丽克，克里汤德，克楼狄娜，德·叟汤维勒先生和夫人，乔治·当丹。

昂皆丽克① 再见。我害怕人家在这里看见你，我得小心才成。
克里汤德 夫人，那么，允许我今天晚晌同你谈话。
昂皆丽克 我尽我的力量。
乔治·当丹② 打后面轻轻过去，别让他们看见。
克楼狄娜 啊！太太，全毁啦：你的父亲和你的母亲来啦，还有你丈夫。
克里汤德 天呀！
昂皆丽克③ 假装什么也没有看见，你俩由着我来。④什么？事情才了，你就敢乱来？你掩饰你的心思，就是这样的啊？刚才人家告诉我，你爱我，打算求我答应，我就表示厌恶，当着人一五一十对你解释过了；你绝口否认，对我发誓，说没有一点意思惹我生气，可是，就在同一天，你居然色胆包天，到家里来看我，说你爱我，怪话连篇，要我跟你瞎闹，倒像我是那种女人，破坏我给丈夫立的婚约，永远抛掉父母教给我的妇道！要是我父亲晓得了这个，他不教训你一顿才怪；可是一个正经女人不喜欢声张，我当心不

---

① 根据 1734 年版，补加："（向克里汤德。）"
② 根据 1734 年版，补加："（向德·叟汤维勒先生和夫人。）"
③ 根据 1734 年版，补加："（低声，向克里汤德。）"
④ 根据 1734 年版，补加："（高声，向克里汤德。）"

对他讲，①我要让你知道，我虽说是女人，我有的是勇气，人家得罪我，凭我自己也报得了仇。你对我的行为不像一个贵人，所以呀，我也不把你当贵人看待。

〔她拿起一根棍子打她丈夫，他来到他们之间，反而回护了克里汤德。

克里汤德② 啊！啊！啊！啊！轻点！③

克楼狄娜 太太，使劲打，往死里打。

昂皆丽克④ 你要是心里还有话呀，我等着你呐。

克楼狄娜 你骗人呀，有你受的。

昂皆丽克⑤ 啊！我的父亲，你来啦！

德·叟汤维勒 是的，我的女儿，我看见了，你的聪明和勇敢都显出你是叟汤维勒家族的好女儿。过来，凑近些，让我吻你一下。

德·叟汤维勒失人 我的女儿，也吻我一下。可不！我高兴得哭了，你刚才做的事，也就是我的女儿才做得出来。

德·叟汤维勒 我的姑爷，你该多开心哟！这个意外对你该多美哟！你方才有道理担惊受怕；可是你的疑心也该消除啦，真是太合算啦。

德·叟汤维勒夫人 不用说，我的姑爷，现在你该是世上最心满意足的人了。

克楼狄娜 当然。这才叫女人，我们太太！你娶到她太幸福啦，你应

---

① 根据1672年版，补加："（她做手势给克楼狄娜拿一根棍子来。）"
② 根据1734年版，补加："（叫唤，好像他挨了打。）"
③ 根据1672年版，补加："（然后他逃掉。）"
④ 根据1672年版，补加："（装作同克里汤德说话。）"
⑤ 根据1734年版，补加："（假装吃惊。）"

当爬下去香香她踩过的脚印子。

乔治·当丹[①] 哦！奸细！

德·叟汤维勒 我的姑爷，怎么啦？你看见的，你女人对你表白相爱之情，你不谢她一句？

昂皆丽克 不，不，父亲，用不着。他方才看到的，他没有什么好感激我的；我那样做，只是由于我有自尊心。

德·叟汤维勒 女儿，你去什么地方？

昂皆丽克 父亲，我回去，我不要承他的情，接受他的恭维。

克楼狄娜 她生气有道理。她是一位值得膜拜的女人，可是你对待她呀，就不成体统。

乔治·当丹[②] 臭娘们！

德·叟汤维勒 她发这阵子小脾气，也就是为了刚才的事，你哄哄她，也就过去了。再见，我的姑爷，你现在用不着再担心思啦。去跟她要要好，想法子平平她的气，你本来就不该生她的气嘛，道道歉吧。

德·叟汤维勒 你该想想看，她是一个年轻女孩子，家教严，看见自己被人疑心做坏事，就不习惯。再见。她的行为一定使你开心得不得了，我看见你家里不乱哄哄的，我也就欢喜了[③]。

乔治·当丹 我一句话也没有说，因为我就是说话也讨不到便宜；像我这样丢人的，世上难得有第二个人。是的，我佩服我的灾殃，跟我那死鬼女人的机灵心思，理总在她那一边，错在我这一边。难道我真就甘拜下风，总让表面现象跟我作

---

① 根据 1734 年版，补加："（旁白。）"
② 根据 1734 年版，补加："（旁白。）"
③ 他们下。

难,我就别想制服得了我那不要脸的女人?噢!天呀!帮我个忙,赏我个脸,让大家看看清楚,她多败坏我的名声。

第 三 幕

第 一 场

克里汤德，吕班。

克里汤德 夜深了，我怕太晚啦。我就看不出路来。吕班！

吕　班 老爷。

克里汤德 走这边？

吕　班 我想是吧。娘的！有这种傻瓜黑夜，黑到这个样子！

克里汤德 当然，不该黑；一方面，妨害我们看，另一方面，也妨害人家看我们。

吕　班 错得不那么厉害，你这话有道理。老爷，你有学问，我倒想知道，为什么白天不是夜晚？

克里汤德 这问题又大又难。吕班，亏你怎么想到这上头的？

吕　班 说的是呀，我要是念书的话，人想不到的一些事，我都会想到。

克里汤德 这话我信。你的脸蛋子透出你不光心细，还挺能往里钻。

吕　班 这话有道理。看，我虽说没有学过拉丁，可是我解释得来；那一天，看见一扇大门上写着 collegium，我猜，意思是说学校。

克里汤德 真了不起！吕班，你认识字？

吕　班 是呀，我会念印出来的字；可是写出来的字，我怎么念也学不会。

克里汤德 我们走到房子跟前啦。①这是克楼狄娜给我的暗号。

吕　班 家伙！这女孩子抵得过银子，我实心实意爱她。

克里汤德 所以我带你来跟她谈话。

吕　班 老爷，我谢……

克里汤德 咝！我听见响声。

第 二 场

昂皆丽克，克楼狄娜，克里汤德，吕班。

昂皆丽克 克楼狄娜？

克楼狄娜 怎么样？

昂皆丽克 门开一条缝。

克楼狄娜 开好啦。②

克里汤德 是她们。咝！

昂皆丽克 咝。

吕　班 咝。

克楼狄娜 咝。

---

① 根据1734年版，补加："（拍手之后。）"
② 根据1734年版，补加："（夜景。演员在黑地里互相寻找。）"

克里汤德	（向克楼狄娜。）夫人。
昂皆丽克	（向吕班。）什么？
吕　　班	（向昂皆丽克。）克楼狄娜。
克楼狄娜	（向克里汤德。）什么事？
克里汤德	（向克楼狄娜。）啊！夫人，我真开心！
吕　　班	（向昂皆丽克。）克楼狄娜，我的可怜的克楼狄娜。
克楼狄娜	（向克里汤德。）轻点，先生。
昂皆丽克	（向吕班。）别吵，吕班。
克里汤德	是你，克楼狄娜？
克楼狄娜	是我。
吕　　班	是你，太太？
昂皆丽克	是我。
克楼狄娜	你找错人了。
吕　　班	家伙，夜里，什么也看不见。
昂皆丽克	不是你，克里汤德？
克里汤德	是我，夫人。
昂皆丽克	我丈夫睡熟了，直打呼，我利用这时候出来跟你谈话。
克里汤德	我们去找个地方坐下来。
克楼狄娜	这话就对了。

〔他们坐在舞台深处。〕

吕　　班	克楼狄娜，你在什么地方？

第 三 场

乔治·当丹，吕班。

乔治·当丹	我听见我女人下楼,我赶快披上衣服跟下来。她能到什么地方去?会不会出门啦?
吕　班	(把乔治·当丹当作克楼狄娜。)你到底在哪儿,克楼狄娜?啊!在这儿。说真的,你的主子这回上当可上足啦,我觉得这跟刚才的棍子一样滑稽,人家讲给我听来的。你太太讲他这时候在打呼,睡得跟死猪一样,他就不知道在他睡觉的时候,子爵老爷跟她在一起。我真想知道他现在梦见了什么。太好笑啦。吃太太醋,要一个人受用,他存的什么心?简直不识好歹,子爵老爷太赏他脸啦。你不作声,克楼狄娜?走,跟他们去;把你的小手给我香香。啊!真甜!我觉得我像在吃蜜饯。(他吻当丹的手,当丹猛地一下推开他的脸。)家伙!你怎么的啦!这只小手的劲头儿真还不小。
乔治·当丹	谁在这儿?
吕　班	没人。
乔治·当丹	他逃走啦,把我坏蛋女人的黑良心的消息倒告诉了我。对,迟不得,我应当马上找她的父亲和她的母亲来,帮我跟她离婚。喂!高南!高南!

第 四 场

高南,乔治·当丹。

高　南	(在窗口。)老爷。
乔治·当丹	快来,到底下来。

高　南	（跳下窗户。）我来啦，没比我再快的啦。
乔治·当丹	你在这儿？
高　南	是，老爷。

　　　　　　　〔乔治·当丹顺着高南的声音寻找过去，同时高南朝另一边。〕

乔治·当丹	轻点。放低嗓门说话。听我讲。去我丈人和我丈母娘家里，说我求他们马上就来。听见没有？嗐！高南！高南！
高　南	（在另一边。）老爷。
乔治·当丹	鬼东西，你在什么地方？
高　南	这儿。
乔治·当丹	（他们互相寻找，一个走到这一边，一个走到另一边。）瘟死你这狗杂种，离我那么远！我告诉你，快去找我的丈人和我的丈母娘来，告诉他们，我请他们马上到这儿来。听清楚了没有？回话呀。高南，高南。
高　南	（在另一边。）老爷。
乔治·当丹	这死东西要把我气疯了。到我跟前来。（他们碰在一起。）啊！奸细！把我的腿撞断了！你在哪儿？过来，我打你一千棍。我想他在躲我。
高　南	那还用说。
乔治·当丹	你过来不过来？
高　南	才不，我的天！
乔治·当丹	来，听我讲。
高　南	不来，你要打我。
乔治·当丹	好啦！不打，我不打你。
高　南	一定不打？

乔治·当丹	一定不打。过来。好。赶上你走运，我用得着你。快，去替我求我的丈人和我的丈母娘到这儿来一趟。尽快赶，告诉他们，有万分火急的事；他们要是嫌夜深，不肯来，千万催他们上路，叫他们明白，他们非来不可，天塌了也得来。你现在听明白了吧？
高　　南	听明白了，老爷。
乔治·当丹	快去，快来。我嘛，我先回家，等……我听见有人。会不会是我女人？我得利用黑夜听听。

第 五 场

克里汤德，昂皆丽克，乔治·当丹，克楼狄娜，吕班。

昂皆丽克	再见。该分手了。
克里汤德	什么？这么快？
昂皆丽克	我们谈得够久啦。
克里汤德	啊！夫人，我陪你谈话能会久？在这短短的时间，我要说的话我能全想齐了？要把我的感情完全解释给你听，我得几个整天才成；我要对你说的话，我连一小部分也没有对你说到。
昂皆丽克	我下次要多听听。
克里汤德	唉呀！你一说你走，就是刺我的心，现在你给我留下了多少痛苦！
昂皆丽克	我们想法子再会面。
克里汤德	对；可是我想着你离开我，就有丈夫相陪。一想到这上

	头，我就想死。对于一个钟情的爱人，没有比丈夫的特权再残忍的了。
昂皆丽克	你真就这么傻瓜，连这也不放心？以为某些丈夫真能相爱？人嫁他们，因为没有办法不嫁，父母做主，眼睛死盯住了钱财；不过，我们会还他们一个公道价钱的，再说，我们就根本不尊重他们。
乔治·当丹①	这就是我们的死鬼女人！
克里汤德	啊！人家塞给你的丈夫，必须承认，就不配娶你的荣誉；把你这样一个人，和他那样一个人配成夫妇，真是怪事一桩！
乔治·当丹	（旁白）可怜的丈夫！人家就这样厚待你们。
克里汤德	不用说，你配得上另外一种命运；上天生下你来，不是为了给一个农民做太太。
乔治·当丹	但愿上天把她给你做太太！那你就换了调调啦。进去吧，听够了。
	〔他进去，把门关住。
克楼狄娜	太太，你要是单讲你丈夫坏，那就赶快吧，时候不早啦。
克里汤德	啊！克楼狄娜，你真心狠！
昂皆丽克	她有道理。我们分手吧。
克里汤德	既然你要这么做，那就只好分手了。不过，起码，求你可怜可怜我要度过的那些苦难时光。
昂皆丽克	再见。
吕　班	克楼狄娜，你在什么地方，我好对你说句晚安？
克楼狄娜	去，去，我在远处收，我在远处还。

---

① 根据1734年版，补加："（旁白。）"

第 六 场

昂皆丽克,克楼狄娜,乔治·当丹。

昂皆丽克 我们回去,别出声。

克楼狄娜 门关啦。

昂皆丽克 我有大门钥匙。

克楼狄娜 那么,轻点开门。

昂皆丽克 门打里头关上了,我不晓得我们该怎么办好。

克楼狄娜 男用人睡在旁边,喊他好了。

昂皆丽克 高南,高南,高南。

乔治·当丹 (在窗口探出头来。)高南,高南?啊!我的太太夫人,这回我可逮住你啦,我在睡觉,你溜得好快。这下子我可开心啦,看见你这时候在外头。

克楼狄娜 哎呀!夜晚在外头吸吸新鲜空气,有什么大不了的?

乔治·当丹 对,对。吸吸新鲜空气,你挑对了时候。坏蛋夫人,怕是热空气吧,幽会呀、花花公子调情呀,这些鬼花样,我全知道。我听见你们的绵绵情话,跟你们彼此歌颂我的美丽词句。不过,我也称心,我就要报仇了,你父亲和你母亲现在一定要相信我的抱怨正当。你的行为太荒唐了。我差人请他们,他们就快来啦。

昂皆丽克 啊!天呀!

克楼狄娜 太太。

乔治·当丹 不用说,你想不到你会受到这么大的打击。现在我胜了,我打掉你的傲气,摧毁你的诡计。直到如今,你蔑视我的控告，欺骗你的父母，粉饰你的坏事。我说、我看，全不顶事；我的正当权利，你总用诡计把它破坏了，你总让人家觉得你有道理。不过，这一回，感谢上帝，真相大白，你的无耻要完全被拆穿了。

昂皆丽克 嗐！求求你，把门给我开开。

乔治·当丹 不，不，等他们来吧，我请他们去了，我要他们在这时光看看你在外头。趁他们还没来，你不妨打点打点，想个什么新主意，把你从这个烂泥坑拉扯出来；编个什么谎，掩饰掩饰你的私奔；来个什么计谋逃避人们的议论，表示自己清白，找个什么特别借口，什么夜里到教堂上香啊，或者女朋友生孩子要你帮忙呀什么的。

昂皆丽克 用不着。我没意思瞒你。我不想替自己辩护，既然你知道，也不想对你否认。

乔治·当丹 那是因为你见自己走投无路，编造不出话来回护这件事，就是有话回护，也容易让人指出破绽来。

昂皆丽克 是，我承认我错，你有道理抱怨。不过，求你了，千万别让我父母现在撞见了，受他们气，快把门给我开开。

乔治·当丹 抱歉得很。

昂皆丽克 哎！我可怜的小丈夫！我求你了！

乔治·当丹 啊！我可怜的小丈夫！我现在是你的小丈夫了，因为你有把柄在人家手里。这让我很开心，你从前就没有想到对我说说亲热话。

昂皆丽克 听好了，我答应你再也不给你气受，我……

乔治·当丹 说什么也不成。我不要错过这个机会；我要一下子把你的底抖个干净。

昂皆丽克 我求你许我说一句话。我要你听一分钟。

乔治·当丹　好吧，什么话？

昂皆丽克　我再承认一次，我不该那样做，你应当生气；我利用你睡觉的时候走出大门；走出去和你说起的那个人相会。不过，说到临了，你应当原谅我的年龄，年轻人没有经验，入世不久，就闯下了祸；我由着性子胡来，不往坏处上想，其实，不用说，一点也没有……

乔治·当丹　对！你说了，这些事要人虔虔诚诚地相信你对。

昂皆丽克　我说这话，并非就说我对你犯下了大罪，我不过是做事惹你生气，我诚心诚意求你宽恕，求你把它忘记，我的父亲和我的母亲一定要痛骂我一顿，你就帮我免了这场灾难吧。假如你宽宏大量，答应我的恳求。让我看到你这种恩情，你这种慷慨作为，我一定全心全意认错，就是父母的权威和婚姻的约束做不到，我也会心到人到，为你做到。总而言之，我一定为这事谢绝所有的风月，要爱也就爱你一个人。是的，我对天起誓，从今以后，你看见我是世上最规矩的女人，我给你那么多的情意，那么多的情意，你一定会满意。

乔治·当丹　啊！狐狸精，你说好听的话就为害人！

昂皆丽克　赏我这个脸。

乔治·当丹　不管。我死心啦。

昂皆丽克　你就宽宏大量一次。

乔治·当丹　不干。

昂皆丽克　求求你。

乔治·当丹　不成。

昂皆丽克　我拿我整个的心来求你。

乔治·当丹　不成，不成，不成。我要人不受你的骗，要你的坏名声四

	海飘扬。
昂皆丽克	好。你把我逼到无路可走,我警告你,一个女人到了这种地步,什么也干得出来,我要是眼下做点事出来,你就后悔莫及了。
乔治·当丹	请问,你有什么好做?
昂皆丽克	我一横心,会寻死的;我会拿这把刀,就地把自己杀死的。
乔治·当丹	啊!啊!请便。
昂皆丽克	你以为请便就完事大吉啦,没那么方便。人人晓得你我争吵,你一向虐待我,看见我死,没有一个人会不疑心是你下的毒手,我父母当然不会看着我死不报仇,法律上的追究、他们感情上的忿恨、他们想到的惩罚,一定会全搁在你身上。我就拿这个法子来报你的仇;这样报仇的,女人里头,我不算头一个;男人狠得下心把我们逼上死路,为了报复,我不是头一个女人说寻死就寻死。
乔治·当丹	听便。现下没人再打寻死的主意,这种风气早就过时啦。
昂皆丽克	我偏要做给你看看;你要是坚持到底,你要是不给我开门,我对你赌咒,我马上就让你看看,一个人无路可走,没有什么不敢做的。
乔治·当丹	瞎扯,瞎扯。你也就吓唬我罢了。
昂皆丽克	好吧。事已至此,我就死给你看,这下子两个人就都满意了,你看我是不是开玩笑。①啊!我死啦。愿上天照我的希望给我报仇,让心肠狠的害我的人受到公正的处分。

---

① 根据1734年版,补加:"(假装自杀之后。)"

乔治·当丹　怎么！她真就那么恶毒，害死自己连累我上绞刑架？我点起蜡烛看看去。

昂皆丽克[①]　哑！别出声。赶快一边一个，贴大门两边。

乔治·当丹　一个女人竟然恶毒到这种地步？（他端着蜡烛走出来，没有看见她们；她们进去，立刻把门关住。）没人！嘻！我看准了她，死东西见求我不中用，吓唬也吓唬不倒，跟我闹没有用，只好走掉。正好！这下子显得她更坏；丈人和丈母娘就要来啦，看她的罪过也看得更清楚。啊！啊！门关啦。喂！喂！来人！赶快把门给我开开！

昂皆丽克　（和克楼狄娜在窗口。）怎么？是你？死鬼，你打哪儿来的？天快亮啦，你回怎么也不看看时候，难道一位正经人应当过这种生活？

克楼狄娜　一整夜去喝酒，把可怜的年轻媳妇就这样一个人丢在家里，好意思吗？

乔治·当丹　怎么！你们……

昂皆丽克　去，去，贱骨头，我腻死你在外头胡闹啦；没什么好担搁的，我要诉说给我的父亲和我的母亲知道。

乔治·当丹　什么？你居然敢……

第 七 场

德·叟汤维勒先生和夫人，高南，克楼狄娜，昂皆丽克，乔治·当丹。

---

① 根据1734年版，补加："（向克楼狄娜。）"

〔德·叟汤维勒先生和夫人穿着夜服,高南带路,打着灯笼。

昂皆丽克① 你们过来吧,女儿求你们啦,来给我主持主持公道。世上就没有见过比他再混账的啦。成天喝酒,整天吃醋,脑子都搅胡涂了,就不晓得他在说什么,做什么,亲自打发人把你们二老请来,要你们看看人从来没听说过的稀奇古怪的荒唐事。家里人等了他整整一夜,你们看见的,他算回来啦;你们要是听他的,他会对你们讲,他对你们要狠狠地告我一状;什么在他睡觉的时候,我从他身边溜到外头打野食啦,编造出成千成百的坏事。

乔治·当丹② 死鬼女人真恶毒!

克楼狄娜 可不,他要大家相信,他在家里,我们在外头;一脑门子的胡思乱想,去也去不掉。

德·叟汤维勒 怎么?这话是什么意思?

德·叟汤维勒夫人 单为这把我们喊过来,胡闹透顶!

乔治·当丹 从来……

昂皆丽克 不,我的父亲,我再也受不了这样的丈夫。我的耐心到了头。他方才骂了我一大堆怪话。

德·叟汤维勒③ 家伙!你就不是一个正经东西。

克楼狄娜 一个可怜的年轻女人让他作践到这个样子,看着心都不忍;上天要报应的。

乔治·当丹 人会……?

---

① 根据1734年版,补加:"(向德·叟汤维勒先生和夫人。)"
② 根据1734年版,补加:"(旁白。)"
③ 根据1734年版,补加:"(向乔治·当丹。)"

德·叟汤维勒　得，你羞也羞死啦。

乔治·当丹　让我对你们说两句话。

昂皆丽克　你们听他讲吧，他可有的是怪话对你们讲！

乔治·当丹①　急死我。

克楼狄娜　你喝了那么多酒，我真怪人会靠他站；他呼出来的酒气一直冲到我们这儿。

乔治·当丹　岳父大人，我求你，……

德·叟汤维勒　走开：你一嘴的酒味道。

乔治·当丹　夫人，我求你……

德·叟汤维勒夫人　啐！别挨近我：你的气味有毒。

乔治·当丹②　让我对你……

德·叟汤维勒　走开，我告诉你，没人受得了你。

乔治·当丹③　允许我……

德·叟汤维勒夫人　呀！你祸害我的心。请你站远些。

乔治·当丹　好，成，我站远些说话。我对你们赌咒，我没有一步离开家，出门的是她。

昂皆丽克　我不是对你们说来的？

克楼狄娜　是真是假，你们一看也就明白了。

德·叟汤维勒　算啦，你活拿人开心。下来，女儿，到这儿来。

乔治·当丹　青天在上，我是在家里……

德·叟汤维勒　住口：胡闹也得有个分寸。

乔治·当丹　雷眼下把我劈死，要是……

德·叟汤维勒　别吵我们啦，想着怎么请求你太太饶恕吧。

---

① 根据1734年版，补加："（旁白。）"
② 根据1734年版，补加："（向德·叟汤维勒。）"
③ 根据1734年版，补加："（向德·叟汤维勒夫人。）"

乔治·当丹　　我！请求她饶恕？

德·叟汤维勒　　对，饶恕，马上。

乔治·当丹　　什么！我……

德·叟汤维勒　　家伙！你再犟嘴下去，你要我们这一趟，看我不教训你的。

乔治·当丹　　啊！乔治·当丹！

德·叟汤维勒　　好，来，女儿，让你丈夫请求你饶恕。

昂皆丽克　　（下来。）我！饶恕他那些骂我的话！不，不，父亲，我办不到；我求你让我和丈夫离婚，我和他没法子在一起过活。

克楼狄娜　　这也好不答应？

德·叟汤维勒　　女儿，像这样离婚是不可以的，外人议论起来那还了得。你做事应当比他通情达理，就再忍一次吧。

昂皆丽克　　他这样胡闹，怎么忍呀？不，父亲，我不能同意。

德·叟汤维勒　　女儿，不忍也得忍，是我吩咐你这么做。

昂皆丽克　　那我只好不作声啦，你对我有绝对权威。

克楼狄娜　　多听话！

昂皆丽克　　硬要人忘掉那样的侮辱，也太强人所难了；不过，难归难，我服从你。

克楼狄娜　　可怜的绵羊！

德·叟汤维勒　　走近些。

昂皆丽克　　你撮合没有用，你看好了，一到明天，又来一过。

德·叟汤维勒　　我在意就是了。①过来，跪下。

乔治·当丹　　跪下？

---

① 根据1734年版，补加："（向乔治·当丹。）"

德·叟汤维勒　对，跪下，不许迟疑。

乔治·当丹　（跪下。）噢！天！该说什么？

德·叟汤维勒　"夫人，我请求你饶恕我。"

乔治·当丹　"夫人，我请求你饶恕我。"

德·叟汤维勒　"我过去胡闹。"

乔治·当丹　"我过去胡闹。"（旁白。）娶你！

德·叟汤维勒　"我答应你将来好好做人。"

乔治·当丹　"我答应你将来好好做人。"

德·叟汤维勒　当心，记住你这是末一回荒唐，我们容让过去。

德·叟汤维勒夫人　我的上帝！你要是再犯呀，你对太太的尊敬、对她生身父母的尊敬，一定要让你学会了才算数。

德·叟汤维勒　天就要亮啦。再见。①回家去，当心要上进②。我们，亲爱的，回去上床躺躺。

第 八 场

乔治·当丹。

乔治·当丹　啊！今后我撒手不管啦，我就看不出有救。人要是像我娶了一个恶毒女人呀，最好的办法就是头朝前，去跳河。

---

① 根据1734年版，补加："（向乔治·当丹。）"
② 根据1734年版，补加："（向德·叟汤维勒夫人。）"

・吝嗇鬼・

原作是散文体。1668年9月9日,第一次演出。1669年刊印。

演员

阿尔巴贡①　　克莱昂特和艾莉丝的父亲、玛丽雅娜的求婚人。

克莱昂特②　　阿尔巴贡的儿子、玛丽雅娜的情人。

艾莉丝　　　　阿尔巴贡的女儿、法赖尔的情人。

法赖尔③　　　昂塞耳默的儿子、艾莉丝的情人。

玛丽雅娜　　　克莱昂特的情人、阿尔巴贡的意中人。

昂塞耳默　　　法赖尔和玛丽雅娜的父亲。

福洛席娜　　　虔婆。

西蒙老板　　　捎客。

雅克师傅　　　阿尔巴贡的厨子和车夫。

阿箭④　　　　克莱昂特的听差。

克楼德妈妈　　阿尔巴贡的女仆。

荞麦秆儿⑤　　⎫
　　　　　　　⎬　阿尔巴贡的跟班。
干鳕鱼⑥　　　⎭

警务员和他的见习生

----

① "阿尔巴贡"这个名字，最初见于意大利16世纪一本喜剧，格洛头（Luig Groto, 1541—1585）的"艾密莉雅"（L'Emilia），里面有一个吝啬鬼，叫做阿尔巴苟（Arpago）。字义是钩与贼。
② 他能做主举债，应该25岁了，根据当时的法律，成年规定为25岁。1792年9月20日起，法律规定成年为21岁。
③ 根据第五幕第五场，他应当是23岁。
④⑤⑥ 当时仆人取名，每每用花草、杂物、地名等等，代替本人真名姓。

地点　巴黎①

---

① 根据第三幕第一场，当时有栗子吃，根据同幕第七场，当时有橘子、柠檬吃，而且可以到花园走动，天气应当是晴好的秋季。第三幕说起的集，应当是圣·劳朗 (Saint Laurent) 集，从 6 月 28 日起，到 9 月 30 日止。《吝啬鬼》在 9 月 9 日上演。一切说明季节应当是 9 月中旬。

第 一 幕

第 一 场

法赖尔,艾莉丝。

法赖尔 怎么一回事?可爱的艾莉丝,你好心好意,应了我的亲事,怎么又愁眉不展啦?我正在欢天喜地,嗐!看见你又在长吁短叹。说给我听,是不是你后悔不该把幸福给我?还是你当时见我痴情可怜,勉强应允婚约,如今又懊悔啦?

艾莉丝 不是的,法赖尔,不管为你做什么事,我都不会后悔的。我觉得有一股子说不出来有多么好受的力量在带动我,就连不希望这样做,也没有那份气力。不过实对你说,我一想到将来怎么了局,心里就七上八下,直怕爱你有一点爱过了头,不合女儿身份。

法赖尔 哎呀!艾莉丝,你好心好意爱我,又怕什么?

艾莉丝 哎呀!爸爸的恼怒、家里人的责备、社会上的指摘,样样可怕;不过顶可怕的,法赖尔,还是怕你变心,怕你事后冷淡;女孩子一片真心,做出过于热烈的表示,你们男子反而往往弃之如遗。

法赖尔	哎呀！不要将人比我，把我冤屈了。疑心我什么都可以，艾莉丝，可是不要疑心我会薄幸。我太爱你了，做不出那种事的。我爱你的心将和我的生命一样久长。
艾莉丝	哎呀！法赖尔，谁嘴里都是这么一套。说起话来，个个儿男人差不到哪儿去，只要做起事来，才显出不一样。
法赖尔	既然只有做起事来，我们才露本相，那你起码就该等我这样做了以后，再来怪我不迟。千万不要由于无谓的猜疑，就无中生有，添愁添怕，给我制造罪名。我求你啦，千万不要乱起疑心，使我心神不安，痛苦万分。日久见人心，将来铁证如山，你就相信我是真心相爱了。
艾莉丝	哎呀！一个人多容易让自己心爱的人给说服了啊！是的，法赖尔，我相信你不会骗我，真心相爱，永不负心；我决不再起疑心了，我现在的苦恼，就只剩下耽心外人会责备我。
法赖尔	可是你为什么要这样顾虑？
艾莉丝	如果人人看你，像我看你一样，我也就没有什么可怕的了。我凭你本人，把终身许配给你。你的整个儿人品，再加以上天使我对你怀着一种感恩图报的心情，就是我爱你的正当理由。你我初次相会的惊险场面，我时刻在心。你当时跳进惊涛骇浪，舍命相救，你那种见义勇为的精神，实在惊人。你把我救出水来，细心照料，过后你又情意殷殷，倾心相爱，日子久，困难多，你不但不灰心，反而忘记父母和祖国，留在本地，为了我的缘故，隐瞒身份，又为了和我亲近，不惜屈辱，居然给我父亲来当仆人。你这种种作为，毫无疑问，使我受到极大的感动。这在我看来，就够说明我为什么许你终身了；可是

	在旁人看来，理由也许不够充分，我保证不了他们会和我的看法一致。
法赖尔	说来说去，我觉得只有我的爱情，还配你放在心上。至于你那些不安的心情，只要看看你父亲的所作所为，人人也就不得不谅解你了。像他那样万分吝啬，对待儿女那样苛刻，多怪的事情也会发生。对不住，可爱的艾莉丝，我在你面前，这样挖苦你父亲。你知道，我一谈起他来，就没有好话可讲。不过话说回来，我要是能像我希望的那样，找到我的父母，我们费不了什么事，就会得到他们的同意。我等他们的消息等得好不心焦，再没有音信的话，我就要亲自寻访去了。
艾莉丝	啊！法赖尔，求你别丢下我走；你单想着讨我爸爸的欢心吧。
法赖尔	你看见我怎么着手的：费尽心机，低声下气，混到他的身边当差；怎么样假装和他臭味相投，见解一致，来讨他的欢心；为了得到他的喜爱，我每天在他面前扮演什么样的角色。我在这方面，大有进展。要人宠信，根据我的体会，最好的方法就是在他们面前，投合他们的爱好，称道他们的处世格言、恭维他们的缺点、赞美他们的行事。你用不着害怕殷勤过分，尽管一望而知，你是在戏弄他们，可是他们一听奉承话，就连最精明的人也甘心上当。你只要话里加蜜加糖，颂扬备至，多荒唐、多滑稽的事，他们也会大口往下咽的。我做这种事，未免有伤忠厚；不过既然有求于人，自然就非巴结不可。既然只有这样做，才能得到他们的宠信，错的就不是那些逢迎他们的人，而是那些喜欢逢迎的人。

艾莉丝	不过你为什么不联络一下我哥哥呀？万一女用人变卦，说出我们的私情来，有个帮手也是好的。
法赖尔	双管齐下，我办不了，父亲是一种脾气，儿子是一种脾气，想同时变成两个人的心腹，不见得就那么容易。不过你，你那方面，很可以利用利用你们兄妹之间的感情，多在你哥哥跟前活动活动，把他拉到我们这方面来。他来了；我走了。你趁这个机会，和他谈谈。你认为相宜的话，就把我们的事告诉他吧。
艾莉丝	我不知道我有没有勇气讲给他听。

第 二 场

克莱昂特，艾莉丝。

克莱昂特	妹妹，我很高兴看见你一个人在这儿，我有一桩心事告诉你，急于找你谈谈。
艾莉丝	哥哥，我洗耳恭听着呐。你要对我说什么？
克莱昂特	事情多着呐，妹妹，不过一句话也说得了，就是：我在闹恋爱。
艾莉丝	你在闹恋爱？
克莱昂特	可不，闹恋爱。不过这话先且不谈。我知道我离不开爸爸，当了儿子，就该事事服从才是。没有父母之命，我们不该私订终身；我们的婚姻大事，上天派定他们主持，所以没有他们吩咐，我们就不得自作主张；他们不像我们那样痴情，比起我们来，什么事对自己相宜，一目了然，

所以也就很少上当。青年人意气用事，一来就惹乱子，所以关于这事，宁可听信他们的世故知识，小心翼翼，也不要感情用事，一意孤行。妹妹，我把这话全对你说了，免得你多费口舌，对我唠叨，因为，索性说开了吧，我迷恋到了这种地步，什么话也听不进去，求你就不要对我进忠告了吧。

艾莉丝	哥哥，你和你的意中人已经订婚了吗？
克莱昂特	没有，不过我打定了主意这么办，所以我再求你一回，千万别找理由劝阻我吧。
艾莉丝	哥哥，难道我这人就那么怪气？
克莱昂特	不，妹妹。只是你不闹恋爱，你体会不出来恋爱在我们心里那种情牵意惹的力量。再说，我怕你那做人的大道理。
艾莉丝	哎！哥哥，就别说起我那做人的大道理了吧。世上没有一个人能拿得稳，一辈子起码会有一回拿不稳的。我要是把我的心事说给你听呀，你也许就要以为我不及你规行矩步了。
克莱昂特	啊！但愿你和我一样，也闹……
艾莉丝	先说完你的事。告诉我你的意中人是谁。
克莱昂特	有一位年轻姑娘，住到我们这一带，还没有多久，长的那副模样，千娇百媚，谁见了也要动心。妹妹，世上的女孩子数她可爱，我乍一见，就觉得自己神魂颠倒。她叫玛丽雅娜，和母亲住在一起，老太太差不多三天两头在害病。这位可爱的姑娘，你就想象不出对母亲有多孝顺。她伺候老太太，心疼老太太，安慰老太太，体贴入微，谁也要受感动。她做事那副可爱样子，世上就没有第二

	份。她一举一动,都显得仪态万方,不同凡俗。她又温柔可爱,又有情有义,又温文尔雅……啊!妹妹,你看见她,你就知道啦。
艾莉丝	听你这么一形容,哥哥,我就和看见了她一样。她是什么样儿人,单冲你这样爱她,我也就了解啦。
克莱昂特	我背地看她们的景况,并不很好,尽管省吃俭用,还是周转不过来。妹妹,你想想看,能给意中人添点儿财,该多开心呀;帮助规矩人家一些小忙,解决日常必要的开支,又不让人觉得难堪,该多开心呀。可是爸爸吝啬,我就不能享受这种快活,也不能对美人表示一点点相爱的意思,你也该明白,我多扫兴了。
艾莉丝	是啊,哥哥,我很明白你这份苦恼。
克莱昂特	啊!妹妹,你就想不出我苦恼到了什么地步。因为说来说去,还不都是他老人家,要我们一个劲儿节省,把我们窘得抬不起头来的?还有比这再狠心的?年轻时候没有钱用,老了就是有万贯家私,和我们有什么相干?甚至于为了对付每天的开销,我如今不得不到处举债;为了弄几件合身的衣服穿,我和你都无法可想,只得天天向生意人求救:万贯家私和我们又有什么相干?总之,我所以要和你谈谈,就是要你帮我试探试探爸爸对我这事的看法。万一他不赞成的话,我就决定和这位可爱的姑娘远走高飞,到天涯海角碰碰运气。我为了实现这个计划,正在设法向各处借钱。妹妹,如果你的情形和我的情形相仿,爸爸又一味和我们的心思作对,我们两个人干脆都离开他,摆脱他的压制,他那种难以忍受的吝啬,把我们折磨得也够久的了。

艾莉丝	的确是,他每天做的事越来越让我们想念我们死去的母亲……
克莱昂特	我听见他的声音了。我们先走开,把话讲完。然后我们再一同来打动他的铁石心肠。

第 三 场

阿尔巴贡,阿箭。

阿尔巴贡	马上滚!不许还嘴!走,离开我的家,贼头儿、上绞刑架的死囚!
阿 箭①	我从来没有见过一个人,像这该死的老头子这么坏的,说句不怎么的话,我想他是鬼附了身了。
阿尔巴贡	你嘴里在嘟囔。
阿 箭	您凭什么赶我出去?
阿尔巴贡	死鬼,轮不到你问我理由。快滚,免得我揍你。
阿 箭	我怎么您啦?
阿尔巴贡	怎么也不怎么的,我就是要你滚。
阿 箭	您儿子是我的主人。是他吩咐我等他的。
阿尔巴贡	到街上等,别在我家里等,站在我前头,直挺挺的,像一根木桩子,一双贼眼,溜来溜去,就等机会偷东西。我用不着脚后头跟一个奸细、一个坏蛋,每时每刻钉我的梢,我干什么,该瞎的眼睛总不放过,眼红我的东西,四下里

---

① 根据1734年版,补加:"(旁白。)"

	张望，看有什么东西好偷。
阿　箭	家伙！您要人家怎么偷您？样样东西锁住，白天黑夜守得严严的，叫人怎么下手？
阿尔巴贡	我高兴锁什么就锁什么，愿意守就守着，我干什么，你这么留心，不是我身边的奸细又是什么？①我怕他已经猜出我那笔钱的下落了。②难道不是你，散布流言，说我家里有钱藏着？
阿　箭	您有钱藏着？
阿尔巴贡	没有，混账东西，我没有说这话。（旁白。）气死我啦。③我是问你，你会不会存心不良，散布流言，说我有钱。
阿　箭	嗐！您有钱也好，没有钱也好，对我们反正一样，跟我们有什么相干？
阿尔巴贡	你还发议论。我叫你尝尝我的议论。（他举起手来，想打他一记耳光。）再说一回，滚。
阿　箭	好！我走。
阿尔巴贡	等一下，你没有拿我什么东西？
阿　箭	我拿您什么？
阿尔巴贡	过来，让我看。拿你的手给我看。
阿　箭	看吧。
阿尔巴贡	还有。④

---

① 根据 1734 年版，补加："（低声，旁白。）"
② 根据 1734 年版，补加："（高声。）"
③ 根据 1734 年版，补加："（高声。）"
④ 前边"拿你的手给我看"，是多数。这里"还有"原文又是多数，直译是"另外两只"（les autres），一般解释，认为阿尔巴贡又急又疑，一时过于紧张，忘记已经看过了手，或者心眼灵活，已经想到阿箭的衣袋。有人把手改为单数，有人索性删去这句话和下面三句对话。

阿　　箭　　还有？

阿尔巴贡　　对。

阿　　箭　　看吧。

阿尔巴贡①　那里头没有放东西？

阿　　箭　　您自己看。

阿尔巴贡　　（他摸他的裤管。）这些大灯笼裤活活儿就是窝藏东西的好地方；穿这种裤子的，我恨不得官里绞死他们一个两个。

阿　　箭②　像他种人，怕人偷，就欠人偷！我偷了他呀，可开心啦！

阿尔巴贡　　嗯？

阿　　箭　　什么事？

阿尔巴贡　　你说什么偷不偷的？

阿　　箭　　我说呀，您还是再多搜搜，看我是不是偷您来的。

阿尔巴贡　　你倒说着了我的心思。

　　　　　　（他搜索阿箭的衣袋。）

阿　　箭③　该死的吝啬和吝啬鬼！

阿尔巴贡　　怎么？你说什么？

阿　　箭　　我说什么？

阿尔巴贡　　对。你说吝啬和吝啬鬼什么？

阿　　箭　　我说，该死的吝啬和吝啬鬼。

阿尔巴贡　　你指谁说？

阿　　箭　　指吝啬鬼。

阿尔巴贡　　谁是吝啬鬼？

---

① 1734年版增添："（指着阿箭的灯笼裤。）"
② 根据1734年版，补加："（旁白。）"
③ 根据1734年版，补加："（旁白。）"

阿　　箭　　　就是那些财迷和钱串子。

阿尔巴贡　　可是你的意思是说谁?

阿　　箭　　　您操这份儿心干什么?

阿尔巴贡　　该操心的,我就操心。

阿　　箭　　　难道您以为我是说您?

阿尔巴贡　　我爱怎么想,就怎么想,不过我要你告诉我,你说这话的时候,是冲谁讲。

阿　　箭　　　我冲……我冲我的帽子讲。

阿尔巴贡　　我呀,我扔掉你的破帽瓢儿。

阿　　箭　　　难道您不许我骂那些吝啬鬼?

阿尔巴贡　　你骂你的,可是我不许你胡言乱语,没上没下。给我住口。

阿　　箭　　　我没有指名道姓。

阿尔巴贡　　你再说话,看我不揍扁你的。

阿　　箭　　　谁心中有鬼,谁自己明白。

阿尔巴贡　　你住不住口?

阿　　箭　　　我这叫不由自己。

阿尔巴贡　　啊,啊!

阿　　箭　　　(指着自己的一只衣袋。)喽,这儿还有一只口袋。您称心了吧?

阿尔巴贡　　好,给我,我不搜你。

阿　　箭　　　给什么?

阿尔巴贡　　你拿去的东西。

阿　　箭　　　我根本就没有拿您的东西。

阿尔巴贡　　真的?

阿　　箭　　　真的。

阿尔巴贡　　那就给我滚。见你妈的鬼去。

阿　箭①　　真赏我的脸啦。

阿尔巴贡　　反正你心里好受不了。②这死鬼听差太碍我的事，我简直不喜欢看见这狗瘸子。③

第 四 场

艾莉丝，克莱昂特，阿尔巴贡。

阿尔巴贡　　家里有一大笔钱，要看守好了，的确不简单。把钱全放出去，只把必要的开销留下来，才叫有福气呐。单在家里找一个藏钱的稳当地方，就够为难人的。因为在我看来，保险箱就不保险，我从来就不相信。这些保险箱，我觉得简直就是引贼入室的好目标，要抢总是先抢保险箱。④不过昨天有人还我一万艾居，我埋在花园里，不知道牢靠不牢靠。一万艾居放在家里，数目也就相当……

〔兄妹这时出现了，低声谈话。⑤〕

天呀！我自己坍自己的台。我一急，什么也忘了，以为只有自己一个人，扯嗓子说长道短。⑥什么事？

---

① 根据 1734 年版，补加："（旁白。）"
② 他假定阿箭偷了他的东西，所以才这样说。1734 年版增添："（一个人。）"
③ 演这个角色的演员，是莫里哀的内兄。两个朋友打架，他去劝架，脚上中剑，成了瘸子。以后演这个角色，就都扮作瘸子。
④ 根据 1734 年版，补加："（艾莉丝和克莱昂特在一起谈话，待在舞台后部。）"
⑤ 根据 1734 年版，改为："（望见艾莉丝和克莱昂特，旁白。）"
⑥ 根据 1734 年版，补加："（向克莱昂特和艾莉丝。）"

克莱昂特	没有事,爸爸。
阿尔巴贡	你们早就在这儿了吗?
艾莉丝	我们也就是刚来。
阿尔巴贡	你们听见……
克莱昂特	爸爸,听见什么?
阿尔巴贡	就是……
艾莉丝	就是什么?
阿尔巴贡	我方才说的话。
克莱昂特	没有听见。
阿尔巴贡	听见了的,听见了的。
艾莉丝	我们实在没有听见。
阿尔巴贡	你们听见了几句,我一看就看出来了。我是在对自己讲,今天弄钱真不容易,我说,谁家里能有一万艾居,就有福气了。
克莱昂特	我们怕搅您,没敢到您跟前来。
阿尔巴贡	我很高兴有一个机会,对你们解释清楚,免得你们发生误会,还以为我说,我有一万艾居。
克莱昂特	您的钱财事儿,我们一点也不感觉兴趣。
阿尔巴贡	但愿我有一万艾居就好了!
克莱昂特	我不信……
阿尔巴贡	这对我可就太妙了。
艾莉丝	这种事……
阿尔巴贡	我太用得着了。
克莱昂特	我以为……
阿尔巴贡	那就帮了我的大忙了。
艾莉丝	您是……

阿尔巴贡	我就不会像现在,抱怨日子难过了。
克莱昂特	我的上帝!您抱怨什么,谁都晓得您很富裕。
阿尔巴贡	怎么?我很富裕!说这话的人就在撒谎。简直是胡扯。散布这些谣言的,就是坏蛋。
艾莉丝	您千万不要生气。
阿尔巴贡	我自己的孩子捣我的蛋,变成我的对头,太不像话!
克莱昂特	说您富裕,就是您的对头?
阿尔巴贡	正是,像你说的这种话,像你们那样花钱,会有一天,人家以为我浑身是钱,到家里把我害了的。
克莱昂特	我怎么乱花钱啦?
阿尔巴贡	你问我?看看你这身华丽的服装,满城串来串去,惹不惹眼?昨天我数说你妹妹,可是你还要糟糕。简直要受报应的。像你从头到脚这身打扮,就足够换进一大笔长年收入①。我对你讲过二十回了,孩子,你那些作为,我很不喜欢。你一个劲儿学侯爵②的派头。像你这样穿著打扮下去,就非偷我不行。
克莱昂特	哎呀!怎么偷您呀?
阿尔巴贡	我晓得怎么偷?试问,你拿什么钱维持这一身装束?
克莱昂特	爸爸,您问我吗?靠耍钱呀。我运气好,赢来的钱,我全用在身上啦。
阿尔巴贡	这不是好办法。你运气好,就该利用,拿赌场赢来的钱,

---

① "长年收入"(constitution)是一种变相的放债手段。商人周转不灵,冻结实物,作价举债,订立契约,言明按期付利,直到赎出实物为止。
② "侯爵"本来是有相当于侯爵采邑而又受封于国王的,才能用这种头衔。其后有些法院院长(长袍贵人),滥用侯爵头衔,国王未加禁止,伪侯爵便多如过江之鲫了。

	去放大利。万一要用的话，本钱还在。别的不说，我倒想知道，你从头到脚，缀了许许多多带子，有什么用处？难道半打细绳子不够挂灯笼裤的①。自己头上明明长着头发，一个钱也不破费，偏要拿钱买假头发，倒像有必要似的②。我敢说，假头发和带子，少说也得二十皮司陶耳。二十皮司陶耳，放一年利，收入就有十八法郎六苏八代尼耶，这还不过是照十二个、一个利算③。
克莱昂特	您说得对。
阿尔巴贡	这话也就不说了，我们谈谈别的。嗯④？我相信他们两个人在打暗号，想偷我的钱包。⑤你们那些手势是什么意思？
艾莉丝	哥哥跟我，两个人全有话和您讲，商量看谁先说好。
阿尔巴贡	我呀，也有话和你们两个人讲。
克莱昂特	爸爸，我们俩想和您谈的是婚事。
阿尔巴贡	我要和你们谈的也是婚事。
艾莉丝	啊！爸爸。
阿尔巴贡	叫唤什么？女儿，你怕的是这句话，还是这件事？

---

① 旧派系裤子不用裤带，用六条两头包尖的短细绳子，穿过裤子和外衣（pourpoint）底下窄压边的两个小眼，把裤子拴住。趋时尚的，改用缎带。一个时装男子，当时浑身上下，尽量装置缎带。
② 头套从16世纪起，开始在法国上等社会出现，路易十四时期，特别盛行。金黄色头套最为名贵。缺货的时候，甚至于用马鬃编织头套。戴的人先要剪掉自己的头发。
③ 计算迅速精确，证明老于此道。一法郎合二十苏，一苏（sou）合十二代尼耶（deniers），全是法国通用的辅币。所谓"十二个、一个利"就是十二个本钱，生一个利。约当现在八又三厘多的利率。1655年，明令规定利率为五厘。阿尔巴贡的利率显然是违法的。
④ 根据1734年版，补加："（看见克莱昂特和艾莉丝互相比手势。）"
⑤ 根据1734年版，补加："（高声。）"

克莱昂特	照您平日对婚事的看法，我们两个人听了这话全害怕。我们怕您看中的人不合我们的意。
阿尔巴贡	别那么着急，也不必惊慌。我知道什么样亲事对你们两个人顶相宜。按照我的安排，你们两个人谁也不会抱怨的。我们就从头说起吧。①你告诉我，有一个年轻姑娘，住得相离不远，叫作玛丽雅娜，你有没有见过？
克莱昂特	爸爸，见过。
阿尔巴贡	你呢？
艾莉丝	我听人说起过。
阿尔巴贡	孩子，你觉得这姑娘怎么样？
克莱昂特	人很可爱。
阿尔巴贡	相貌怎么样？
克莱昂特	又大方，又聪明。
阿尔巴贡	姿态怎么样？
克莱昂特	当然是优雅了。
阿尔巴贡	这样一位姑娘，你说配不配人想？
克莱昂特	爸爸，配。
阿尔巴贡	这门亲事可以订？
克莱昂特	太可以订了。
阿尔巴贡	看样子，她料理得了家务？
克莱昂特	那还用说。
阿尔巴贡	丈夫会称心如意？
克莱昂特	当然。
阿尔巴贡	有一点小困难，那就是：我希望她有财产带过来，怕要

---

① 根据1734年版，补加："（向克莱昂特。）"

落空。

克莱昂特 啊！爸爸，问题在娶一位好姑娘，财产不财产的，倒是小事一桩。

阿尔巴贡 不见得，不见得。不过不妨这么说，就是：如果财产弄不到手，未尝不可以想旁的办法找补。

克莱昂特 可以这么说吧。

阿尔巴贡 好，你赞成我的看法，我很高兴。因为见她温文尔雅、态度大方，我动了心，决计娶她，只要不拘多少，能有一点好处就成。

克莱昂特 哎？

阿尔巴贡 怎么啦？

克莱昂特 您说，决计娶她……？

阿尔巴贡 娶玛丽雅娜。

克莱昂特 谁，您？您？

阿尔巴贡 对，我，我，我。问这干什么？

克莱昂特 我忽然觉得头晕，我走啦。

阿尔巴贡 没有什么。快到厨房喝一大杯冷水就好了[①]。看看我们这些弱不禁风的公子哥儿，还跟不上母鸡有气力。女儿，我自己的事就这么决定了。至于你哥哥，我给他看中了一个寡妇，是人家今天早晨和我谈起的。关于你，我把你许给昂塞耳默爵爷。

艾莉丝 昂塞耳默爵爷？

阿尔巴贡 是的，一位富有经验、老成持重的长者，还不到五十岁，据说很阔。

---

① 根据1734年版，在这里另分一场，克莱昂特下。

艾莉丝	（她行礼。）爸爸，谢谢您啦，我不要嫁人。
阿尔巴贡	（他学她行礼。）我呀，谢谢您啦，我的小女儿、我的心肝，我要您嫁人。
艾莉丝	爸爸，您饶了我吧。
阿尔巴贡	女儿，您饶了我吧。
艾莉丝	我非常敬重昂塞耳默爵爷，不过①您原谅我，我决不嫁他。
阿尔巴贡	我非常敬重您，不过②您原谅我，您今天晚上就嫁他。
艾莉丝	今天晚上？
阿尔巴贡	今天晚上。
艾莉丝	爸爸，我不嫁。
阿尔巴贡③	女儿，你要嫁。
艾莉丝	不嫁。
阿尔巴贡	偏嫁。
艾莉丝	我说，不嫁。
阿尔巴贡	我说，偏嫁。
艾莉丝	这事您强制不了我。
阿尔巴贡	这事我偏要强制你。
艾莉丝	我宁可寻死，也不要嫁那种丈夫。
阿尔巴贡	你寻死不了，还要嫁他。看看你这份儿胆量！谁从来见过作女儿的这样和父亲讲话的？
艾莉丝	可是谁从来见过作父亲的这样嫁女儿的？
阿尔巴贡	这门亲事再好没有；我敢说，人人赞成。

---

① 根据1734年版，补加："（再行礼。）"
② 根据1734年版，补加："（再学艾莉丝。）"
③ 根据1734年版，补加："（再学艾莉丝。）"

艾莉丝	我呀,我敢说,没有一个懂事的人赞成。
阿尔巴贡①	法赖尔来了:你肯不肯让他给咱们俩评评理?
艾莉丝	我同意。
阿尔巴贡	你接受他的决定?
艾莉丝	他怎么说,我怎么做。
阿尔巴贡	一言为定。

第 五 场

法赖尔,阿尔巴贡,艾莉丝。

阿尔巴贡	法赖尔,你过来。我们挑你来告诉我们,是我女儿有道理,还是我有道理。
法赖尔	老爷,不用说,是您喽。
阿尔巴贡	你晓得我们在谈什么吗?
法赖尔	不晓得。不过您不会错的,大大小小的道理都是您的。
阿尔巴贡	我要今天晚上把她嫁给一位又有钱又老成的丈夫;混账丫头竟敢对我说,她决不嫁他。你倒说说看?
法赖尔	我说说看?
阿尔巴贡	对。
法赖尔	哎,哎。
阿尔巴贡	什么?
法赖尔	我说,我实际上同意您的见解;您没有道理,决不可能。

---

① 根据1734年版,补加:"(远远望见法赖尔。)"

	可是她也不见得就全错……
阿尔巴贡	怎么？昂塞耳默爵爷是一门好亲事。他是一位出身贵族的贵人①，脾气好，有信用，为人老成，又很宽裕，前房又没有子女。她会碰见比他还好的？
法赖尔	话是对的。不过她也许会对您讲：事情未免有点儿仓猝，少说也该留那么一点时间，看自己能不能顺从……
阿尔巴贡	千载难逢的好机会，错过不得。这门亲事有一种好处，是别处找不到的，那就是：他答应娶她，不要嫁妆②。
法赖尔	不要嫁妆？
阿尔巴贡	对。
法赖尔	啊！这下子我没有话说啦。你听见了没有？理由万分充足，就该依顺才是。
阿尔巴贡	这下子我省了一大笔钱。
法赖尔	自然喽，这话是决计驳不倒的。不过，小姐可能要您明白：婚姻是一个人的终身大事，关系到她一生的幸与不幸，婚书一换，不死不散，所以就非特别小心不可③。
阿尔巴贡	不要嫁妆。
法赖尔	您说得对。这决定一切，您就是不说，人也明白。也许有人会对您讲：婚姻大事，女儿愿不愿意，就该加以考虑才是，年龄、性情和见解，太不相当，结婚以后，会出大乱子的。

---

① 来历不明的贵人，当时很多，所以阿尔巴贡才说这话；有揶揄的意思。
② "嫁妆"（dot）不足以概括原文的法定意义。主要指新妇带过去的财产、现金，特别是不动产，丈夫可以经管，也可以使用，虽然无权变卖。参看第二幕第五场。中文"嫁妆"，一般仅指新妇带过去的物品。
③ 1682 年版指出，从"不过"到"就非特别小心不可"，演时全删。

阿尔巴贡	不要嫁妆。
法赖尔	啊！这话驳不倒，谁也知道。谁能反对？这不等于说，世上许多作父亲的，心疼陪嫁的钱财，就不关心女儿的幸福。他们并不个个唯利是图，不顾女儿的死活。他们所希望于儿女婚姻的，首先就是彼此情投意合，永远不生外心，不闹口角，欢欢喜喜过一辈子……
阿尔巴贡	不要嫁妆。
法赖尔	对呀。"不要嫁妆"，叫人无话可说。理由十足，谁能不听啊？
阿尔巴贡	（他朝花园望。）①哎呀！我好像听见狗叫。是不是有人想偷我的钱啊？②别走，我去去就来。
艾莉丝	法赖尔，你对他说的这番话，心里真那样想吗？
法赖尔	我这是为了不刺激他，更有利于达到目的。当面顶撞他，就把事搞糟了。对付某些人，只能从侧面下手，他们对一切抗拒，势不两立，天性倔强，听见真话就吼叫连天，听见正理就永远立眉瞪眼，所以希望他们亦步亦趋，只有迂回从事。你假意奉承，反而容易见效……
艾莉丝	可是法赖尔，这门亲事怎么办？
法赖尔	想办法破坏。
艾莉丝	可是今天晚上就得成亲，有什么法子好想？
法赖尔	那就非装病，把日子往后推不可。
艾莉丝	可是医生一来，不就看破了。
法赖尔	你说到哪儿去啦，他们懂得什么叫医道吗？好啦，好啦，

---

① 1734年版改为："（旁白，朝花园那边张望。）"
② 根据1734年版，补加："（向法赖尔。）"

	你在他们面前爱装什么病，就装什么病好了，反正他们会找出理由，解说病是怎么得的。
阿尔巴贡①	感谢上帝，没有出事。
法赖尔	万不得已，我们还有最后一条计策应付变局：就是逃走。美丽的艾莉丝，你爱我的心思，如果能坚贞不渝……（他望见阿尔巴贡。）是的，作女儿的必须服从父亲。她决不应该过问丈夫是一个什么样的人。"不要嫁妆"的大道理，摆在当前，她就该百依百顺，唯命是从才是。
阿尔巴贡	好。这话说得妙，妙。
法赖尔	老爷，我有点儿气上来，才这样放肆说她，您原谅我吧。
阿尔巴贡	怎么？我才听得高兴呐，我把管教她的权柄给你。②是的，你逃不了的。上天给我权柄管教你，我现在让他管教你，他说什么，你得干什么。
法赖尔③	老爷吩咐下来，看你还敢不听我的开导。④老爷，我方才教训她的话，还没有讲完，我跟过去再接着讲。
阿尔巴贡	去吧，这就对了。的确……
法赖尔	只有严加管束才对。
阿尔巴贡	说得对。一定要……
法赖尔	您用不着操心。我相信我能叫她心回意转的。
阿尔巴贡	就这样做吧，就这样做吧。我到街上转转，这就回来。
法赖尔⑤	是的，世上的东西，就数银钱可贵；上天给了你一位正人

---

① 根据 1734 年版，补加："（旁白，在舞台后部。）"
② 根据 1734 年版，补加："（向艾莉丝。）"
③ 根据 1734 年版，补加："（向艾莉丝。）"
④ 1734 年版，在这里另分一场，艾莉丝下。
⑤ 根据 1734 年版，补加："（朝艾莉丝出去的方向走去，一面对她发话。）"

君子当父亲，你就该谢谢上天才是。他懂得什么叫作生活。有人肯娶一个姑娘，不要嫁妆，就不该再问别的。什么全包含在里头："不要嫁妆"就是美貌、青春、门第、名声、智慧和正直。

阿尔巴贡[①] 啊！好孩子！说起话来，就像有神仙指点一般。谁能有这样一个用人，谁就福气！

---

① 根据1734年版，补加："（一个人。）"

第 二 幕

第 一 场

克莱昂特，阿箭。

克莱昂特	啊！你这坏包，你钻到哪儿去啦？我不是盼咐你……
阿 箭	是啊，少爷，我本来一直在这儿等着您，可是老太爷蛮不讲理，不管三七二十一，把我给撵出来了，差点儿还把我给揍了。
克莱昂特	事情怎么样？情形越来越急，在我没有看见你的这个时期，我发现我爸爸是我的情敌。
阿 箭	老太爷闹恋爱？
克莱昂特	可不，我听了这话，心乱如麻，好不容易才没有让他看出来。
阿 箭	他也闹恋爱！他打的是什么鬼主意？是不是成心和人作对？难道恋爱是为这种人预备的吗？
克莱昂特	一定是我造下孽了，他才害上了这相思病。
阿 箭	可是您为什么瞒着不让他知道？
克莱昂特	免得他起疑心，我在紧要关头上，也好找窍门儿，打消这门亲事。他们怎么答复你的？

289

阿　箭	说真的！少爷，人倒了楣，才借债；像您这样走投无路，非跨债主的门槛儿不可，有些怪事，就得受着。
克莱昂特	借不到钱？
阿　箭	不是这么说。和我们打交道的那位掮客、西蒙老板，有活动能力，人也热心，他说，他为您的事大卖气力，单凭您的长相，他就乐意效劳。
克莱昂特	我要的一万五千法郎，会不会有？
阿　箭	有的，不过您想事情成功，有几个小条件，可得接受。
克莱昂特	他有没有让你和借钱的人谈谈？
阿　箭	哎呀！您可真不在行啦，哪儿会有这事啊。他藏起来，比您藏自己小心多了；有些秘密事，您说什么也料想不到。人家根本不肯说出他的名姓来，打算今天在一家借来的房子里，让他和您谈谈，从您嘴里问出您的产业和您的家庭。我相信，单老太爷这个姓，就会作成这笔交易。
克莱昂特	尤其是我母亲已经死了，她留给我的财产，旁人是夺不去的。
阿　箭	这是他本人口授给中人的条款，要您在进行交易之前先看看： 　　"兹假设贷方已有充分保证，又假设借方已达成年，家境宽裕，产业确实，安全可靠，并无任何纠纷，双方始得于公证人监视下，订立切实而又明确之契约。该公证人必须绝对正直，为此，应由贷方加以选择，因借据是否合乎手续，对贷方关系最大。"
克莱昂特	这没有什么好说的。
阿　箭	"贷方为免除良心上任何不安起见，建议所贷之款应以十

　　　　　　　八个、一个利计算。"①

克莱昂特　　十八个、一个利！行！公平合理，没有什么可抱怨的。

阿　箭　　　说的是。"但该贷方手边并无此款，为满足借方需要起见，本人不得不以五个、一个利②向人借入，故该借方自应于承担前利之外，并担负后利，因该贷方之所以借入，仅为资助借方而已。"

克莱昂特　　怎么？活见鬼！他是犹太人，还是阿拉伯人？③比四个、一个利④还高。

阿　箭　　　着啊；我就这么说来的。您要仔细核计核计看。

克莱昂特　　你要我核计什么？我急着等钱用；什么条件我都得接受。

阿　箭　　　我就是这么回答他的。

克莱昂特　　还有别的条件吗？

阿　箭　　　也就只是一个小条款了。

　　　　　　　"所需一万五千法郎，贷方仅有一万二千现金，下余一千艾居⑤，以旧衣、杂物与首饰折付，其价格已由该贷方本诸善意，以最低价折合。附清单如下："

克莱昂特　　这是什么意思？

阿　箭　　　听听这张清单吧：

　　　　　　　"一：四脚床一张，带匈牙利彩绣呢床单一条，料子橄榄色，极为雅致，外有六只椅子与色彩相同之护被

---

① 即五又五厘多利。
② 即二分利。
③ 犹太人，意指放高利贷的。阿拉伯人，意指野蛮人。
④ 即二分五厘利。
⑤ 即三千法郎。

单；全部整洁如新，并有红蓝闪光缎沿边。

"又：床帐一顶，料子为暗玫瑰红十字呢，欧马耳①出品，下缀大小不等丝线流苏。"

|克莱昂特|他要我拿这些东西干什么用？|
|阿　箭|还有：|

"又：贡保与玛赛行乐图②挂锦一套。"

"又：胡桃木大桌一张，两头可以拉长，桌腿为十二根圆柱或旋柱，下附小板凳六张。"

|克莱昂特|家伙，我要这些东西干什么？|
|阿　箭|您听我念：|

"又：大型火枪三支，镶珠贝，并有原配架子三只。③"

"又：砖炉一只，附蒸馏器二只、受容器三只，对爱蒸馏者，极为有用。"

|克莱昂特|气死我啦。|
|阿　箭|别急：|

"又：博洛尼亚琵琶一张，弦齐全，缺亦无几。"

"又：球桌④一张，棋盘⑤一只，与传自古希腊人之

---

① 欧马耳（Aumale）在法国西北部，近海。
② "贡保（Gombaud）与玛赛（Macée）行乐图"，共有八联，有诗、有画，从订婚到去世，叙一对田野夫妇的日常生活，以贡保为主，在17世纪初叶相当流行。
③ 这里说的是老式火枪，十分笨重，要放在架子上，才能瞄准。17世纪中叶，火枪改良，不用架子。
④ "球桌"直译应是"夫人洞"（trou-madame）。桌上摆着一个架子，靠桌面开13个小洞，上写数字，不照顺序排列，中间一个洞眼为13，用13个象牙小球往里打。
⑤ "棋盘"音译应是"大密艾"（damier），黑白方格相间，当时共64格。

292

鹅图①一具，消磨时光，最为相宜。

"又：蜥蜴皮一张，长三尺半，内盛干草，悬于天花板上，珍奇悦目。

"以上所开各物，实值四千五百法郎尚多，贷方力求克己，削价为一千艾居。"

克莱昂特　"力求克己"，见他的鬼！简直是奸商、杀人不见血的凶手！谁从来听说过这种高利贷的？利息已经高到不能再高了，他还不知足，要我把他拾来的破铜烂铁，照三千法郎收下来？我拿到手，连六百法郎也变卖不出。可是有什么办法？我还非接受他的条件不可，因为他晓得我急于要钱，条件再酷苛，也肯接受。可不，无赖，他简直是活要人命。

阿　箭　　少爷，不是我说，您走的路，我看正是巴女尔惹②走的那条下坡路，预支钱用，买时贵，卖时便宜，寅吃卯粮。

克莱昂特　你要我怎么着？这就是父亲一毛不拔，年轻人被逼铤而走险的下场。无怪乎儿子要咒父亲死了。

阿　箭　　像老太爷那样爱财如命，我敢说，涵养功夫顶深的人，见了也要发火的。多谢上帝，我没有上绞刑架的心思。我那批弟兄，爱干些小不正经的勾当，我可不那么傻，到时说溜就溜；他们干的那些妙事，离绞刑架有点太近，我小心在意，不和他们伙在一起。不过话说回来，冲他的行事，我真还有意偷他。我相信偷他，可以说是功德

---

① "鹅图"（Jeu de l'oie）似"升官图"，共63格，每格有图，中央最大，绘鹅，掷二骰为戏，先到鹅图者赢。
② 巴女尔惹（Panurge）是法国16世纪小说家拉伯雷所写《巨人传》里的重要人物。所引"预支钱用……寅吃卯粮"见于第三卷第二章。

无量。

克莱昂特　　你把这张清单给我，让我再过过目。

第 二 场

西蒙老板，阿尔巴贡，克莱昂特，阿箭①。

西蒙老板　　是啊，先生，是一个年轻人等着钱用。他找钱找得很急，您写的条款，他全部接受。

阿尔巴贡　　不过西蒙老板，你相信绝对没有风险？你说起的这个人，你晓得他的姓名、财产和家庭吗？

西蒙老板　　不知道，他是人家在偶然场合介绍给我的，所以有些情形，我还不能详细讲给您听，不过他本人会对您交代明白的，接头的人告诉我，您见到他以后，一定满意。我所能告诉您的，就是他的家境非常富裕，母亲已经死了，而且有必要的话，他保证他父亲不到八个月就死。

阿尔巴贡　　值得考虑。西蒙老板，只要我们有力量，就该大发慈悲，与人方便才对。

西蒙老板　　当然。

阿　箭②　　这是怎么回事？我们那位捐客、西蒙老板，在和老太爷讲话。

克莱昂特③　　会不会有人告诉他，我是谁来的？会不会是你跟我

---

① 根据 1734 年版，补加："（在舞台后部。）"
② 根据 1734 年版，补加："（认出西蒙老板，低声，向克莱昂特。）"
③ 根据 1734 年版，补加："（低声，向阿箭。）"

捣蛋?

西蒙老板[①]　啊!啊!你们真是急碴儿!谁告诉你们是这儿来的?[②] 先生,您的姓名和您的住宅,并不是我透露给他们知道的,其实依我看来,也没有什么太要不得。他们做人持重,你们在这儿就可以一块儿谈清楚的。

阿尔巴贡　怎么?

西蒙老板[③]　我对您说起的一万五千法郎,就是这位先生想跟您借。

阿尔巴贡　怎么,死鬼?不务正业,走短命路的,原来是你啊?

克莱昂特　怎么,爸爸?伤天害理,干欺心事的,原来是您啊?[④]

阿尔巴贡　死活不管,胡乱借钱的,原来是你啊?

克莱昂特　放印子钱,非法致富的,原来是您啊?

阿尔巴贡　你干这种事,还敢见我?

克莱昂特　您干这种事,还敢见人?

阿尔巴贡　你倒说,你这样胡作非为,拿钱乱花,把父母流血流汗为你攒下的家业败光了,害不害臊?

克莱昂特　您做这种生意,辱没您的身份,一个钱又一个钱往里抠,没有知足的一天,丢尽了体面,坏尽了名声,就连古来声名最狼藉的放高利贷的,他们丧心病狂,想出种种花样,和您重利盘剥的手段一比,也不如您苛细:您倒是羞也不羞?

阿尔巴贡　混账东西,滚开,我不要看见你!

克莱昂特　就您看来,谁顶有罪?是需要钱用而张罗钱的人,还是

---

① 根据1734年版,补加:"(向阿箭。)"
② 根据1734年版,补加:"(向阿尔巴贡。)"
③ 根据1734年版,补加:"(指着克莱昂特。)"
④ 根据1734年版,补加:"(西蒙老板溜掉,阿箭也躲开了。)"

295

	根本不需要钱用而偷盗钱的人？
阿尔巴贡	我说过了，走开，别招我生气。①我对这事，并不难过；这对我倒是一个警告：他的一举一动，以后我要格外注意。

第 三 场

福洛席娜，阿尔巴贡。

福洛席娜	先生……
阿尔巴贡	等一会。我去去就来。②该去看一下我那笔钱了。

第 四 场

阿箭，福洛席娜。

阿 箭③	这事简直怪气。清单上的东西，我们就没有见到过，他一定在什么地方，有一个放破烂东西的库房。
福洛席娜	嗐！是你呀，我可怜的阿箭！想不到在这儿遇见你！
阿 箭	哈！哈！是你，福洛席娜！你上这儿来干什么？
福洛席娜	还不是我那老本行：中间跑跑腿，给人效效劳，凭我这

---

① 根据1734年版，补加："（一个人。）"
② 根据1734年版，补加："（旁白。）"
③ 根据1734年版，补加："（没有看见福洛席娜。）"

	点儿小聪明，弄两个钱使。你晓得，人活在世上，非有智谋不可，像我这样的人，除掉使计策、耍心眼儿，老天爷就没有给我别的本钱。
阿　　箭	你跟当家的有生意往来？
福洛席娜	可不，我在帮他忙活一桩小事，希望有报酬到手。
阿　　箭	他报酬你？哎呀，我的天！你破得了他的财呀，算你机伶啦。我送你一句忠言吧：这儿的钱很难脱手。
福洛席娜	有些忙儿帮上了，就有意想不到的效验。
阿　　箭	你算了吧，你还不清楚阿尔巴贡先生的为人。在人类当中，阿尔巴贡先生是顶不近人情的人，心最狠、手最紧的人。凭你帮什么忙，要他感恩承情，能把钱包打开呀，那等于做梦。你要恭维，你要敬重，你要顺水人情，你要朋友交情，应有尽有，可是钱呀，下辈子见。说到他的好意呀，说到他的盛情呀，那真是再干、再枯不过的不毛之地了。他恨透了"给"这个字；他从来不说："我给你日安，"说也只说："我借你日安。"
福洛席娜	我的上帝！我有法子从男人身上挤出钱来。我有窍门儿打开他们的盛情、投合他们的心思、找到他们容易被打动的地方。
阿　　箭	到了这儿呀，全打回票。你能在银钱上打动这位先生呀，我认输就是。到了这上头，他是一副铁石心肠，活脱脱就是一个土耳其人，①你拿他没有办法。总之，他爱钱比爱名声、荣誉和道德全厉害多了。他一见人伸手，就浑身抽搐。这等于打中他的要害，刺穿他的心，挖掉

---

① 意即犹太人。

他的五脏。要是……不过他回来了,我还是走开吧。

第 五 场

阿尔巴贡,福洛席娜。

阿尔巴贡①	还在原来地方好好儿的。②好啊!福洛席娜,什么事?
福洛席娜	啊,我的上帝!您的身子可真结实!看您气色多好!
阿尔巴贡	谁,我?
福洛席娜	我从来没有看见您的脸色这样精神,这样好看过。
阿尔巴贡	真的?
福洛席娜	怎么?您一辈子没有这样年轻过;我看见二十五岁的人,比您还要老气。
阿尔巴贡	福洛席娜,可是我已经整六十了啊。
福洛席娜	哎呀!六十,那又算得了什么?犯得上老挂在嘴边儿上!这正是万木向荣的年龄,您如今正当盛年。
阿尔巴贡	说的也是;不过再小上二十,我看,对我也不会有妨碍。
福洛席娜	您说到哪儿去啦?您用不着。像您这样的身子,可以活到一百岁。
阿尔巴贡	你相信我能活到一百岁?
福洛席娜	当然。您就没有一个地方不显着您要长命百岁的。您站着别动。看呐,您印堂那个地方,就有长寿的记号!

---

① 根据 1734 年版,补加:"(低声,旁白。)"
② 根据 1734 年版,补加:"(高声。)"

阿尔巴贡　　你懂这个?

福洛席娜　　我当然懂。拿您的手给我看。啊,我的上帝!看这条纹!

阿尔巴贡　　怎么?

福洛席娜　　您没有看到这条纹一直伸到什么地方?

阿尔巴贡　　好!这是什么意思?

福洛席娜　　说真的!我先说一百岁,其实您要活过一百二十。

阿尔巴贡　　有这种好事?

福洛席娜　　您听我说,要您死呀,除非把您活活儿打死。您要埋您的孩子,和您孩子的孩子的。

阿尔巴贡　　再好没有!我们那事怎么样啦?

福洛席娜　　这还要问?凡我经手的事,谁看见有不马到成功的?我说媒的本事特别高,用不了多少时间,就想得出办法,把世上的旷男怨女配成对儿。我真还这么想,要是我开动脑筋的话,就会让土耳其皇上和威尼斯共和国拜天地的。①像您这档子事,困难当然没有那么大。我和她们母女本来有来往,对她们一个一个说起您来的,我对母亲讲起您看见玛丽雅娜从街上过,在窗口乘风凉,起了娶她的意思。

阿尔巴贡　　她怎么说?

福洛席娜　　她听见这话可开心啦。后来我对她讲起,小姐今天晚上举行订婚仪式,您很希望她女儿能来,她满口答应,托我带她过来。

---

① 威尼斯共和国从中世纪以来,扩张商业,称霸地中海东部,其后土耳其帝国崛起,夺取威尼斯所占各地,称雄地中海东部,长年战争。"皇上"的原文为 le Grand Turc,是基督教徒对土耳其苏丹 (sultan) 的称呼。

阿尔巴贡	福洛席娜,我为了这事,非请昂塞耳默老爷吃晚饭不可,我非常欢迎她能参加宴会来。
福洛席娜	您说得对。她用过午饭,先拜望小姐来,随后离开府上,打算到集上走走,①再来府上用晚饭。
阿尔巴贡	好吧!我把马车借给她们,她们可以一块儿坐马车去。
福洛席娜	那对她可方便啦。
阿尔巴贡	可是福洛席娜,你有没有同她母亲谈起她能给女儿多少财产的事?你有没有对她讲,赶上这种事,她就该想想办法,哪怕是上天入地,皮破肉开,也得张罗一些财礼?因为说到最后,一个姑娘不带点儿东西进门,没有人娶的。
福洛席娜	怎么?这位姑娘每年要给您带进一万二千法郎来。
阿尔巴贡	一万二千法郎!
福洛席娜	是呀。头一桩,她从小到大,吃喝上很节省,生菜、牛奶、干酪和苹果,是她吃惯了的,所以根本就用不着讲究的餐具,用不着香喷喷的肉汤,用不着滋润皮肤的大麦汁②,用不着旁的女人少不了的细致东西:这就不是小数,每年起码也有三千法郎省下来。另外,她在穿用上只求古朴,不爱华丽的衣服、珍贵的珠宝、豪华的家具,在她这个岁数上,这些东西,就没有一个姑娘不爱疯了的。这一项,一年就又省下了四千多法郎。再说,她跟时下女人不一样,讨厌赌钱讨厌到了极点,我就晓

---

① 指圣·劳朗集。
② 大麦去壳,熬汁,当时贵妇人们认为有保护脸色的作用。

得我们邻近有一个女的，玩"三十分和四十分"①，今年输了两万法郎。我们就照四分之一算吧。一年五千法郎省在赌钱上，四千法郎省在衣服、珠宝上，合在一起，就有九千法郎了；吃食上就算三千法郎吧，一年不就有了您那一万二千法郎了吗？

阿尔巴贡 错是不错，不过算来算去，里头没有实在东西。

福洛席娜 看怎么样说。嫁给您以后，吃喝上力求节省，装饰上一味朴素，又痛恨赌钱，不是实在又是什么？这还不就是一笔老大的遗产、一笔老大的资金！

阿尔巴贡 把她将来不用的开销，作成她的嫁妆，等于开玩笑。我没有收到东西，我不会写收据的。我总得弄到点儿东西才成。

福洛席娜 我的上帝！您将来会弄到的。她们对我提起一个地方来的，说她们在那边有产业，将来自然归您管。

阿尔巴贡 这倒要了解清楚。不过福洛席娜，我还有一件事不放心。你明白，姑娘年轻，年轻人寻常就爱年轻人，只爱和年轻人待在一起。我怕我这样年纪的人，不合她的口味，过门以后，给我来点小乱子，对我可就不相宜了。

福洛席娜 哎呀！您可认错了人啦！我正要对您讲起这话来。那些年轻人呀，她个儿打心里讨厌，她只爱老头子。

阿尔巴贡 她吗？

福洛席娜 可不是嘛！她说起这事来，我真还希望您也听听。前头过来一个年轻人，她看在眼里，打心里别扭。可是她讲，

---

① "三十分和四十分"是一种扑克牌的玩法，越靠近三十分越赢，三十一分赢双倍，四十分输双倍。

		看见一位漂亮老头子，长着一把大胡子，就别提她多神魂颠倒了。年纪越老，她越中意，所以我不妨提醒您一声，千万别把您打扮得比眼前还年轻。她要嫁的男人，起码也得六十。远里不说，单说四个月以前，眼看就要成亲了，她嫌对方说只有五十六岁，立婚书也不戴眼镜，就一刀两断，把亲事退了。
阿尔巴贡	光为这个？
福洛席娜	可不。她说，五十六岁不合她的意，她特别喜欢架眼镜的鼻子。
阿尔巴贡	你说的这话，我真是头回听见。
福洛席娜	妙话儿多着呐，我跟您学也学不来。我在她屋子里，见到几幅油画跟几幅版画，不过您猜，画了些什么？阿道尼斯吗？塞法耳吗？巴里斯吗？阿波罗吗？①都不是的。原来全是这些人物的美妙画像：萨杜恩呀、坡里阿默国王呀、年迈的乃司陶尔呀、儿子背着的老父亲昂基斯呀。②
阿尔巴贡	妙得很！我说什么也料想不到。听说她有这种喜好，我很高兴。说实话，我要是女人呀，就决不爱那些年轻人。
福洛席娜	这我信得过。这些年轻人呀，糟不可言，可不值得爱啦！不是流鼻涕的毛孩子，就是油头粉面的活猴儿，妄

---

① 阿道尼斯（Adonis）、塞法耳（Céphale）、巴里斯（Pâris）：全是希腊神话或者传说中的男子。阿波罗（Apallon）是希腊神话中的日神。都以美貌年轻出名。
② 萨杜恩（Saturne）是罗马农神，亦即希腊神话中的克罗路斯（Cronos），通常画成老年人。坡里阿默（Priam）、乃司陶尔（Nestor）、昂基斯（Anchis）：都是希腊神话或传说中的老年人。

	想人看中他们那张皮！有什么好馋嘴的，我倒真想知道。
阿尔巴贡	拿我来说，我就不懂。我就不知道女人怎么会那样爱他们。
福洛席娜	再傻也没有啦。红粉爱少年！说得通吗？青年相公，也好叫作男子汉？谁能中意那些蠢才？
阿尔巴贡	我天天说这话。脸色灰不溜溜的，男不像男，女不像女，三根小胡子，像猫胡子那样撅着，假头发好像麻絮一般，灯笼裤搭拉下来，衬衫鼓囊囊的，露在外头，可缺德啦。
福洛席娜	哎呀！跟您这样的人一比，可难看啦。您才算得上一个男子汉。您才中人看。招人爱呀，就得有您这份儿长相，有您这份儿衣装。
阿尔巴贡	你看我还好？
福洛席娜	还好？简直迷人。您这副长相儿就该入画。请您转转身子。妙不可言。我看看您走路。这才算得上亭亭玉立，潇洒自如，没有一点儿可挑剔的。
阿尔巴贡	感谢上帝，我没有大毛病。就是肺里有时候有点儿毛病。
福洛席娜	这不算什么。肺里那点儿毛病一点也不碍您的事。您咳嗽起来，模样可好啦。
阿尔巴贡	说给我听：玛丽雅娜还没有看见我吗？我走过的时候，她真的没有留意到我？
福洛席娜	没有。不过我们常常说起您来的。我对她形容您的模样，少不了称赞您一番，吹嘘嫁给您这样一位丈夫对她的好处。
阿尔巴贡	你做得好，我谢谢你。

福洛席娜	先生，我有一点小事求您。（他变成一副冷峻神气。）我跟人打官司，因为缺了一点钱，眼看官司就要输。只要您对我发一点点善心，您就会轻轻易易，帮我把官司打赢了的。您想不出她看见了您要多开心。（他又变成一副快活神气。）哎呀！她要多喜欢您呀！您这老式花领箍，她可真要赞不绝口啦！不过她特别中意的，要算您的灯笼裤了，拿小绳和您的外衣拴在一起，她要爱疯了您的。一位拿小绳系裤子的情郎，别提多合她的胃口了。
阿尔巴贡	听你这话，我确实高兴。
福洛席娜	先生，实对您说，这场官司，对我关系很大。（他又变成一副冷峻神气。）我输了官司，就完蛋啦。帮一点小忙，我就有救。她听我说起您来，那兴高采烈的样子，我巴不得您自己看看。（他又变成一副快活神气。）我讲到您的好处，她是眉开眼笑。所以说到后来，她急得什么似的，巴不得马上过门成亲。
阿尔巴贡	福洛席娜，你让我开心死啦。我不知道怎么感谢你才好。
福洛席娜	先生，我求您帮的小忙，您就答应了我吧。（他又神情严肃了。）您一点小意思，我就好比死里逃生，一生一世忘不了您的大恩。
阿尔巴贡	再会。有几封买卖上的信，我去写完了。
福洛席娜	先生，相信我吧，我从来没有像现在这样急着等钱用过，您就帮我这次忙吧。
阿尔巴贡	我去叫人把马车准备好，回头送你们逛集去。
福洛席娜	我不是走投无路的话，也不会吵闹您的。
阿尔巴贡	我要去照料他们早开晚饭，免得把你们饿坏了。

福洛席娜　　您就开开恩吧。先生，您想不到我那份儿高兴……
阿尔巴贡　　我去啦。有人喊我。回头见。
福洛席娜[①]　发你的高烧，一毛不拔的老狗，鬼抓了你去！我说烂了嘴，钱串子就是不理，不过上门的买卖，我决不放手。反正扑空了一头，另一头，我拿稳了有好报酬。

---

① 　根据1734年版，补加："（一个人。）"

第 三 幕

第 一 场

阿尔巴贡,克莱昂特,艾莉丝,法赖尔,克楼德妈妈,雅克师傅,荞麦秆儿,干鳕鱼。

阿尔巴贡 好,全过来,听我安排你们回头的活儿,把各人的事给派定了。克楼德妈妈,过来,先打你起。(她拿着一把扫帚。)好,你手里拿着家伙。我要你把四下里打扫干净,擦家具,千万当心,别擦得太重了,蹭伤了什么的。另外,用晚饭的时候,我要你管理酒瓶,万一少掉一只,砸碎什么东西的话,我就找你算账,从你的工资里扣。

雅克师傅① 罚得精明。

阿尔巴贡② 去吧。③你、荞麦秆儿,还有你、干鳕鱼,你们的活儿是洗干净杯子,倒酒喝;可是要注意,只在人家渴了的时候才许倒。有些跟班不懂事,过来劝酒,人家想也没有想到,就提醒人家喝:这种习惯是学不得的。要倒,也得

---

① 根据1734年版,补加:"(旁白。)"
② 根据1734年版,补加:"(向克楼德妈妈。)"
③ 克楼德妈妈下。

	人家问过不止一次才倒。而且要记住总多往里头兑水。
雅克师傅①	对,纯酒要上头的。
干鳕鱼	老爷,我们脱不脱罩裤?②
阿尔巴贡	看见有人来,你们再脱。脱了以后,可千万当心,别弄脏了衣服。
荞麦秆儿	老爷,您晓得,我这件制服,前襟有一大块灯油渍。
干鳕鱼	还有,老爷,我这条灯笼裤,后头破了一个窟窿(我说话粗,老爷别见怪),望得见我的……
阿尔巴贡	住口。想办法背朝墙,总拿前脸儿冲人,也就是了。(阿尔巴贡把荞麦秆儿的帽子拿过来,放在制服前头,教他怎么样遮盖油渍。)你呐,伺候客人的时候,老这样拿着你的帽子。③至于你,女儿,撤下去的东西,你要看好了,当心别糟蹋掉。女孩子们干这事很相宜。可是你还要准备好了招待我的意中人,她就要来看望你,带你一道逛集去。我的话你听见没有?
艾莉丝	听见了,爸爸。④
阿尔巴贡⑤	至于你,我的花花公子儿子,方才的事,我开恩饶你,你不要故意对她摆出难堪的脸色来。
克莱昂特	我,爸爸,难堪的脸色?为什么?
阿尔巴贡	我的上帝!父亲续弦,子女的作为,和日常给继母看的

---

① 根据1734年版,补加:"(旁白。)"
② 听差平日穿布罩裤,保持里面的制服清洁。
③ 两个跟班下。
④ 1682年版,接着艾莉丝的对话,给阿尔巴贡添一句:"听见了,蠢丫头。"他学她说"听见了",想见她回话时死样活气,使他不快。一般认为莫里哀演时,靠面部反应,不见得添这句话。
⑤ 艾莉丝下。

　　　　　　　那副脸相，我们心中全都有数。不过你新近干的荒唐事，你要我忘记，就该换上一副笑脸，殷勤招待这位姑娘，对她表示竭诚欢迎才行。

克莱昂特　　爸爸，实对您说，我不能应您，说她当我的继母，我很乐意。我要是对您说这话，那我就是撒谎。可是说到殷勤招待，笑脸相迎嘛，我一定应您：照办不误。

阿尔巴贡　　反正你要当心才好。

克莱昂特　　您看好了，您不会有什么不满意的。

阿尔巴贡　　这就对了。①法赖尔，帮我多想想看。喂，雅克，你过来，我把你留到最末来讲。

雅克师傅　　老爷，我是您的车夫，又是您的厨子，您想同哪一个讲？

阿尔巴贡　　同两个讲。

雅克师傅　　不过两个里头，哪一个在先？

阿尔巴贡　　厨子。

雅克师傅　　请您等等。

　　　　　　　〔他脱去他的车夫制服，露出厨子服装。

阿尔巴贡　　家伙！这是什么臭讲究？

雅克师傅　　现在您吩咐好了。

阿尔巴贡　　雅克，我约好了今天请人吃晚饭。

雅克师傅②　希罕事！

阿尔巴贡　　说说看，你有好菜给我们吃吗？

雅克师傅　　有，只要您有很多的钱给我。

阿尔巴贡　　见鬼，老离不开钱！除掉了钱，钱，钱！他们就像没有别

---

① 克莱昂特下。
② 根据1734年版，补加："（旁白。）"

	的话讲。啊！他们挂在嘴边的，只有这个字："钱"。您在说钱。这成了他们的口头禅："钱"。
法赖尔	我从来没有听见回话像这样不通情理的。花很多的钱才做得出好吃的菜来，可真新鲜。其实这是最容易的事，多笨的人也照样做得出来。是能手的话，就该说：花很少的钱，做出好吃的菜来。
雅克师傅	花很少的钱，做出好吃的菜来！
法赖尔	对。
雅克师傅	说真的，管家先生，你把这个秘诀告诉我，把我这厨子差事接过去，我承情不浅。你在这家，好管闲事，成了一手抓。
阿尔巴贡	别闲扯啦。到底该怎么做？
雅克师傅	有您的管家先生嘛。他会给您花很少的钱，做出好吃的菜来。
阿尔巴贡	得啦！我要你回话。
雅克师傅	席面上有多少人？
阿尔巴贡	我们不是八个人，就是十个人。就作为八个人好了。有八个人吃的，也就足够十个人了。
法赖尔	当然。
雅克师傅[1]	好吧！那就得开四份好汤，五道主菜。好汤……主

---

[1] 1682年版增补对话："雅克师傅 好吧！那就得开四份上好羹汤，配足葱、蒜、香菇，再来五道主菜。羹汤有：刺蛄羹，鹌鹑油菜汤，什锦素汤，鸭子萝卜汤。主菜有：炒仔鸡，小鸽子肉馅饼，小牛喉头腺，奶油鸡肉肠，编笠菌。

"阿尔巴贡 活见鬼哟！可以款待全城的人了。

"雅克师傅烤的东西，摞成宝塔，用一个特号大盘子盛，有：一大块下江小牛的里脊，三只野鸡，三只肥仔鸡，十二只家鸽，两打来的鹌鹑，三打来的蒿雀……"重点如果放在阿尔巴贡不要听，演时不妨放弃；重点如果放在雅克师傅热心配菜，不顾阿尔巴贡的阻挠，一气说完，演时不妨采用。

	菜……
阿尔巴贡	活见鬼哟！可以款待全城的人了。
雅克师傅	烤的东西……
阿尔巴贡	（拿手捂他的嘴。）哎呀！捣蛋鬼，你吃掉我的全部家当。
雅克师傅	和烤的东西同时上的……
阿尔巴贡①	还有？
法赖尔②	你打算把大家撑死啊？难道老爷请客，是要他们死塞活塞，把他们害死吗？你去念念卫生手册吧；问问医生，还有比吃多了对人害处大的？
阿尔巴贡	说得对。
法赖尔	大师傅，你和你那些同行要知道：一张饭桌，上多了菜，等于是一家黑店。把客人当作朋友看待，菜饭就该清淡才好，一位古人说得好，"夫食以其为生也，非生以其为食也"。③
阿尔巴贡	啊！说得真好！过来，我要为这话搂搂你。这是我生平听到的最好的格言。"夫生以其为食也，非食以其为生也……"不对，不是这么说的。你怎么说？
法赖尔	"夫食以其为生也，非生以其为食也。"
阿尔巴贡	对。④你听见了没有？⑤这话是哪一位大人物说的？
法赖尔	我现在想不起他的姓名。
阿尔巴贡	记着把这句话给我写下来，我要用金字刻在我饭厅的壁

---

① 根据1734年版，补加："（又拿手捂雅克师傅的嘴。）"
② 根据1734年版，补加："（向雅克师傅。）"
③ "吃东西为了活着，不是活着为了吃东西，"传说是苏格拉底说的。
④ 根据1734年版，补加："（向雅克师傅。）"
⑤ 根据1734年版，补加："（向法赖尔。）"

炉上。

法赖尔　　我一定写。至于晚饭，交给我办。我会安排妥当的。
阿尔巴贡　就你办吧。
雅克师傅　再好不过：我免去许多麻烦。
阿尔巴贡　就该搭配一些不对胃口的东西，不吃便罢，一吃就饱，好比肥肥的红烧羊肉呐，栗子肉馅的点心呐。
法赖尔　　一切有我，您放心好啦。
阿尔巴贡　现在，大师傅，要把我的马车擦干净。
雅克师傅　等一下。这话是对车夫讲的。（他又穿上他的罩褂。）您说……
阿尔巴贡　把我的马车擦干净，把马准备好，回头赶集去……
雅克师傅　老爷，您那些马呀？说真的，一步都走不动啦。我不是说，它们累坏了，躺在槽头站不起来，可怜的牲口不是累坏了，那么说，不合实情。毛病出在您老叫它们挨饿，饿到后来，也就只有皮包骨头，马架子、马影子、马样子了。
阿尔巴贡　什么活儿也不干，说病就病。
雅克师傅　老爷，什么活儿也不干，就该挨饿吗？可怜的牲口，多干活儿，可是有的吃，对它们好多了。看见它们就剩下一口气了，我打心里难过；因为说到临了，我对我那些马有感情，看见它们受罪，就像自己也在受罪一样，我每天省下自己的口粮来喂它们。老爷，对生灵没有一点点怜惜，未免心肠也太狠了点儿。
阿尔巴贡　赶一趟集，又不是什么重活儿。
雅克师傅　老爷，不成，我狠不下这个心吆喝，它们那副可怜样子，我拿鞭子抽，要良心不安的。它们连自己都拖不动，您怎么好叫它们拖车？

法赖尔	老爷,我约街坊毕伽底人①吆车好了,再说,我们也需要他预备晚饭。
雅克师傅	也好。宁愿它们死在旁人手中,也别死在我手中。
法赖尔	大师傅真是高谈阔论的能人。
雅克师傅	管家先生真是水来土挡的好手。
阿尔巴贡	别吵!
雅克师傅	老爷,我就是看不惯那些马屁精。不管他干什么,哪怕是每时每刻查对面包呀、查对酒呀、查对劈柴呀、查对盐呀、查对蜡烛呀,我看呀,左不过是巴结、逢迎。想到这上头我就有气。听见人家议论您,我就难过。因为不管我怎么着,说到临了,我觉得自己对您是有感情的。除去我那些马,您就是我顶爱的人了。
阿尔巴贡	雅克,你能不能告诉我,人家议论我什么。
雅克师傅	老爷,说也没有什么,不过话讲在前头,您可不能恼我。
阿尔巴贡	我不恼你,决不会的。
雅克师傅	算了吧,我看十有八九,您要生气的。
阿尔巴贡	我不但不生气,反而爱听。我喜欢知道人家怎么议论我。
雅克师傅	老爷,您一定要听,我就干脆对您明说了吧,到处有人说您坏话。人家说起您来,刻薄话就像大雨点子,四面八方全是。人家就喜欢挖苦您,无时无刻不拿您的吝啬当作笑话讲。有人讲:您专为自己印了一些历书,四季的大斋②和举行圣典之前吃斋的日子,加了一倍,好叫一家大小多断几回食。有人讲:赶上过节送礼或者下人歇工

---

① 毕伽底(Picardie)是旧时法国北部临海的一个省份。
② 天主教规定每季开始,划出三天(星期三、星期五与星期六)吃斋。

的时候,您总有碴儿跟下人吵,找借口不给他们东西。又有人讲:街坊养的一只猫,有一回偷吃了您吃剩下来的一块羊腿,您告了猫一状。还有人讲:有一夜晚,有人发觉您到马棚偷喂马的荞麦,您的车夫、就是我以前的那个车夫,黑地里不晓得揍了您多少棍子,您是哑巴吃黄连,有苦说不出。总之,您要我说给您听吗?随便走到一个地方,就会听见有人在糟蹋您。您成了人人的话柄、笑柄。人家不说您便罢,一说起您来,总把您叫作吝啬鬼、钱串子、财迷和放高利贷的。

阿尔巴贡 (打他。)你是一个傻瓜、一个混蛋、一个坏包、一个不要脸的东西。

雅克师傅 看!我不早就料到了吗?您就是信不过我嘛。我早对您说过了:我对您讲了真话,您要恼我的。

阿尔巴贡 学学该怎么讲话吧。

第 二 场

雅克师傅,法赖尔。

法赖尔[①] 大师傅,看样子,你是好人不得好报。

雅克师傅 妈的!新来的先生,你少神气,我的事跟你不相干。揍你的时候,你笑好了;我挨揍的时候,不用你笑。

法赖尔 哎呀!大师傅先生,千万请你别生气。

---

① 根据1734年版,补加:"(笑。)"

雅克师傅[①]	他泄气啦。我倒要发发横,万一傻小子真怕我的话,给他几下子,也是好的。[②]笑先生,你笑,我不笑,你可知道?你要是恼了我呀,我要叫你换一个样子笑。
	〔雅克师傅一边恐吓,一边把法赖尔逼到舞台边沿。〕
法赖尔	哎!慢着。
雅克师傅	怎么,慢着?我呀,不高兴。
法赖尔	饶了我吧。
雅克师傅	你这家伙真是岂有此理。
法赖尔	大师傅先生……
雅克师傅	少来大师傅先生这一套,我不吃这个。我要是拿起棍子来呀,看我不揍你一个好看的。
法赖尔	怎么,棍子?
	〔法赖尔逼他后退,正如先前他逼法赖尔。〕
雅克师傅	哎!我没有说这话。
法赖尔	蠢蛋先生,你晓得揍你的不是旁人,是我吗?
雅克师傅	我相信是。
法赖尔	你再体面,也不过是一个下贱厨子?
雅克师傅	我知道我是。
法赖尔	你还不晓得我的厉害?
雅克师傅	我晓得。
法赖尔	你说,你要揍我?
雅克师傅	我是说着玩儿的。

[①] 根据 1734 年版,补加:"(低声,旁白。)"
[②] 根据 1734 年版,补加:"(高声。)"

法赖尔	我呀,可不欣赏你的玩笑话。(他拿棍子打他。)我叫你知道知道你的玩笑不对头。
雅克师傅①	诚恳!去他妈一边儿的!诚恳就没有好处。从今以后,我收起真话,再也不说了。东家还算有权揍我,揍揍我也罢了,可是凭这位管家先生呀,看我有机会,不报这个仇的。

第 三 场

福洛席娜,玛丽雅娜,雅克师傅。

福洛席娜	雅克,你晓得你们老爷在家吗?
雅克师傅	在,有什么不在的,我太晓得了。
福洛席娜	请你回禀一声,就说我们来啦。②

第 四 场

玛丽雅娜,福洛席娜。

玛丽雅娜	哎!福洛席娜,我的处境可别扭啦!我害怕这次会面实对你说了吧。

---

① 根据1734年版,补加:"(一个人。)"
② 1682年版,接着这句对话,雅克还有一句:"嘻!我们好着呐……"1734年版把这句对话取消了。

福洛席娜	为什么?有什么不放心的?
玛丽雅娜	哎呀!你还要问?一个女孩子,眼看就要去受活罪,心惊胆战,你有什么意料不到的?
福洛席娜	我有什么不明白?要死得开心呀,阿尔巴贡就不是你甘愿受的那种活罪。我一看你这个脸蛋儿,就知道你对我说起的那个年轻相公,你又有点儿割舍不下了。
玛丽雅娜	对,福洛席娜,我不否认我有这个心思。他来看我们,恭恭敬敬的,我承认给我印象好。
福洛席娜	可是你晓得他的底细吗?
玛丽雅娜	是的,我不晓得他的底细,可是我晓得他有一种让人倾心的风度;我要是有权挑选的话,我宁可挑他。我一想到他,再一想到你们给我看中的丈夫,我就分外痛苦。
福洛席娜	我的上帝!个个儿相得人欢喜,谈情说爱,全有两下子,可是多数相公呀,穷得就跟叫化子一样。对你说来,嫁一个老头子,有的是财富给你,倒好多了。我承认,嫁给我说起的老头子,快活不到哪儿去,而且和这样一位丈夫守在一起,厌恶的心思多少是免不了的。不过这种日子不会久的,相信我吧,他死了,你很快就可以再嫁一位如意郎君,多少风流债也会让你背过来的。
玛丽雅娜	我的上帝!福洛席娜,为了享福,就一心一意指望别人死,真不成话。何况我们的计划,不见得死就件件都能成全得了。
福洛席娜	你想到哪儿去啦?你嫁他只是为了没有多久让你当寡妇。这应当是婚约上的一条儿。三个月以内,他要是还不死呀,可就太不懂事啦。说着说着,他倒来啦!
玛丽雅娜	福洛席娜,多怪的长相呀!

第 五 场

阿尔巴贡，福洛席娜，玛丽雅娜。

阿尔巴贡 美人儿，我戴了眼镜来迎你，你不要见怪。我知道你仙姿绰约，光彩夺目，美貌天成，不戴眼镜就看得清。可是观看星星，又非戴眼镜不可。我不但坚持，并且保证你是一颗星星，而且是星空中最美的星星。福洛席娜，她一句话也不回答，似乎看见我，不露一点点喜色出来。
福洛席娜 那是因为她又惊又喜，说不出话来的缘故。再说，女孩子一向羞人答答的，不肯一下子就把心里的话讲出来。
阿尔巴贡 你说得对。①小佳人，我女儿候你来了。

第 六 场

艾莉丝，阿尔巴贡，玛丽雅娜，福洛席娜。

玛丽雅娜 小姐，我看望您，慢了一步，按说早就该来了。
艾莉丝 小姐，您早了一步，按说该我先去看望您才是。
阿尔巴贡 你看她又高又大：蠢丫头，光长个子啦。
玛丽雅娜 （低声，向福洛席娜。）哦！怎么这么可憎！②

---

① 根据1734年版，补加："（向玛丽雅娜。）"
② 他说女儿的话引起玛丽雅娜很大的反感。

阿尔巴贡[①]	美人儿在说什么?
福洛席娜	她说你可爱。
阿尔巴贡	我心爱的小佳人,你太赏我脸啦。
玛丽雅娜	(旁白。)真蠢!
阿尔巴贡	我对你的美意,十分承情。
玛丽雅娜	(旁白。)我再也忍受不下去啦。
阿尔巴贡	我儿子也对你表示敬意来啦。
玛丽雅娜	(旁白,向福洛席娜。)啊!福洛席娜,我看见了谁!他正是我方才对你说起的年轻人。
福洛席娜	(向玛丽雅娜。)真是无巧不成书。
阿尔巴贡	你见我有这么大的孩子,一定吃惊,不过我不久会把他们两个人打发掉的。

第 七 场

克莱昂特,阿尔巴贡,艾莉丝,玛丽雅娜,福洛席娜。

克莱昂特[②]	小姐,不瞒您说,我的确没有想到这场巧遇。家父前不久对我说起他的打算,我感到非常意外。
玛丽雅娜	我也一样。这次相会,我和您一样意想不到,事前毫无准备。
克莱昂特	小姐,家父眼力绝高,看中了谁,一定是好到无可再好,

---

① 根据 1734 年版,补加:"(低声,向福洛席娜。)"
② 根据 1734 年版,补加:"(向玛丽雅娜。)"

	我有荣幸见到您，觉得万分高兴。不过话说回来，我不敢对您担保，说您嫁过来当我的继母，我就欢喜。实对您说，道喜这话，我难以出口；继母这种称呼，我也决不希望您受。别人来，也许觉得我这话太不礼貌。可是我相信，您能领会这话的意思的。小姐，您可以意想到，我对这门亲事，一定痛心之至。您晓得我的情形，也一定明白，这多损害我的利益。总之，家父允许的话，我一定会对您讲：如果我做得了主的话，这门亲事就结不成的。
阿尔巴贡	有这样道喜的，简直失礼！也不管该不该说，就对人说！
玛丽雅娜	我呐，没有旁的话回答，要说的也就是这一句：我和您的想法一样，您讨厌我当您的继母，我这方面也不见其就不讨厌您当我的前房儿子。千万不要以为是我故意使您这样苦恼。让您痛苦，我会很难过的。假如没有一种强大的力量逼我这样做的话，您相信我说的话，我决不会同意这门让您痛苦的亲事的。
阿尔巴贡	说得对。岂有此理的道喜，就该这样回敬。我的美人儿，孩子出言无状，你就饶了他吧。他是一个年轻人，傻里傻气的，说话还不晓得轻重。
玛丽雅娜	您放心好了，他对我说的话，我一点也不介意。他这样侃侃而谈，说明他的真正心情，我反而爱听。我喜欢他讲真心话。换一个样子说话，我就不看重他了。
阿尔巴贡	你肯这样原谅他，足见宽洪大量。日子久了，他更懂事了，心情就会变过来的。
克莱昂特	不会的，父亲。我决不是那种三心二意的人，小姐务必要相信我的话。
阿尔巴贡	简直狂妄之至！他越说越不像话。

克莱昂特　　您愿意我口是心非呀？

阿尔巴贡　　还说？你有没有意思改改词令？

克莱昂特　　好吧！既然您要我换一个方式说话，小姐，允许我现在权且充当一下家父，对您表表情意：像您这样如花似玉的女子，我在世上还没有见过；讨您的欢心，是我所能想象到的无上的幸福；当您的丈夫，是一种荣誉、一种福分，我宁愿抛弃人间最高贵的帝王而不为。是的，小姐在我看来，最大的财富就是有福气娶您：这是我的全部野心。取这样希世之珍，即使障碍重重，我也要移山倒海，勇往直前……

阿尔巴贡　　够啦，孩子。

克莱昂特　　我是替您对小姐表示敬意。

阿尔巴贡　　我的上帝！我表心，自己有嘴，用不着你这个代理人。好啦，端几张椅子过来。

福洛席娜　　不必了。还是我们现在就逛集去，早点儿回来，再多陪您谈谈。

阿尔巴贡①　　那么，套车吧。②美人儿，我没有想到在你逛集之前，请你用点点心，求你千万原谅。

克莱昂特　　爸爸，我已经预备下啦，我早就用您的名义，叫人送了几盘中国橘子、柠檬和蜜饯来。

阿尔巴贡　　（低声，向法赖尔。）法赖尔！

法赖尔　　（向阿尔巴贡。）他疯啦。

克莱昂特　　爸爸，您是不是还嫌不够？小姐会包涵的。

---

① 根据1734年版，补加："（向荞麦秆儿。）"荞麦秆儿已在场上。
② 根据1734年版，补加："（向玛丽雅娜。）"

玛丽雅娜	不敢当,用不着这些东西。
克莱昂特	小姐,家父手上戴的那颗钻石,您从来没有见过那么亮的吧。
玛丽雅娜	的确是很亮。
克莱昂特	(他从父亲的手指上取下钻石来,递给玛丽雅娜。)您得凑近看。
玛丽雅娜	确实很美,亮光闪闪的。
克莱昂特	(玛丽雅娜打算还钻石,他上前拦住。)小姐,不必。只有您的玉手才相配。家父送给您啦。
阿尔巴贡	我?
克莱昂特	爸爸,您希望小姐为了您的缘故留下它来,对不对?
阿尔巴贡	(旁白,向他的儿子。)怎么?
克莱昂特	您好意思问!①他要我劝您收下。
玛丽雅娜	我不要……
克莱昂特	怎么可以?他说什么也不肯收回的。
阿尔巴贡②	气死我啦!
玛丽雅娜	这未免……
克莱昂特	(总在阻挠玛丽雅娜归还戒指。)不,听我讲,他要见怪的。
玛丽雅娜	请您……
克莱昂特	使不得。
阿尔巴贡	(旁白。)该死……
克莱昂特	您不肯收,他有气啦。

---

① 根据 1734 年版,补加:"(向玛丽雅娜。)"
② 根据 1734 年版,补加:"(旁白。)"

阿尔巴贡　　（低声，向他的儿子。）啊！忤逆！

克莱昂特①　　您看，他急坏啦。

阿尔巴贡　　（低声，向他的儿子，同时加以恐吓。）你这刽子手！

克莱昂特　　爸爸，不是我错。我尽我的力量劝她留下来，可是她执意不肯。

阿尔巴贡　　（低声，向他的儿子，又气又急。）死鬼！

克莱昂特　　小姐，家父骂我，全为了您。

阿尔巴贡　　（低声，向他的儿子，一脸怪相如前。）坏包！

克莱昂特　　您要把他急病了的。求您啦，小姐，千万别再拒绝啦。

福洛席娜　　我的上帝！推来推去，没完没了！既然先生要你留下，你就留下好啦。

玛丽雅娜②　　我现在权且留下，免得您生气。我过一时还您。

第 八 场

　　阿尔巴贡，玛丽雅娜，福洛席娜，克莱昂特，荞麦秆儿，艾莉丝。

荞麦秆儿　　老爷，外头有一个人想见您。

阿尔巴贡　　告诉他我有事，下次再来。

荞麦秆儿　　他讲，他是给老爷送钱来的。

阿尔巴贡③　　对不起。我去去就来。

---

① 根据1734年版，补加："（向玛丽雅娜。）"
② 根据1734年版，补加："（向阿尔巴贡。）"
③ 根据1734年版，补加："（向玛丽雅娜。）"

第 九 场

阿尔巴贡，玛丽雅娜，克莱昂特，艾莉丝，福洛席娜，干鳕鱼。

干鳕鱼	（他跑过来，撞倒阿尔巴贡。）老爷……
阿尔巴贡	啊！可把我摔坏啦。
克莱昂特	爸爸，怎么啦？您哪儿受伤啦？
阿尔巴贡	混账东西一定是受了那些债户的买动，有意害我。
法赖尔	没有什么要紧。
干鳕鱼	老爷，饶了我吧，我以为快跑好，才跑的。
阿尔巴贡	刽子手，你来这儿干什么？
干鳕鱼	来禀告您，您那两匹马脱掌啦。
阿尔巴贡	赶快牵到马掌铺去。
克莱昂特	爸爸，马去打掌，我代您招待客人，带小姐到花园转转，就便在花园那边用点心。
阿尔巴贡①	法赖尔，用点心的时候，千万留意。我求你尽可能把东西给我省下来，送回铺子里去。
法赖尔	我一定当心就是。
阿尔巴贡②	哦！小畜牲，你存心祸害我，还是怎么的？

---

① 根据1734年版，场上只有阿尔巴贡与法赖尔。
② 根据1734年版，补加："（一个人。）"

第 四 幕

第 一 场

克莱昂特，玛丽雅娜，艾莉丝，福洛席娜。

克莱昂特	进来吧，这儿好多了。身边没有我们不放心的人，我们可以无拘无束说话了。
艾莉丝	可不是，小姐，家兄爱您的心思，他讲给我听了。遇到这种挫折，我晓得他有多焦心，有多痛苦，也正因为我晓得，所以我对您的事，也就分外同情。
玛丽雅娜	有您这样的人支持我，在我就是很大的安慰。小姐，我求您永远对我保持这种深厚的友谊，我的命不好，有了这种友谊，好过多了。
福洛席娜	说真的，你们两个人可也真不走运！把你们的事早告诉我一声，我一定会免去你们这种烦恼，何至于把事搞到这步田地。
克莱昂特	你要怎么着？是我时运不济，命该如此。不过美丽的玛丽雅娜，您做什么打算？
玛丽雅娜	哎！我能做什么打算？像我这样仰人鼻息，除了把心寄托在希望上，还能怎么样？

克莱昂特	我在您心里头,除了光秃秃的希望以外,就没有别的依靠了吗?没有关怀我的怜念?没有帮助我的善心?没有从中为力的情义?
玛丽雅娜	我能对您说什么?您设身处地为我想想,看我有什么好做的。您帮我出主意吧,您吩咐好了,我一定照您的话做。我相信您通情达理,决不会逼我去干那些坏名节、败礼俗的事。
克莱昂特	唉!您要顾全清白的名节、苛细的礼俗,这些已经够我走投无路的了,我还有什么办法好想呢?
玛丽雅娜	可是您又要我怎么着?就算我把我们妇女应守的闺范全都丢开不管,我还要顾到自己的母亲。她从小把我带大,一向疼爱,惹她不欢,我狠不下这个心来。您试着跟她说说看,想法子得到她的同意,只要她能回心转意,您要做什么就做什么,要说什么就说什么,统统由您。如果只凭我一句话,您和我就能百年好合,我自然愿意把我对您的心事,一五一十,全在母亲跟前吐出来。
克莱昂特	福洛席娜、我的好福洛席娜,你肯不肯成全我们?
福洛席娜	哎呀!这还要问?我打心里愿意。你晓得,我这人生来面慈心软;上天没有给我一副铁石心肠;我看见人家有情有义,真心相爱,就恨不得帮帮小忙。说吧,我有什么好效劳的?
克莱昂特	动动脑筋吧,我求你了。
玛丽雅娜	指点指点我们吧。
艾莉丝	解铃还须系铃人:你出一个主意吧。

福洛席娜	可不那么容易。①说到你母亲，她这人不就那么蛮不讲理。她愿意要把女儿嫁给父亲，我们也许能说服她，把女儿嫁给儿子。②不过真正的困难，我看，都在你父亲还是你父亲。
克莱昂特	正是。
福洛席娜	我是说，他看出人家拒绝他的亲事，就要怀恨在心，以后再要他同意你们的亲事，可就难了。所以要想两全其美，就该让他自己出口拒绝，就该想什么法子让他讨厌你才是。
克莱昂特	说得对。
福洛席娜	是，说得对，这我明白。要做就该这样做，可是鬼晓得有什么法子。让我想想看。只要我们能找到一个半老不老的女人，有我的才分，会装模作样，巧扮一位贵妇人，再临时凑一批随从，来一个唬人的称号，什么侯爵夫人啦、子爵夫人啦，领地就算在下布列塔尼③吧，我就有办法叫你父亲相信，她是一位阔太太，不算房产，单现银就有十万艾居，又一心一意想给他当太太，情愿在婚约上写明把她的财产全部送他，我敢说这门亲事，他一定听得进。固然啦，我晓得，他很爱你；可是他有点儿更爱钱。只要他上了圈套，出口答应你的亲事，过后他问起我们那位侯爵夫人的财产，发现自己上当，也就活该了。
克莱昂特	这个主意想得很好。

---

① 根据 1734 年版，补加："（向玛丽雅娜。）"
② 根据 1734 年版，补加："（向克莱昂特。）"
③ 在法国西部布列塔尼半岛西端，相当远僻。

福洛席娜	交给我办。我这会儿想起我的一个女朋友来,她干这事很在行。
克莱昂特	你能玉成我们的好事,福洛席娜,你放心好了,我一定会重谢你的。不过可爱的玛丽雅娜,请您就先着手说服令堂吧。打消这门亲事,事情就成功大半了。我求您尽您的力量说服令堂;尽可能利用她的钟爱。上天既然让您眉目如画,谈吐生风,您就该尽情使用才是。请您千万不要忘记那些温柔的词句,委婉的哀求、撒娇的姿态,我相信一定会打动她的。
玛丽雅娜	我样样搁在心上,尽力做去就是。

第 二 场

阿尔巴贡,克莱昂特,玛丽雅娜,艾莉丝,福洛席娜。

阿尔巴贡[①]	不成话!我儿子亲他没有过门的继母的手,他没有过门的继母也不怎么推卸。难道这里头有什么把戏不成?
艾莉丝	家父来啦。
阿尔巴贡	马车准备好啦。你们随时可以出门。
克莱昂特	爸爸,您不去,我陪她们去好了。
阿尔巴贡	不必,你待下来吧。她们很可以自己去的。再说,我需要你。

---

① 根据1734年版,补加:"(旁白,没有被人看见。)"

第 三 场

阿尔巴贡，克莱昂特。

阿尔巴贡 啊！喽，继母问题暂且撇开不谈，单单就人而论，你说，你觉得她怎么样？

克莱昂特 我觉得她怎么样？

阿尔巴贡 对，她的风度、她的身段、她的姿色，她的才情，你说怎么样？

克莱昂特 也就是那样子。

阿尔巴贡 到底怎么样子？

克莱昂特 打开天窗说亮话，我如今不觉得她像我先前想的那样好。她的风度十分轻狂，她的身段相当呆板，她的姿色很是平常，她的才情极其凡庸。爸爸，您不要以为我说这话，挑拨您对她的感情，因为对我来说，谁当继母，我都一样看待。

阿尔巴贡 可是你方才对她说……

克莱昂特 我是代表您对她说了几句中听的话，只是为了讨您喜欢。

阿尔巴贡 这么说来，你对她没有什么意思喽。

克莱昂特 我？根本没有意思。

阿尔巴贡 这就可惜啦。我有一个念头，现在只好随它去啦。我方才这么一看她，想到自己的年龄，又想到外人见我娶这么一个年轻姑娘，也许说短道长，闲言闲语。经过这番考虑，我起了放弃这个计划的意思。不过我既然遭媒求

	亲,有言在前,就不该失信才是,所以如果不是你表示厌恶的话,我就把她让给你了。
克莱昂特	给我?
阿尔巴贡	给你。
克莱昂特	成婚?
阿尔巴贡	成婚。
克莱昂特	您听我讲:她确实不很中我的意,不过爸爸,为了讨您的欢心,您要我娶她,我就决定娶她。
阿尔巴贡	我?我比你想的要讲理多了:我一点儿没有意思勉强你。
克莱昂特	没有关系,为了您的缘故,我愿意勉为其难。
阿尔巴贡	不,不,情意不投,婚姻不会幸福的。
克莱昂特	爸爸,也许婚后反而幸福了,据说,爱情往往是婚姻的果实。
阿尔巴贡	不,就男子方面而论,千万轻率不得,将来后患重重,不堪设想,自寻烦恼,大可不必。如果你有意于她,也还罢了,我不娶她,让你娶她。不过你既然无意于她,我还是按照原来的计划,自己娶她算了。
克莱昂特	好吧!爸爸,事已至此,我不得不对您吐露真情,把我们的私情说给您听了。实情是我有一天散步,看见了她,从那一天起,我就爱她了。方才我还打算求您把她许配给我来的。不是您说出您的爱情来,不是我怕您不喜欢,我就要开口求您了。
阿尔巴贡	你到她家里去过?
克莱昂特	去过,爸爸。
阿尔巴贡	去过许多回?

329

克莱昂特　　就相识的时间来说，也可以说是多的。

阿尔巴贡　　你受欢迎？

克莱昂特　　很受欢迎，不过玛丽雅娜不晓得我是谁，所以想不到遇见我，才吃惊来的。

阿尔巴贡　　你有没有对她说起你爱她，打算娶她？

克莱昂特　　当然说啦，就连她母亲那边，我也透露了一点意思。

阿尔巴贡　　你对她女儿求婚的话，她听得进吗？

克莱昂特　　听得进，她很客气。

阿尔巴贡　　女儿也对你有意？

克莱昂特　　如果单看外表的话，爸爸，我相信她对我是有几分情义的。

阿尔巴贡①　　听到这样一桩秘密，我很开心，这正是我想知道的事。② 好嘛！孩子，你知道你该怎么做吗？你爱她的这番心思，请你还是想着收起来吧。我自己要娶这个姑娘，你想着别再跟她纠缠下去了。过不了几天，你就要娶我给你说的那个女人。

克莱昂特　　爸爸，您是在耍我呀！好吧！事已至此，我呀，我就告诉您，我爱玛丽雅娜，决不死心，哪怕是出生入死，我也要把她抢到手。如果您得到一位母亲的同意，我不见得就没有别的办法。

阿尔巴贡　　怎么，死鬼？你竟敢抢我到口的东西！

克莱昂特　　是您抢我的！我先认识她的。

阿尔巴贡　　我不是你父亲？你不该孝顺我？

克莱昂特　　遇到这种事，作孩子的就没有办法尊重父亲。爱情是不

---

① 旁白。
② 根据1734年版，补加："（向克莱昂特。）"

认人的。

阿尔巴贡　　我狠打你一顿，你就认识我是谁了。

克莱昂特　　您怎么吓唬也没有用。

阿尔巴贡　　你要放弃玛丽雅娜。

克莱昂特　　决不。

阿尔巴贡　　马上给我拿一根棍子来。

第 四 场

雅克师傅，阿尔巴贡，克莱昂特。

雅克师傅　　喂，喂，喂，老爷，少爷，怎么的啦？你们在干什么？

克莱昂特　　我不在乎。

雅克师傅　　哎呀！少爷别急。

阿尔巴贡　　对我说话，这样放肆！

雅克师傅　　哎呀！老爷看开些吧。

克莱昂特　　我决不改口。

雅克师傅　　什么？对老爷也好这样讲话？

阿尔巴贡　　你让我打他。

雅克师傅　　什么？打少爷？打打我也还罢了。

阿尔巴贡　　雅克，你来评评理看，就晓得我多对了。

雅克师傅　　可以。①您站开些。

阿尔巴贡　　我爱一个姑娘，打算娶她；死鬼目无尊长，居然不拿我的

---

① 根据1734年版，补加："（向克莱昂特。）"

话当话，也要爱她，还要娶她。

雅克师傅 啊！是他不对。

阿尔巴贡 作儿子的，和父亲抢一个女的，算不算混账？他要是孝顺我的话，难道不该让我一步？

雅克师傅 您对。让我跟他谈谈。您待在这儿别动。（他到舞台另一边找寻克莱昂特。）

克莱昂特 好吧！他既然看中你，要你评理，我也并不反对。谁评理在我也是一样；雅克，对，我也愿意你评评我们到底谁是谁非。

雅克师傅 您太赏我脸啦。

克莱昂特 我爱了一位年轻姑娘，我有情，她有意，正好姻缘有份，可是父亲成心跟我们作对，差人求亲，要讨她作老婆。

雅克师傅 当然是他不对。

克莱昂特 他这一把年纪，还想结婚，害不害臊？他还谈情说爱，荒不荒唐？难道他不该把这种事留给年轻人做？

雅克师傅 你说得对。太不像话。我去跟他讲讲。（他回到阿尔巴贡身旁。）好啦！少爷不像您说的那样乖张，他已经明白过来啦。他说：他晓得他应该孝顺您，他开头感情冲动，才冲撞了您的，以后您要他怎么样，他就怎么样，决无二话，只要您待他比现在好，让他娶一个可意的姑娘就成。

阿尔巴贡 啊！雅克，你告诉他，他能明白事理，他求我的事，我都会答应他的；除去玛丽雅娜，他爱娶谁就娶谁，我完全由着他。

雅克师傅 （他走向儿子那边。）交给我办。[①]好啦！老爷不像您说

[①] 根据1734年版，补加："（向克莱昂特）。"同时删去上面的括弧和括弧内的动作。

	的那样不讲理；他对我讲，他气的是您不该发脾气，他也就是看不过您那种作风罢了。您心爱的那个姑娘，他答应您娶，只要您能和颜悦色求他，像做儿子的该对父亲那样，也对他恭敬、孝顺、服从就成。
克莱昂特	啊！雅克，你请他放心好了，他给我玛丽雅娜，我就永远还他一个最孝顺的儿子，照他的吩咐做事。
雅克师傅①	办好啦。您说的话，他应下啦。
阿尔巴贡	这就好啦。
雅克师傅②	说定啦。您许下的事，他很满意。
克莱昂特	谢天谢地！
雅克师傅	老爷，少爷，你们方才吵架，都是闹误会的缘故，现在你们意见一致啦，好好儿在一起谈谈吧。
克莱昂特	我的好雅克，我感激你一辈子。
雅克师傅	没什么，少爷。
阿尔巴贡	雅克，你办事得力，值得酬劳。③好吧，你放心，我记在心上就是。
	〔他从他的衣袋掏出他的手绢，雅克师傅以为他要赏他什么东西。〕
雅克师傅	谢谢老爷。

---

① 根据1734年版，补加："（向阿尔巴贡。）"
② 根据1734年版，补加："（向克莱昂特。）"
③ 根据1734年版，补加："（阿尔巴贡摸索他的衣袋；雅克师傅伸出手去；但是阿尔巴贡掏出来的只是他的手绢，说。）"同时删去下面的括弧和括弧内的动作。

第 五 场

克莱昂特，阿尔巴贡。

克莱昂特 爸爸，我方才冲撞了您，您饶过我吧。

阿尔巴贡 没什么。

克莱昂特 我说实话，我后悔得不得了。

阿尔巴贡 你能明白事理，我就快活得不得了。

克莱昂特 这么快就忘记我的过错，您太好了。

阿尔巴贡 孩子们能尽孝道，父母就容易忘记他们的过错。

克莱昂特 什么？我那种种荒唐事，您真就忘记得了？

阿尔巴贡 你能改过自新，孝顺父亲，我也就不多计较了。

克莱昂特 爸爸恩重如山，我答应您，铭心刻骨，到死不忘。

阿尔巴贡 我呐，我也答应你，将来你问我要什么，我给你什么。

克莱昂特 啊！爸爸，我什么也不要了，您把玛丽雅娜给我，我已经很知足了。

阿尔巴贡 你说什么？

克莱昂特 我说，爸爸，您答应把玛丽雅娜给我，我已经心满意足，不知道怎么报答了。

阿尔巴贡 谁说把玛丽雅娜给你的？

克莱昂特 爸爸，您呀。

阿尔巴贡 我？

克莱昂特 当然。

阿尔巴贡 你说什么？是你答应放弃她的。

克莱昂特 我，放弃她？

阿尔巴贡	对。
克莱昂特	决不。
阿尔巴贡	你没有丢开娶她的念头?
克莱昂特	完全相反,我比以前还要坚定。
阿尔巴贡	什么?死鬼,你又来啦?
克莱昂特	说什么我也不能改变。
阿尔巴贡	忤逆,我倒要看看。
克莱昂特	您爱怎么着就怎么着。
阿尔巴贡	我永远不要见你。
克莱昂特	好吧。
阿尔巴贡	我不要你。
克莱昂特	不要就不要好啦。
阿尔巴贡	我不认你是我儿子。
克莱昂特	可以。
阿尔巴贡	我取消你的继承权。
克莱昂特	随您的便。
阿尔巴贡	我诅咒你。
克莱昂特	您的赏赐,我用不着。①

第 六 场

阿箭,克莱昂特。

---

① 卢梭认为莫里哀这出喜剧伤风败俗,因为他笔下的父亲固然要不得,儿子却更要不得,并举这一句话为例。

阿　　箭　　（抱着一只匣子，从花园那边出来。）哎，少爷，我正找您！快跟我走！

克莱昂特　　什么事？

阿　　箭　　跟我走就是。这下子可好啦。

克莱昂特　　你说什么？

阿　　箭　　事情有着落啦。

克莱昂特　　什么？

阿　　箭　　我憋了整整一天。

克莱昂特　　到底是怎么一回事？

阿　　箭　　老爷藏的钱，让我弄到手啦。

克莱昂特　　你怎么弄到手的？

阿　　箭　　回头说给您听。我们快走，我听见他在嚷嚷。

第 七 场

阿尔巴贡。

阿尔巴贡　　（他在花园就喊捉贼，出来帽子也没有戴。）捉贼！捉贼！捉凶手！捉杀人犯！王法，有眼的上天！我完啦，叫人暗害啦，叫人抹了脖子啦，叫人把我的钱偷了去啦。这会是谁？他去了什么地方？他在什么地方？他躲在什么地方？我怎么样才找得着他？往什么地方跑？不往什么地方跑？他不在那边？他不在这边？这是谁？站住。[①]还

[①] 根据1734年版，补加："（向自己，抓住自己的胳膊。）"同时删去下面的括弧和括弧内的动作。

我钱,混账东西……(他抓住自己的胳膊。)啊!是我自己。我神志不清啦,我不晓得我在什么地方,我是谁,我在干什么。哎呀!我可怜的钱,我可怜的钱,我的好朋友!人家把你活生生从我这边抢走啦;既然你被抢走了,我也就没有了依靠,没有了安慰,没有了欢乐。我是什么都完啦,我活在世上也没有意思啦。没有你,我就活不下去。全完啦,我再也无能为力啦,我在咽气,我死啦,我叫人埋啦。难道没有一个人愿意把我救活过来,把我的宝贝钱还我,要不然也告诉我,是谁把它拿走的?哦?你说什么?没有人。不管是谁下的这个毒手,他一定用心在暗地里憋我来的:不前不后,正好是我跟那忤逆儿子讲话的时候。走。我要告状,拷问全家大小:女用人,男用人,儿子,女儿,还有我自己。这儿聚了许多人!① 我随便看谁一眼,谁就可疑,全像偷我的钱的贼。哎!他们在那边谈什么?谈那偷我的钱的贼?楼上什么声音响?他会不会在上头?行行好,有谁知道他的下落,求谁告诉我。他有没有藏在你们当中?他们全看着我,人人在笑。你看吧,我被偷盗的事,他们一定也有份。快来呀,警务员,宪兵,队长②,法官,刑具,绞刑架,刽子手。我要把个个儿人绞死。我找不到我的钱呀,跟着就把自己吊死。

---

① 指观众。
② 指宪兵(archers)队的队长(prévôts)。"宪兵"原意是"弓箭手"。在17世纪身佩短铳,手持斧钺,随同队长,巡逻捉拿,主要对象是逃兵和游民。

第 五 幕

第 一 场

阿尔巴贡，警务员，他的见习生。

警务员　　　交给我办：感谢上帝，我吃的这碗饭，我懂。我不是今天才办窃盗案子。我真还希望，我到手的装一千法郎的钱包，有我送上绞刑架的死囚那么多。①

阿尔巴贡　　个个儿法官都该承办这件案子。要是不能把钱给我追回来呀，我连法官一齐告下来。

警务员　　　应当进行全部法定手续。你说，匣子里头有……？

阿尔巴贡　　一万艾居，现金。

警务员　　　一万艾居！

阿尔巴贡　　一万艾居。

警务员　　　偷的可真不少。

阿尔巴贡　　贼人罪大恶极，世上什么样的刑罚对他都不够用。他要

---

① 当时法国的官职（司法和财赋）是公开买卖的。警务员也在公开买卖之列，隶属巴黎总监（prévôt de paris）之下，衙门在大碉堡（le Grand Châtelet）。警务员从 8 名增设到 55 名，地位低于最高法院的法官，经手民事案件，为初审性质，刑事有终审性质。官职既然是捐买来的，贪财枉法，自不待言。

是逍遥法外的话，最神圣的东西也失去了保障。

警务员　　这笔款子都有什么钱？

阿尔巴贡　全是上好的金路易和分量十足的皮司陶耳。

警务员　　你疑心是谁偷的？

阿尔巴贡　我谁也疑心。我希望你把全城、全关厢的人都给我下到狱里。

警务员　　依我的话，打草惊蛇不得，我们就该不动声色，设法搜集一些物证，然后依法追回你丢了的钱，这样才对。

第 二 场

雅克师傅，阿尔巴贡，警务员，他的见习生。

雅克师傅　（在舞台一边，面向里。）我就回来。马上把它给我宰了，给我烤烤它的脚，放在开水里头煮，吊在楼板上。

阿尔巴贡　吊谁？是不是偷我的那个家伙？

雅克师傅　我在说你那位管家方才给我送来的那只小猪崽子，我打算露两手儿，把菜给您烧好些。

阿尔巴贡　我不是问这个。你要对这位老爷谈谈正经。

警务员　　不要害怕，我不是那种给你难堪的人。事情可以不声不响解决的。

雅克师傅　这位老爷在这儿用晚饭？

警务员　　我的好朋友，你不该瞒着你的主人不讲。

雅克师傅　真的，老爷，我有多少本事，一定全使出来，让您吃个痛快。

阿尔巴贡	离题八丈远。
雅克师傅	我要是不能照我的心思给您烧出好菜来,全是我们那位管家先生的错,他一味省钱,我有天大的本事,也使不上。
阿尔巴贡	奸细,我们不是在讲晚饭。我的钱叫人偷去了,你听到什么,我要你讲给我知道。
雅克师傅	有人偷您的钱?
阿尔巴贡	是呀,混账东西。你不还我,我就把你送上绞刑架。
警务员①	我的上帝!别恶待他。我看他的脸相,晓得他秉心正直,不用坐牢,就会把你希望知道的事情告诉你。②是的,朋友,你把实情招出来,你主人不但不为难你,反而要奖赏你。有人今天偷了他的钱,你不会一点风声也不晓得。
雅克师傅	(旁白。)我要报管家的仇,机会不可错过:自他进门以来,他得了宠,言听计从;再说,方才那几棍子,我是忘不了的。
阿尔巴贡	你在思索什么?
警务员	随他好啦。他正在作准备,满足你的希望,他秉心正直,我对你说过了。
雅克师傅	老爷,您要我告诉您实情,我相信是您那位宝贝管家先生干的。
阿尔巴贡	法赖尔?
雅克师傅	对。

---

① 根据 1734 年版,补加:"(向阿尔巴贡。)"
② 根据 1734 年版,补加:"(向雅克师傅。)"

阿尔巴贡	是他？他对我好像是忠心耿耿的。
雅克师傅	正是他。我相信是他偷的。
阿尔巴贡	你凭什么相信是他？
雅克师傅	凭什么？
阿尔巴贡	对。
雅克师傅	我相信是他……反正我相信呗。
警务员	不过你必须举出证据来。
阿尔巴贡	你有没有看见他兜着我搁钱的地方走来走去？
雅克师傅	不错，我看见来的。您把钱搁在什么地方？
阿尔巴贡	花园里头。
雅克师傅	正是。我看见他在花园里头走来走去。您那笔钱放在什么里头？
阿尔巴贡	一个匣子里头。
雅克师傅	丝毫不差。我看见他抱着一只匣子。
阿尔巴贡	这匣子，是什么样子？我看是不是我那一只。
雅克师傅	是什么样子？
阿尔巴贡	对。
雅克师傅	那是……那是匣子的样子呗。
警务员	自然喽。不过为清楚起见，你还是形容形容的好。
雅克师傅	是一只大匣子。
阿尔巴贡	人家偷我的那只，是一只小匣子。
雅克师傅	哎！对，你说小匣子，是指匣子说；我说大匣子，是指里头东西说。
警务员	是什么颜色？
雅克师傅	什么颜色？
警务员	对。

341

雅克师傅	颜色是……喏,是那么一种颜色……①您不能帮我说说?
阿尔巴贡	嗯?
雅克师傅	不是红的?
阿尔巴贡	不对,灰的。
雅克师傅	哎!对,灰——红,我要说的就是这种颜色。
阿尔巴贡	不用问了,简直就是。写吧,先生,把他的供词写下来。天呀!从今以后,相信谁好?天下就没有一样事情靠得住的。以后我相信我会自己偷自己了。
雅克师傅②	老爷,他那边来啦。千万别对他说,是我告的密。

第 三 场

法赖尔,阿尔巴贡,警务员,他的见习生,雅克师傅。

阿尔巴贡	过来。招出来。简直是自古未有的伤天害理的坏事、穷凶极恶的大罪。
法赖尔	老爷有什么吩咐?
阿尔巴贡	怎么,奸细,你犯下滔天大罪,都不害臊?
法赖尔	您说的到底是什么罪呀?
阿尔巴贡	不要脸的东西,我说的是什么罪?好像你还不知道我在说什么。隐瞒不住啦,你就别装蒜了吧:事机不密,方才有人全说给我听啦。我待你情至义尽,怎么你竟这样

---

① 根据1734年版,补加:"(向阿尔巴贡。)"
② 根据1734年版,补加:"(向阿尔巴贡。)"

	欺心，特意混到我家里来害我？对我下这种毒手？
法赖尔	先生，事情既然败露，我也就不必找话掩饰，绝口否认了。
雅克师傅[①]	哈！哈！难道真还让我给蒙对啦？
法赖尔	我本打算告诉您来的，我一直在等适当的机会。不过事已至此，我求您别生气，先耐心听听我的理由。
阿尔巴贡	不要脸的贼东西，你能有什么理由说给我听？
法赖尔	哎！先生，您犯不上这样骂我。我确实对不住您，可是细想想，我的错儿也不就那样不能宽恕。
阿尔巴贡	怎么，能宽恕？算计别人？像这样暗害别人？
法赖尔	请您千万息怒。听完我的话，您就明白，也不像您说的那样要不得。
阿尔巴贡	不像我说的那样要不得？什么！是我的血、我的脏腑，死鬼，你可知道？
法赖尔	先生，是你的血，可是也没有落在坏人手里。我是一个有身份的人，决不玷辱她，而且我做的错事，我没有不能补救的。
阿尔巴贡	你这话正合我意。把你偷去的东西还我就是了。
法赖尔	先生，您的名誉可以得到充分保证。
阿尔巴贡	这牵扯不到名誉问题。不过你怎么会干这个的？说给我听听。
法赖尔	哎！您问我吗？
阿尔巴贡	我当然要问。
法赖尔	是一位天神叫我干的。他叫人干什么，都可以得到谅

[①] 根据1734年版，补加："（旁白。）"

解。我说的是爱情。

阿尔巴贡　爱情?

法赖尔　对。

阿尔巴贡　爱情,爱情,好漂亮的爱情!和我的金路易发生爱情。

法赖尔　不是的,先生,诱惑我的不是您的财富。我决不是财迷心窍。只要您把我到手的宝贝留给我,您的全部财产,我发誓不要分毫。

阿尔巴贡　活见鬼,我才不干!我不留给你。看他混账到了什么地步,偷了我的宝贝,妄想扣留。

法赖尔　您把这叫作偷吗?

阿尔巴贡　不叫偷叫什么?像那样一件宝贝!

法赖尔　不错,一件宝贝、的确是您最名贵的宝贝。不过留给我,并不等于丢掉。我跪下来求您,把这件迷人的宝贝给我。也只有给我,才算办好了事。

阿尔巴贡　我才不给。这还成话。

法赖尔　我们两下里山盟海誓,彼此约定了决不负心。

阿尔巴贡　山盟海誓,妙不可言!彼此约定了,好笑之至!

法赖尔　是的,我们说好了,一生一世,永不分离。

阿尔巴贡　你看着吧,我会阻挠你们的。

法赖尔　只有死才能把我们分开。

阿尔巴贡　爱我的钱简直爱胡涂啦。

法赖尔　先生,我已经对您说过,我做这事,决不是利欲熏心的缘故。我根本没有您那种想法。促成我这种决心的,是一种更高贵的动机。

阿尔巴贡　你们看呐,他想把图谋我的财产,说成由于基督的仁爱。可是我不会那么便宜你。不要脸的死鬼,王法要为

	我主持公道的。
法赖尔	您想怎么收拾我,就怎么收拾我吧,反正我准备好了忍受就是了。不过我求您至少也要相信,如果有错,错在我一个人,您女儿没有丝毫干系。
阿尔巴贡	我当然相信,用不着你求。我女儿会裹在这犯罪的勾当里,未免也太出奇啦。不过废话少说,我要我的宝贝;你把它藏在什么地方?快招出来吧。
法赖尔	我?我根本就没有带她走,她还在你家里。
阿尔巴贡①	哎呀!我的心肝匣子!②它还在我家里?
法赖尔	在,先生。
阿尔巴贡	好!那么告诉我:你有没有动它?
法赖尔	我,动她③?啊!您这话冤枉了她,也冤枉了我。我为她神魂颠倒,可是我心地纯正,完全以至诚相待。
阿尔巴贡④	为我的匣子神魂颠倒!
法赖尔	我宁可死,也不愿意对她吐露半点轻狂念头。她本人知书识礼,守身如玉,也决不允许自己那样做。
阿尔巴贡⑤	我的匣子守身如玉!
法赖尔	我为她美丽的眼睛心荡神驰,可是我决没有存心不良,玷辱我的痴情,我能看见她,饱餐秀色,就心满意足了。
阿尔巴贡⑥	我的匣子有美丽的眼睛!他说起它来,就像一个情人说起他的情妇。

---

① 根据1734年版,补加:"(低声,旁白。)"
② 根据1734年版,补加:"(高声。)"
③ 他误解"动"(toucher)为和艾莉丝发生苟且关系。
④ 根据1734年版,补加:"(旁白。)"
⑤ 根据1734年版,补加:"(旁白。)"
⑥ 根据1734年版,补加:"(旁白。)"

法赖尔　　　先生，克楼德妈妈晓得这事的实情，可以证明……

阿尔巴贡　　什么？我的女用人是同谋？

法赖尔　　　是的，先生，我们订婚，她是证人。她见我诚实可靠，才帮我劝你女儿和我订下了终身的。

阿尔巴贡①　哎？他是不是怕吃官司，才胡言乱语的？②你把我女儿拉扯进来，是什么意思？

法赖尔　　　先生，我是在说，我千辛万苦，费尽心思，才感动她破除羞怯之情，接受我的爱情。

阿尔巴贡　　谁的羞怯之情？

法赖尔　　　你女儿啊。也只是从昨天起，她才下定决心，和我一同签订婚约。

阿尔巴贡　　我女儿和你签订婚约？

法赖尔　　　是的，先生。我也同时签订了。

阿尔巴贡　　天呀！一个乱子不够又来一个乱子！

雅克师傅③　写下来，先生，写下来。

阿尔巴贡　　一波未平，一波又起！接二连三的祸事！好啦，先生，执行你的职务吧，把状子给我写好，告他窃盗，告他拐诱。④

法赖尔　　　我没有犯罪，这些罪名加不到我身上。你们知道了我的来历……

---

① 根据1734年版，补加："（旁白。）"
② 根据1734年版，补加："（向法赖尔。）"
③ 根据1734年版，补加："（向警务员。）"
④ 根据1682年版，雅克重复："（告他窃盗，告他拐诱。）"

第 四 场

艾莉丝，玛丽雅娜，福洛席娜，阿尔巴贡，法赖尔，雅克师傅，警务员，他的见习生。

阿尔巴贡 啊！不肖的女儿！我这样的父亲，会养了你这么一个下流女儿！你就这样秉承我的家教啊？你不争气，居然看中了一个贼骨头，不得我的同意，就把终身许配给他？可是你们两个人全在做梦。①四堵厚墙②是你的下场。③绞刑架是你为非作歹的结局。

法赖尔 判断这件事，不能单凭你的感情冲动。至少你在定罪之前，也该听听我的理由才对。

阿尔巴贡 我说绞刑架还说轻啦，你呀，要眼睁睁看自己死在轮子上的。④

艾莉丝 （跪在她父亲面前。）哎！爸爸，求您开恩，千万不要滥用父亲的权柄，把好事变成坏事。千万不要赶在气头儿上，意气用事。从长考虑一下您要做的事；用心研究一下那得罪您的人。您眼中看见的并非他本来的面目。您要是晓得，不是他相救的话，您早就没有了女儿，我答应嫁他，您也就不会感到意外了。是的，我那次落水，眼看就

---

① 根据 1734 年版，补加："（向艾莉丝。）"
② 意指女修道院，一说指监狱。
③ 根据 1734 年版，补加："（向法赖尔。）"
④ 这是法国对待强盗的一种刑法，先打坏犯人四肢与胸骨，然后仰天捆在一个平放的轮子上待毙，大革命时废除。

	要淹死,您是知道的,从水里把我救出来的就是他,您女儿的活命就是他给的……
阿尔巴贡	那也算不了什么。对我说来,他当时让你淹死,比他后来为非作歹,倒要好多了。
艾莉丝	爸爸,我求您看在父女的情分上……
阿尔巴贡	不,不,我一句也不要听,非依法重办不可。
雅克师傅①	他揍了我一顿,这下子我可要出气啦。
福洛席娜②	简直是一团糟。

第 五 场

昂塞耳默,阿尔巴贡,艾莉丝,玛丽雅娜,福洛席娜,法赖尔,雅克师傅,警务员,他的见习生。

昂塞耳默	阿尔巴贡先生,出了什么事?我看你激动得不得了。
阿尔巴贡	啊!昂塞耳默爵爷,你看,世上顶倒楣的人就是我了。你来举行订婚的仪式,可是我这儿千头万绪,乱成一团!我活不成了,银钱失踪,声名扫地:他就是那个奸细、那个无赖,目无王法,冒充下人,混进我家,偷我的钱,拐骗我的女儿。
法赖尔	你东一句钱,西一句钱,对我唠叨来,唠叨去,可是谁想到你的钱来的?

---

① 根据1734年版,补加:"(旁白。)"
② 根据1734年版,补加:"(旁白。)"

阿尔巴贡	是的,他们两下里私订终身。昂塞耳默爵爷,这可对你是一种侮辱,你就该告他无法无天,依法重办,出出你那口恶气才是。
昂塞耳默	女方已经心有所属了,我也就没有意思逼她嫁我。不过我对你的利益,是像对自己的利益一样关心的。
阿尔巴贡	这位先生是一位正直的警务员,听他的谈话,他很尽职。①先生,你照手续写状子,把他的罪名拟得重重的。
法赖尔	我看不出我爱你女儿,有什么好控告我的。你以为我们订婚,我就会吃官司,等大家晓得了我是什么人……
阿尔巴贡	这些鬼话你就收起来吧:现下到处是冒充贵人的家伙。这些骗子利用自己身世暧昧,遇见一个显耀的名姓,就信手拈来,张冠李戴,也不嫌臊。
法赖尔	你要知道,我这人高傲成性,不是自己的东西,就不屑于借重,而且整个儿那波利可以给我的家世作证。
昂塞耳默	且慢!说话要当心,别信口开河,把话说豁了边。你眼前就有一个人,对那波利很熟,你编的故事,是真是假,他一眼就能看出来的。
法赖尔	(一副骄傲的样子,戴上他的帽子。)我不是那种怕人家盘问的人。你既然对那波利很熟,你一定晓得堂·陶马·达耳毕尔西。
昂塞耳默	当然晓得;没有比我更熟识他的人了。
阿尔巴贡	堂·陶马也好,堂·马尔丹也好,我都管不着。②
昂塞耳默	请你让他说下去好了,我们倒要听听他说些什么。

---

① 根据 1734 年版,补加:"(向警务员,指着法赖尔。)"
② 根据 1682 年版,补加:"(他看见点着两支蜡烛,吹灭一支。)"

法赖尔	我要说的就是,我是他的孩子。
昂塞耳默	他?
法赖尔	对。
昂塞耳默	得啦,别瞎扯啦。你想蒙人呀,还是另编一个故事吧,别妄想这样骗人骗得过去。
法赖尔	说话要小心。我没有骗人,我说的话,我不费什么事,就全证明得了。
昂塞耳默	什么?你敢说你就是堂·陶马·达耳毕尔西的儿子?
法赖尔	是的,我敢说。不管当着谁,我也要说这话。
昂塞耳默	真是胆大包天。听好了,可别着慌啊。你对我们说起的那个人,少说也有十六年了,当时那波利大乱①,许多贵族亡命在外,他们忍受不了残酷的迫害,也想逃出虎口,不料一家大小,统统死在海上了。
法赖尔	对。不过听好了,可别着慌啊。他儿子当时七岁大,还有一个家人,落水以后,由一条西班牙船救了起来,这救活的儿子就是当面和你讲话的人。听好了,船长见我可怜,起了善心,把我像亲生儿子一样教养成人,从我能拿兵器以来,就在军队当差。我一直以为父亲死了,前不久,得知他还活着,找他找到本地,天公作美,看到了可爱的艾莉丝。我一见之下就成了她花容月貌的俘虏。我一方面爱她心切,另一方面,又怕她父亲家教太严,就下定决心,

---

① 那波利常有变乱,很难说定这是哪一年的事。比较可能的是 1647 年与 1648 年的革命,离莫里哀上演《吝啬鬼》约有二十年。领导革命的是马萨尼艾楼(Masaniello, 1628—1647)。起义由于反对西班牙总督的暴政,特别是水果捐。革命得到暂时的胜利。人民要求贵族与平民权利平等,废除苛捐杂税。当时贵族纷纷逃亡。

	混入她的住宅,另派一个人去寻找我的父母。
昂塞耳默	可是除了你讲的这番话以外,你还有什么证据,能叫我们相信:你不是利用一件真事编一套假话来骗人吧?
法赖尔	有西班牙船长,有父亲使用的一颗红宝石图章,有母亲给我戴在臂上的一只玛瑙镯子,有年老的派德洛:就是和我一道落水遇救的那个家人。
玛丽雅娜	哎呀!听了你这半天,我现在也可以担保你没有骗人。我从你的话里,明明白白,认出了你是我的哥哥。
法赖尔	你是我的妹妹?
玛丽雅娜	是啊。你一开口,我就很受感动。母亲看见你,要乐坏了。我们一家的灾难,她常常和我说起。托庇上天,我们当时也没有淹死,可是我们得了活命,失了自由,收留我们母女的是海盗,他们从沉船的一块破板上把我们救起来。我们当了十年奴隶,这才转运,恢复自由,回到那波利。我们发现家产让人变卖光了,父亲的下落也无从打听到。我们后来去了热那亚。母亲在那边有一份遗产可得,不过已经叫人分得差不多了,到手的也只是一些七零八碎的东西。亲戚蛮不讲理,她受不了,就又离开那边,来到本地,也就是苟延残喘,挨着日子过罢了。
昂塞耳默	天呀!神力真是无边!您叫人明白,只有您才能显示奇迹!孩子们,拥抱我吧,让你们两个人的欢乐和你们父亲的欢乐打成一片吧。
法赖尔	您是我们的父亲?
玛丽雅娜	您就是母亲哭哭啼啼思念的人?
昂塞耳默	是的,女儿;是的,儿子:我就是堂·陶马·达耳毕尔西。上天从惊涛骇浪中把他救出来,他带在身边的银钱

也没有遗失。十六年来,他以为你们全都死了,漂泊多年,准备和一个温柔贤良的女子结婚,希望从一个新家庭寻到安慰。回到那波利,我的生命没有什么保障,我也就永远断了回那波利的念头。我想办法卖掉我那边的财产,决计在本地安家立业,改名换姓。我原来的名姓给我带来那么多的折磨,我希望用昂塞耳默这个名字,忘却另一个名字留在我心里的痛苦。

阿尔巴贡① 他就是你儿子?

昂塞耳默 是的。

阿尔巴贡 他偷了我一万艾居,我要法院责成你赔我。

昂塞耳默 他,偷你的钱?

阿尔巴贡 正是。

法赖尔 谁对您讲的?

阿尔巴贡 雅克。

法赖尔② 是你讲的?

雅克师傅 您清楚的,我什么话也没有说。

阿尔巴贡 是他说的。警务员先生那边有他的口供。

---

① 从阿尔巴贡吹灭桌上的一支蜡烛以后,直到昂塞耳默一家人团聚为止,阿尔巴贡边听,边演哑剧。法兰西资产阶级革命时期的著名演员杜麦尼耳(Dumesnil),以演阿尔巴贡出名,曾有关于这场哑剧的记载:"观众听这场戏,向例有些不耐烦,所以为了逗笑起见,演员们就想出了关于蜡烛的动作。动作是这样的: 公证人的桌子,放着两支蜡烛,阿尔巴贡吹灭了一支。他才背转过去,雅克师傅就又把它点着了。阿尔巴贡看见又点着了,就取过来,吹灭了,拿到手里。可是就在他交起两只臂来,听昂塞耳默和法赖尔谈话的时候,雅克师傅走到他后头,又把蜡烛点着了。过了一时,阿尔巴贡放下两臂,发现蜡烛点着了,便吹灭了,放在他的灯笼裤的右袋。雅克师傅自然第四次又把它点着了。最后,阿尔巴贡的手碰到火苗,动作就这样一直延长到他想要昂塞耳默归还他被偷的一万艾居为止。"

② 根据1734年版,补加:"(向雅克师傅。)"

法赖尔 您能相信我干得出这种下流勾当吗?

阿尔巴贡 能也罢,不能也罢,反正我要定了我的钱。

第 六 场

克莱昂特,法赖尔,玛丽雅娜,艾莉丝,福洛席娜,阿尔巴贡,昂塞耳默,雅克师傅,阿箭,警务员,他的见习生。

克莱昂特 爸爸,别难过啦,也别乱冤枉人啦。钱匣子的下落,我查明了,我来就为告诉您: 只要您肯让我娶玛丽雅娜,您的钱就会还您的。

阿尔巴贡 在什么地方?

克莱昂特 您不必耽心: 我担保在一个安稳地方,一切有我。现在就看您告诉我,您怎么决定啦: 给我玛丽雅娜,还是把您的匣子丢了,您好选择的。

阿尔巴贡 没有动过分文?

克莱昂特 分文没有动过。我们两个人里头,她母亲许她做主挑选一个,现在就看您怎么打算了,是不是承认这门亲事,同意她母亲的做法。

玛丽雅娜[1] 可是你不知道,单只母亲同意还不够,方才上天不但[2]给了我一个哥哥,[3]还把父亲也给了我。你应该取得他的同意才是。

---

① 根据 1734 年版,补加:"(向克莱昂特。)"
② 根据 1734 年版,补加:"(指着法赖尔。)"
③ 根据 1734 年版,补加:"(指着昂塞耳默。)"

昂塞耳默	孩子们,上天把我又给了你们,并不是为了和你们的愿望作对。阿尔巴贡先生,你也不是不明白,让一个年轻姑娘选丈夫,自然选儿子,不会选父亲的。好啦,有些用不着听的话,你还是别叫人说的好,干脆和我一样,同意了这两对亲事吧。
阿尔巴贡	我见到我的匣子,才能拿主张。
克莱昂特	在那边好好儿的,什么也不缺,回头您就看见。
阿尔巴贡	我可没有钱给我的子女结婚。
昂塞耳默	好啦!我有钱给他们结婚,你就不必挂念啦。
阿尔巴贡	两次喜事的费用,也全部归你出?
昂塞耳默	行,归我出;你满意了吧?
阿尔巴贡	满意,只要你给我做一件礼服,我穿了参加婚礼。
昂塞耳默	同意。赶上这大喜日子,我们去快乐快乐。
警务员	喂!先生们,喂!请慢走一步;谁给我记录口供的费用?
阿尔巴贡	我们用不着你记的那些口供。
警务员	对!可是白记啊,我呀,不干。
阿尔巴贡	你要报酬呀,这儿有一个人,我交给你把他绞死。①
雅克师傅	哎!到底怎么办好?说真话吧,人家拿棍子揍我,撒谎吧,人家又要把我绞死。
昂塞耳默	阿尔巴贡先生,他骗人的事,就饶了他吧。
阿尔巴贡	那么,警务员的开销归你出?
昂塞耳默	行。快去看你们的母亲,把喜事告诉她吧。
阿尔巴贡	我呀,去看我的宝贝匣子。

---

① 根据1734年版,补加:"(指着雅克师傅。)"